An Hour Before Daylight
—Memories of a Rural Boyhood

黎明前一小时
——我的童年回忆

[美] 吉米·卡特 著
孔保尔 译
刘亚伟 译校

内容简介

位于美国南部佐治亚州的小镇普兰斯,是卡特总统出生和成长的地方。卡特总统是当地一位农场主的儿子,每当黎明前一小时,农场上的钟就会敲响,人们就开始了忙碌而又充实的一天,小镇上的热闹生活就此展开……在这部回忆录里,卡特总统深情地回忆了令他难忘的童年时期的人和事。他用质朴而充满温情的文字描述了在风光旖旎的普兰斯小镇上那妙趣横生的农场生活;记录下他严厉保守的父亲和善良慈爱的母亲对他的爱和教导;追忆了他和童年小伙伴们的深情厚谊;缅怀了曾经给予他谆谆教诲的师长和各具特色的亲人;坦率而诚恳地追溯了卡特家族的历史……正是这些童年经历和陪伴他成长的人们塑造了这位怀有赤子之心、具有悲天悯人情怀的政治领袖。

自　序

1924年10月1日，我出生在佐治亚州普兰斯的一个农民家庭。那时，中国未来的领导人毛泽东也是一个农民，他正动员着中国的农民和工人建立一个新中国。

25年后，当我作为一名潜艇军官来到中国时，毛泽东正准备向世界宣布中华人民共和国的诞生。正如邓小平告诉我的，这个国家是中国的农民创建的。

我最初的记忆都与农场生活有关。在这本于2001年首次出版的书中，我记述了当时的生活，也谈及我在那片土地上通过辛勤劳动学到的东西。我与那片土地永远相连。正是在那里，我了解到人的最基本的价值，包括我要与种族歧视和社会不公抗争到底的决心。

年轻时我读过赛珍珠的《大地》。她的书改变了美国人对中国农民的认知。对我个人而言，我希望通过这本书能让中国读者了解我早期在美国南方当农民的生活，以及我在农场的生活经历是如何将我塑造成一个政治领袖的。

和美国一样,中国正日趋城市化。随着时间的推移,农民的数量将会减少,但这并不意味着他们的价值会流失。正是对这片土地的热爱和辛勤的耕耘,才使得家庭和睦、国家兴盛。

这里的故事讲的是乡村生活对我的塑造。我希望我的中国读者能看到美国人与中国人的相同之处:我们与土地相连,在艰难中成长。我们都有勤劳的美德和帮助他人的愿望,我们分享着共同的命运。

感谢洪劲舟和杜超,感谢 Zach Du's Foundation,正是他们的帮助使得本书得以与中国读者见面。

Jimmy Carter

米诗雅 译

目 录

土地，农场，家 ·········· 001
用粮食交租种田是一种生活方式 ········ 045
艰难时世和政治 ············ 055
我的生活像小狗一样 ·········· 072
我的妈妈和爸爸 ············ 113
在普兰斯卖煮花生 ··········· 136
破土，成为男子汉 ··········· 174
学到更多生活知识 ··········· 209
了解罪恶 ··············· 227
佐治亚州的卡特家族 ·········· 256
海军与普兰斯 ············· 285
致谢 ················· 305

土地，农场，家

如果你从海滨城市萨凡纳出发，走过通往佐治亚州几乎一直往西的唯一一条美国公路，你就会穿过奥吉奇、奥科尼及奥克马尔吉河，这几条河全部向东、向南流去，注入大西洋。大约三个小时后，你会穿过向另一个方向奔流的第一支溪流——弗林特河，其经常混浊不堪的泥水最后

1905 年佐治亚州普兰斯大街

流入墨西哥湾。我们州的分水岭不像落基山脉中的大陆分水岭那么明显，因为这片陆地的地质在不太遥远的过去，整个是比较平坦的海底。这片土地现在依然富饶肥沃，这要感谢那个时候由动植物积累而来的早期海洋沉积物和滋养物。

如果你再走 30 英里①，继续向佐治亚州哥伦布市走，再到阿拉巴马州的蒙哥马利市和伯明翰市，过了这几个地方，你就会到达普兰斯，一个和你常见的一样平坦的陆上小镇。正如人们常说的，"每逢下雨，水就不知道向哪个方向流"。普兰斯最初的名字叫"杜拉平原"，得自《圣经》里尼布甲尼撒王给自己设立巨大金像的地方。虽然这片土地平坦富饶，但谁也不知道最早的开拓者为什么要对一个假神顶礼膜拜。这也许是为了向沙得拉神、米煞神和亚伯尼哥神表示敬意吧。他们拒绝敬拜神像，在上帝的佑护下，从烈火熊熊的火炉里逃了出来。

越过小镇，有一个叫作阿奇瑞的地方，在那里，自从萨凡纳的地质生命初次改变以后，阿奇瑞便从一马平川的平原变成了绵延起伏的群山和更加贫瘠的土地，一直延伸到查塔胡奇河，这条河把佐治亚州和阿拉巴马州分隔开来。除了在以前的地图上有所标记外，阿奇瑞已经不复存在。

---

① 1 英里=1.6093 千米。

但那是我成长和生活的地方，从1928年我四岁到"大萧条"①完全结束，我从那里考上了大学，并于1941年参加了美国海军。

普兰斯距离萨凡纳市西190英里，位于亚特兰大市南120英里，在萨姆特县县政府所在地以东九英里处。它以意大利航海家兼探险家阿美利哥·维斯普西的拉丁语名字阿美利克斯命名，这个人自称是第一个登陆的欧洲人，而且，他作为一名地图绘制员，还把自己的名字标到了地图上。众多汽车和拖拉机的出现，导致西南佐治亚州的大部分小镇消失，但普兰斯是个例外。普兰斯的农场星罗棋布，土地肥沃，而且人丁兴旺，那里的百姓尤其不愿意远走他乡。

从另一方面来说，阿奇瑞绝对不是一个真正的镇子。在阿奇瑞的中心地段，离我们的农庄半英里多一点的西边，是海岸航空铁路公司工务段的工头和六个把铁轨路基养护良好的黑人雇员的家。再往西半英里，是强大的非洲卫理公会教堂圣会；从最显眼的路标穿过公路，是一个完全被扁平的艾伯特王子烟草罐覆盖的铁轨边上的小商店。除了教堂依然充满生气且异常活跃，其余的一切都已不复存在了。

我们在阿奇瑞的农场只有东边土地还比较肥沃，其他

---

① 是指1929年至1933年之间发源于美国，后来波及许多资本主义国家的经济危机。

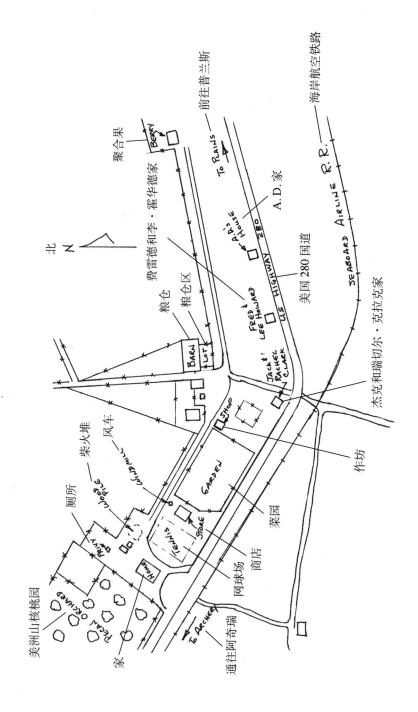

地方都山峦起伏，四周的沙地有些一开始种上了松树苗，这些松树苗现在几乎长成了一片单种栽培的树林，快要成木了。然而，回到20世纪30年代，阿奇瑞在我心中的分量足以成为我的世界的中心。

作为一个在农场长大的孩子，给我印象最深的莫过于土地。沙地、沙土地、红土地，离我很近，甚至淹没了我，自然而然恒久。泥土爱抚着我的双脚，尘土总是从离我们家50英尺①的土路上飞扬而过。所以在我们装有护墙楔形板的房子里，从扑面用的香粉到粗玉米面粉大小的红土颗粒屡见不鲜。尤其是在夏季，当几个木门一直开着，纱窗只能阻挡垃圾和一些冒险精神不足的苍蝇的时候，红土更是长驱直入。直到1938年，当一条铺了路面的公路穿过我们家北边一英里处的树林时，我们颇感自豪——弯弯曲曲的小土路竟然成了官方的280美国国道！在那些岁月里，汽车、卡车以及公共汽车在这条国道上川流不息。但是几乎没有例外，当地人都是走路或者赶着骡子拉的大车从我们家门前经过。铁路在另一边的土路上只穿过了两三英尺，我们一定会向列车员、火车司机和乘客们挥手致意，他们似乎像另一个星球的旅行者一样遥远。

我们好像倒也没有一直望着外面，但一有熟人经过，

---

① 1英尺＝0.3048米。

总会引起屋里人的注意。对人和车辆，我们都了如指掌。我们一看到他们，一听到大多数当地车辆发动机轰轰隆隆的声音，就知道那些小汽车和小卡车的牌子。我认为那时和现在的一个差别是，院子、商店、菜园子里都有人站在外面，或者附近的田间有人爱看热闹。每逢下雨天或者星期天，老人、身体感觉不适的人，以及身体强壮的人，经常坐在他们的前门廊里看街景。当我们路过某个人的家门口时，如果在家门口看不见人，看不见我们可以互相招手致意或者互相问好的人，我们就会感到有点难受。

农场家庭有电话的非常少，但我们家却有一台。号码是23，我们接电话要等铃响两声。电话线是合用的，培根家的响一声，沃森家的响三声（实际上，其他两家接听者通常能听到我们所有的电话）。在普兰斯，我们似乎有一个无所不知的接线员。如果我们要给罗伊·布兰南先生打个电话，格拉迪斯小姐就会说："他今天上午大约9点30分去了阿美利克斯，但他计划晚饭前回来。他也许会在马厩旁边逗留，我会试着在那儿找到他。"她还掌握着社区里任何疾病发生的最新消息，另外，大部分电话可能有三个听众，说明她能掌握更多信息。

我常常在想，为什么我们如此眷恋这片土地。我想这和那时我们所称的内战①有密切的关系,那是州与州之间的战争。虽然我出生在战争结束半个多世纪以后,但它却是我生活中活生生的现实。我成长在人们不会忘记自己是曾被征服过的其中的一个家庭,此外,我们的邻居大部分是黑人,他们的祖辈在上述战争中得以解放。我们两个种族虽然在日常生活中密不可分,但却被社会习俗、被对《圣经》的错误解读、被美国最高法院颁布的无可置疑的土地法强行隔离。

热爱南方的传统,坚守我们的生活方式,对白人来说好像是自然而然的事情,部分原因是,我们当地许多家庭之间的密切关系可以追溯到战争前一百年。那时,我们的苏格兰-爱尔兰祖先从大不列颠群岛来到佐治亚州,或者往南、往西迁移,大多数是从弗吉尼亚和南北卡罗来纳州迁移来的。我们血脉相连,对曾经打败过我们的人同仇敌忾。我的祖父母家周围的人经常挂在嘴边的一个话题是"重

---

① 也称"南北战争",是以美国南北经济结构及政治主张的差异为原因,以黑奴问题为导火索爆发的内战。1860 年,反对黑奴制度的共和党人林肯当选联邦政府总统,南部各州相继宣布独立,脱离联邦。1861 年,南方在阿拉巴马州组织成立"美利坚联盟国",选举戴维斯为临时总统,美国分裂,同年 4 月南北开战。1865 年 4 月,南方军投降。至此,美国终于推翻了黑奴制度,并重新获得统一。

建"①期间"该死的北方佬"对南方的破坏。

许多上了年纪的佐治亚人仍然清晰地记得他们父母的愤怒和尴尬——他们的父母被迫在以"无赖"著称的政客及其南方盟友的统治下生活。我的外公戈迪13岁时,他所认为的北方压迫者终于在1876年战争结束11年后,放弃了对那个州政治和经济的统治。我的母亲是她家里唯一一个曾经大胆为亚伯拉翰·林肯辩护的人。我不记得听人提过奴隶制,只听说过对各州权力毫无正当理由的侵犯行为和公民在私人生活中受到南方邦联政府侵扰的事情。人们从不认为"重建"的真正悲剧在于为以前的奴隶建立社会公正本身的失败。我们年长的亲戚几乎全都陷入极度痛苦的记忆之中,他们不理解我们一些年轻人"多看将来,或者至少多看现在,而不是只回忆过去"的愿望。

佐治亚州1733年成为殖民地时曾强烈抵制奴隶制,但是这种抵制在20年后因为大西洋沿岸的大地主的影响而烟消云散了。这些地主看到他们在南北卡罗来纳州殖民地的邻居因为使用从非洲进口的奴隶生产大米、丝绸、靛蓝

---

① 重建时期是美国内战结束后于1865—1877年对南部各州政治经济和社会生活的改造与重新建设时期的通称。其历史任务是用政治和立法手段巩固和扩大内战成果,在南部各叛乱州重新建立忠于联邦的州政权,恢复南部各州同联邦的正常关系,重新并巩固联邦的统一。

和棉花而大发横财就忘记了初衷。奴隶制在佐治亚州合法化后几十年，一个种植园的财富总和有三分之二来自奴隶，三分之一来自奴隶们耕作的土地。

我的高祖父威利·卡特就是一个例子。他死于1864年南北战争期间，他在遗嘱里给他的12个孩子留下了43个奴隶、2212英亩[①]土地，还有其他财产和现金，每人22000美元。他和他的继承人当时都没有认识到，奴隶很快就要自由了，而且南部联邦的货币将会一文不值。他的孩子们一个个以经营小农场终其一生，他们以及他们的子孙后代保留了一个根深蒂固的信念：只有土地才具有真正的永恒的价值。

战争的另一个遗留问题是，白人并不认为被解放的奴隶的孩子们与他们一样具有平等的法律和社会权利。如果奴隶们忠于南方一派，他们自己实际上就被剥夺了公民选举权。因为曾经支持南方而被完全剥夺了选举权，在北方统治结束后，白人领袖们认为他们完全有理由通过一切手段控制政治制度。选举很快就变成了由民主党单独决定预选的情况，黑人公民在民主党预选中被彻底排除在外，而农村的选举控制权是以建立在各县（不论县的大小）选举结果的基础上为保证，而不是建立在个体公民投票结果的基础上。此次战争之后一个多世纪，即使在1962年我第一次竞选公职的时候，佐治亚州一些比较小的县的每一票

---

① 1英亩=6.07亩。

都值亚特兰大市的一百张选票。

"大萧条"突如其来后总得有人做替罪羊,于是,在我童年的时候,对北方佬和联邦政府的憎恨又死灰复燃了。然而,种族隔离的社会制度实际上并未受到挑战,倒好像是白人和黑人出于他们共有的贫穷成为合伙人而互相接受了。所以,关于我们南方白人的命运出现了正反两个方面。我们白人家庭之间的关系一般都十分亲密,对待黑人邻居也很宽容,固守土地,缺乏现金贮备,尤其是在1930年代的艰难时期,我们眼睁睁地看着现金储备越来越少。

尽管有种族隔离的法律和社会训令,黑人家庭和白人家庭之间的个人关系与今天的那些个人关系比起来,还是大不相同的,至少在我们农场生活的许多方面是这样,因为我们的日常生活几乎是完全交织在一起的。同时,我的童年和青年时代,白人的政治和社会优势地位是一个不争的事实。据我所知,到目前为止,这从未受到白人自由主义者和黑人抗议者的质疑,甚至没有引起过争论。我回想起几个例子,比如,在一次争执中,当一些声誉不好的白人呼吁更多的白人支持他们,以确认他们优越的种族地位,他们的这种需要反而印证了他们低下的社会地位。对这些懒惰、不诚实或有其他不良习惯的人来说,"白色垃圾"比基于种族特点的骂人的话更具侮辱性。

实际上,我知道,人们的最终评价是以他们自己的声望和成就为基础的,而不是由他们的种族身份决定的。毫无疑问，黑人家庭必须克服巨大的不公平障碍，但那些被认为是诚实、勤劳、勤俭节约的人至少有一个机会获得经济上的成功，受到人们的普遍尊重，放下那些不可改变的社会差别。他们去白人家庭的家仍然要走后门，乘坐火车要坐在被隔离的位置，在阿美利克斯电影院和县法院里要坐在楼上，上学要被隔离，做礼拜要被隔离。他们不被允许投票，不被允许参加陪审团，或者参与任何政治事务。他们的发言人可以对当地学校的董事会、市政委员会，或以各种各样的方式对公平公证制度进行呼吁，但不能参与最后的决定。如果与他们发生争执的是当地举足轻重的白人，他们的上诉往往会被忽略。

普兰斯社区周围所有的白人孩子，包括阿奇瑞的，上普兰斯中学，从一年级上到十一年级。我们县里部分地区的黑人孩子却是在十几个教堂里或者私人家里上课，经常是所有年级的学生挤在一间房子里。通常给他们提供的椅子大小不一，有一块黑板，和对白人学生来说已经破旧得不能再用的课本。县教育董事会对白人孩子在强制性上学上要求非常严格，但对黑人却相当灵活，认为对他们而言，初级以上水平的教育并不重要。这两个种族的隔离被认为与美国最高法院的"隔离但平等"法令是一致的。

在阿奇瑞，有一个黑人拥有至高的社会地位和经济地位，他就是非洲卫理公会主教威廉·迪克·约翰逊。作为主教，他负责五个中西部州的事务。在普兰斯老家，他有一个私立学校、一个保险公司和一家位于铁路另一边的印刷厂。只要约翰逊主教在家,整个普兰斯社区都会知道,大约一年一次,他邀请我们家人,也许还有沃森家到圣马克 AME 教堂做礼拜。为了对他的大驾光临表示敬意,一个来自斯贝尔曼学院或亚特兰大其他黑人社团的唱诗班会在他布道的时候演唱。

除了圣马克 AME 教堂和一幢仍然被人占用的租赁房屋以外,阿奇瑞最重要的地标是一个在佐治亚州也不多见的著名历史人物纪念碑。纪念碑上用几百个字讲述了威廉·迪克·约翰逊的卓越贡献(在一个段落里,也提到了美国第三十九任总统是他的邻居)。

小的时候我习惯于普兰斯浸理会平静的交谈和简短的礼拜,所以,我们家人每次在圣马克教堂做礼拜都感觉是一次新奇的经历。这座装有护墙楔形板的白色小房子里总是挤满了敬拜者,并且随音乐和宗教精神剧烈摇摆,远远超出了我们的想象。对赞美诗中的词我们都烂熟于心,但是,要适应黑人唱诗班奇特和缓慢的节奏,把音节拉成单词,把单词拉成句子,还是十分费力的。然而,很快我们就会跟着圣坛后面衣着华丽的唱诗班摇摆的身体而前后摇摆。

布道由约翰逊主教进行,布道期间,他的个性好像有所改变。他虽然受过良好的教育,是个英语语言大师,但是要强调一个重点时,他会使用半文盲佃农的本地方言。他的声音有时候会变得很轻柔,以至于全体教徒会身体前倾去聆听，然后他会突然把音量提高到一个令人猝不及防的高度。他偶尔也使用念经的节奏，甚至当引用《圣经》时，那么长而熟悉的话从他的口中说出便具有了不同的意义。毫无疑问，他在教堂里控制了每个人的意识，而且，至少在布道期间，他用耶稣基督"大家都是兄弟姐妹"的观念消除了种族歧视。对我来说，他似乎就是成功和权力的象征。

有时，在我看来冗长乏味的礼拜期间，一旦情绪达到高潮，每个人都会排着队从紧挨着讲道坛前面摆放的餐桌上的捐献盘旁走过，而教堂的管家会大声报出每个人的捐献数额。爸爸总是会献上一份大礼，全体教徒以拍手和"阿门"表示谢意。

约翰逊主教当然知道当时的种族习惯，但他认为遵从每一个人的种族习惯是不可能的。例如，他想和我父亲谈话的时候，他不会到我们家的前门，但也不愿意屈尊俯就到后门，这是不言而喻的。通过一个信使确定我们在家里后，他会开着他的黑色帕卡德或凯迪拉克轿车到达，停在我们的前院，然后按喇叭。我父亲就会走出来，到汽车跟前跟他谈话。约翰逊主教或者待在汽车里，或者从汽车里下来，两个人就站在一棵很大的木兰树的树荫下。我不记得他靠近过我们的房子。我们可以看见他们一起谈笑风生。之后，爸爸总是说他们只是对主教的工作和我们家周围的耕种形势交换了意见。

威廉·迪克·约翰逊主教

主教的孩子们就像主教一样也是非常成功的。他的女儿范妮·希尔住在俄克拉荷马州，她的丈夫是州上的第一个黑人立法者（我竞选总统的时候，他们极力支持我）。他的一个儿子阿尔万是我母亲的好朋友，他上的是常春藤大学之一的哈佛大学。无论在什么情况下，阿尔万回家总是会来拜访我妈妈。阿尔万代表着更年轻、更自由的一代。他来到我们的前门，妈妈会在那儿欢迎他，请他到前门廊或者进到客厅来。由于我父亲不可能承认这种违反南方礼仪的事情，所以他对阿尔万的到来这种事情全然不予理会。不过据我所知，他从来没有因为这种事责怪过母亲。

甚至在我还未成年，还不懂得克服种族障碍的困难以前，我都认为约翰逊主教是我人生中的一个杰出的榜样。他来自农村的一个小地方，有远大抱负，受到了良好的教育，然后走到了他所选择的职业的顶峰。他与阿奇瑞和生活在那儿的人保持了密切的关系，对我来说，没有什么比这更重要的了。我偶尔还会去他相对低调的墓地凭吊，并思考我对他的早期印象是不是点燃了我心中的远大志向。

美国最高法院在 1896 年做出了"隔离但平等"的决定，这一决定之后被恶意滥用，但是大部分人对此视而不见。20 世纪 50 年代中叶，在我离开家差不多 20 年后，亚特兰大的报纸和人权领袖开始对这些歧视性的做法提出质疑，但是南方的多数著名律师和德高望重的宗教界领袖都以联邦宪法的规定和全能上帝的恩准为"隔离但平等"进行辩护,宣称它是天经地义的。

尽管"新政"①在早期出台了一些救济农场的法案,但是"大萧条"还是使我们有一种受到重挫的感觉,有时甚至感到绝望。棉花销售即使在政府支持下是八分钱一磅,仍然疲软。欧洲一触即发的战争减少了我们基本经济作物最重要的出口市场,出现了至少一整年的过剩产品,储存在南方的许多仓库里。因此,棉花生产转移到了西部各州,那里棉铃象甲虫虫害很少发生,产量较高,机械化和灌溉水平也先进得多。

在我长大后,我们突然变得更加依赖花生。花生是对我的人生产生巨大影响的农作物,不管是在我幼年时还是在我携妻带子回家务农之后。起初,花生是经济作物,早先种植

---

① 1932年总统选举时,国民指责胡佛总统对大萧条负有责任,结果民主党候选人富兰克林·D. 罗斯福当选为第32届美国总统。罗斯福政府采取名为"新政"的一系列措施,以期挽救大萧条带来的经济危机。罗斯福的新政实行时期为1933—1939年,从整顿、管理金融入手,先后制定了15条重要立法,主要包括:第一,由国家整顿和管理银行信贷和货币制度;第二,由政府举办救济工业和建立社会保障制度,通过了《社会保障法》;第三,制定《农业调整法》和《全国工业复兴法》,刺激工农业发展;第四,制定并通过《瓦格纳法》,提高劳工地位。新政措施几乎涉及美国社会经济的各个方面,完成了私人垄断资本主义向国家垄断资本主义的转换。

的产量不高的西班牙品种主要用来制作咸花生和花生糖，产量高的"赛跑者"花生做猪饲料。但是当三分之一的花生被做成极受欢迎的花生酱卖给城市居民后，对这两个品种的需求大大提高了。这一变化来自乔治·华盛顿·卡佛的创新，他是一个黑人农业科学家，曾在阿拉巴马州塔斯基吉学院任教，1935年到联邦农业部任职。

一些基本无法改变的情况使我们农场的问题永远存在。从国内战争时期到我成年以后，我们地区的太多人靠有限的肥沃农田挣扎谋生。尽管南方农村一直受贫困滋扰，在1930到1935年之间，这里的人口增加了130万。他们主要是工厂关闭后失业的工人。他们的到来使得农场的面积因分割而萎缩，一对夫妇带一个孩子要生存大致需要35英亩土地（由于农业自动化的提高，堪萨斯州谷物农场的面积是我们这里的农场的四倍）。

整个南方，尤其是在西南佐治亚州，出现了地主们长时间日趋严重地依赖那些除了拥有一点点衣服和一些炊具的赤贫家庭的情况和渴望住上闲置的棚屋并打短工的人，或在"分摊盈亏"的任何协议下打工的人。到了1935年，没有土地的家庭在一多半的南方农场打工。随着我的成长，我开始意识到那些为了争当佃农而为几片土地争得头破血流的严重后果。

在那个年代，一些跑到南方的外国记者报道说，即使是在沙俄或依然实行奴役制的欧洲国家，他们也没见过在南方看到的这种情况：黑人和白人佃农的一贫如洗和基本权利的缺失。尽管如此，无论是我们的邻居还是美国的政治和经济权力机构都不能为他们指出一条改善生活的明路。

北方的报刊大肆宣传工业进步，但是自殖民时期以来，耕种技术方面并没有发生很大改变。在1942年年底，《财富》杂志竟把一个优秀的佐治亚农民的务农赞扬为"革命性的"。他没有拖拉机，而是依靠五个黑人佃农、两个白天工作的黑人房客和15头骡子耕种他的600英亩地，他的整个家庭年净收入为1500美元。他最令人羡慕的成就，就是他所耕作的农场作物的多样化和每年为他的家庭生产价值500美元的食物。农场是我的家，我父亲务农的成绩更为可观，然而在我1941年离家去念大学的时候，我们家的农场没有任何机械化，完全依靠人力和从殖民时代就在使用的农业技术。一个时事评论员说，在20世纪前三分之一的年头，就算是耶稣甚至是摩西在南方腹地的农场上都会感到无拘无束。

当我还是个孩子的时候，我就能看出我父亲的经验和其他农民之间存在着很大的差别，尤其是与我生活和工作之中的佃农相比。对于所有农民来说，一个符合逻辑的选择是使他们的农业方式多样化，但是，采用这个选择却与家庭收入成反比。因为这要额外花钱扩充初步的耕种计划。爸爸担得起新思维的冒险后果，他可以买一群优质的奶牛、母猪、肉牛，而且我们能够为它们生产饲料。他也付得起用于生产我们家自己消费的非现金食品作物的劳力、种子和所需设备的费用。这当然比玉米面、白面、糖浆、猪肉以及其他基本商品的零售价格要划得来。然而，如此的选择对比较贫困和具有依附关系的佃农来说几乎是不可能的，尤其是当他们的地主还有一个商店或杂货店，要把这些商品的销售最大化的时候，经常要大大地抬高商品价格和已经过高的赊账费用。

家庭收入在那个时代也许是生活标准的最好说明。在一般情况下，棉花一磅大约卖一毛钱，花生一磅卖三毛钱，我们农场家庭这点收入能指望什么呢？虽然种地的人在种植期总是期望过高，但是通常三英亩地才能产出一大包棉花（50美元）或者一吨花生（60美元）。当我的父亲在两英亩地里产出这么多产量的时候，他对这个丰年就甭提有多高兴了。对于大多数佃农来说，一辈子贫穷是必然的。即使获得高产，一个只有一匹马带15英亩棉花地的家庭全年的总收入就300到400美元。付过地主的地租和经常租用骡马和设备的费用后，佃农一年的劳动能为他自己、他的妻子和他们的孩子留下年收入的一半都是幸运的。从为土地做准备到收割，从地主那儿"拉"到的现金是100

到200美元，还没有算利息。所以，对于在比较贫瘠的土地上靠生产的粮食勉强赚些钱的农民来说，净负债几乎是不可避免的，而且遇上一个能赚钱的年景的机会也是微乎其微的。打短工的人在好年景根本就没有这种珍贵的机会，但是他们至少能够用自己的周薪为买副食品和衣服支付现金，而且避免了一些贷款和利息费用。

我认识许多拥有自己土地的小农场主。当然，他们中的大部分是白人。他们的孩子到我们的教堂做礼拜，在学校也是我的同学。他们中的许多人和黑人短工一样穷，但是他们期望有更好的房子，穿从商店买来的成衣，让他们的孩子每年能多上几天学。大约种40英亩地的小地主的收入，大概与具有相同规模家业的佃农情况相同。交税，把牲畜、种子、化肥及其他生活必需品的费用全价交付，这些耗尽了不付租金省下的费用。即使那些拥有足够土地种他们自己的作物、能够支撑几个佃农家庭的小地主，挣的常常也是蝇头小利。他们承担着收成价格走低的全部风险，而且佃农还不起债也是他们的损失。实际上，例外的情况没有几个，我们农村社区的每个人同乘一条经济之舟。天气好的时候，我们所有人都有机会繁荣兴旺，特别是在棉花价格高的时候。显而易见，当地的商人欢迎丰年，丰年有机会收旧债，出售新鞋、服装，也许还能给他们平素的穷顾客们卖上一台缝纫机。但是，这样的年景极少能够遇见。

虽然我出生在普兰斯，实际上住在我未来的妻子罗莎琳家隔壁，那时她还是个婴儿，我记得最清楚的第一件事情是我四岁的时候，我的父亲带我们出去，领我们去看我们农场里的新家。我们一共有四个人，包括我的妹妹葛洛莉亚，她比我小两岁。我们到那儿时，前门锁着，爸爸意识到他忘了带钥匙。他试图把开在前门廊上的其中一个窗子提起来，但里面的一根木条挡着，只能让窗子升高大约六英寸①。于是，他把我挤进那个缝隙，我从里面绕过去打开了门。我父亲对我第一次值得称赞的行动给予了表扬，

我和葛洛莉亚

---

① 1英寸=2.54厘米。

这永远是我最生动的一个回忆。

我们的房子是当时那些居于中等收入水平的地主们的标准，离那条土路大约 50 英尺，四方形，漆成黄褐色，与尘土相匹配，有一个宽阔的前门廊和木瓦屋顶。房间被设计成时髦的"猎枪"形状，有一个通向房屋中间，把客厅、餐厅隔开的走廊，右边是三个卧室，左边是厨房。我们还有一个通向房子后面的隔离门廊，我们在那儿干活和储藏东西，像井水啊，给鸡喂的玉米啊，还有剩余的木头放在那里风干。前门廊是我们家在温暖的天气里齐聚一堂的地方，一年之中大约有九个月是温暖的天气。我们还有一个吊在天花板上的秋千，外面还有几把摇椅，爸爸在晚饭后和下午工作之前，经常利用那个坡度打个盹。在我还小的时候，并不能下地做任何有用的事，我喜欢躺在他身边。

现在，我一回想起在那些日子里得到的爱，就有点不敢相信。我们从院子中的井里打水，每一天，我们都把厨房里的水桶装得满满的，在后门廊用经常用的木锯劈柴，供给做饭的炉子和壁炉。每个卧室都有一个小罐（夜壶），每天早上倒到门外的茅厕里，离我们的后门大约有 20 码[①]的距离。这个小棚屋有一个为大人设的大坑，有一个为孩子们设的低而小的坑，我们用旧报纸或者从《西尔斯-罗

[①] 1 码=0.9144 米。

巴克①目录》上撕下的纸页擦屁股。我们家的厕所要比当地其他家的厕所好多了，他们常常就在灌木丛后方便，用玉米棒子或树叶擦屁股。

1935年对我们家来说是大喜的一年，爸爸通过一个邮购目录买来材料，建起一个带高大的水箱和水管的风车，为厨房和一个带厕所的洗澡间提供自来水。我们甚至在一个大马口铁罐头盒底部扎一些钉眼，制作了一个初级淋浴器。一个意外的收获是可以站在风车的顶台上，靠在风轮叶片旁边，周围的田野风光无限，一览无余。

我们的房子被一个满地白沙的院落所包围，我们不得不经常打扫这个院子，清除家禽和动物的粪便，以及从我们的美洲山核桃树、桑树、木兰树和楝树上落下的叶子。我们的几把扫帚大部分是用小树苗或者楝树树枝做成的，它们有弹性，经久耐用。一年中有几次，我们要赶上一辆两头骡子拉的大车，到大约三英里外的一个坑里去装新鲜的沙子，把沙子撒在院子里，给院子提供一个崭新的白色路面。我们的房子和被围起来的田地，围住了后面的一个小车库（从来没有停过车）、一个熏制鱼和肉的烟熏室、一个鸡舍和一个大柴火堆。

---

①美国当年最大的百货连锁店，始于19世纪末，20世纪得以迅速发展。其经营范围遍布各行各业，经营的商品品种齐全，价格低廉，加之灵活的经营方式和对市场需求的及时掌握，故在零售业和服务业中受到民众的青睐。

我童年的家

我们的人造灯是油灯,在无人的房间里点灯被认为是犯罪行为。只有一个例外,那就是在前客厅,我们有一盏大约五英尺高的阿拉丁神灯,它的石棉灯芯奇迹般地在一个宽阔的区域为读书提供了通明瓦亮的灯光。去吃饭的时候我们一定会把油灯调低,一是节省煤油,二是不让灯芯烧焦。如果灯芯烧焦了,总得有人承担责任,而且我们还要在黑暗中等到灯芯上烧焦的地方燃烧干净后才能继续看书。

我父母之间的一个巨大区别在于他们的阅读习惯。爸爸一般情况下把他的阅读限制在日报、周报和农场月刊上,不过他还拥有一个小图书室(现在我还管理着),他的图书室包括哈利伯顿的《通往爱情的大路》、柯南·道尔的《福尔摩斯探案全集》和埃德加·赖斯·巴勒斯的《泰山》

全集，每一本书都被我父亲认真地签上名字，编上号，标明它们的正确顺序。形成鲜明对比的是，我母亲手不释卷，鼓励我们这些孩子也做同样的事情。由于我们大部分时间都很忙，我们吃饭时，我和妈妈总是手捧一本杂志或者书来读，这成为我自己的家庭和我本人一个终生的习惯。只有一个例外，那就是星期天吃晚饭的时候，那时的气氛太正规，看书有点不合时宜。平时吃晚饭就没有那么多规矩了。

直到1930年年底农村电力计划出台，我才知道所有农村家庭都没有电灯。在我们家最前面的房间里有一个很大的电池动力收音机，我们很少使用，只有在晚上播放阿莫斯和安迪、菲伯·麦基和莫利、杰克·本尼或小孤儿安妮的节目时，我们全家才坐在一起收听它。电用完后，我们有时候会为一个特殊的节目从皮卡车上拿来电池，让收音机继续播放。我想起一个播音员通过电讯稿报道一场难得的棒球赛，几场拳击比赛和1936年深夜阿尔弗雷德·兰登被选为共和党总统候选人时的情景。投票的时间很长，收音机的电池用完了，我们就把收音机搬到外面皮卡车的发动机盖上接着电瓶听，直到凌晨共和党党代会选出自己的候选人。

最令人难忘的收音机节目是1938年重量级拳击手乔·路易斯和马克斯·施梅林之间的回访比赛。德国冠军施梅林两年前打败了美国黑人选手路易斯，全世界的注意力都集中到这次回访赛上来了。对我们社区来说，这次格斗具有浓重的种族味道，欧洲人打败美国人在我们全白人的学校里几乎获得了异口同声的支持。我们的一群黑人邻居问爸爸，他们能不能听收音机的转播，我们就把收音机放到了窗台上，这样院子里的人就都能听到了。比赛突然就终止了，路易斯在第一轮就把施梅林打晕了。屋里屋外先是鸦雀无声，之后我们听到一个声音轻轻地说"谢谢你，厄尔先生"。我们的客人随后悄悄地离开了院子，静静地穿过马路和铁道，进到自己的屋里关上了门。之后，喧闹的庆祝开始了，一直持续了一个晚上。我的父亲一声不吭，种族隔离的一切习俗都没有被破坏。

我记不清夏天有多么热，但是我清楚地记得冬天有多么冷。最糟糕的活儿是早晨起床后到寒冷的屋子里的某个地方去生炉子。我们的松木柴火供应很充足，我们把松木柴火叫作"点火器"，它会点燃耐烧的山核桃木和栎木生火。我们总是希望一些木柴在灰烬下继续慢慢燃烧，这样火就能很快生着。客厅里有一个敞开的壁炉，我们只是在傍晚全家在那儿聚集的时候才生着它。但是爸爸妈妈卧室里壁炉的火（之后被一个烧木柴的取暖炉取代）到黎明还在燃烧，于是我们这些被冻得浑身发抖的孩子每个早晨就冲到那儿去穿衣服。我的房间在东北角，房子里没有热源。

我们从来没有想过要穿睡衣，其实睡衣会比我和爸爸在寒冷的日子里穿在衬衣和裤子里面，然后在夜里弄得皱皱巴巴的 BVD 牌内衣要暖和。

我们所有的食物几乎都产自我们的牧场、田地、菜园和院子里。我妈妈不喜欢做饭，但是准备几个基本菜肴还是很拿手的；而爸爸就喜欢做特色的饭菜，像面饼啦，很罕见的华夫饼、煎炸鱼等等。在杀猪时间，他会安排腌肉，一堆猪头肉、猪蹄子和猪下水放在锅里一起煮，汤煮得浓浓的，肉煮得烂烂的，味道香喷喷的，然后冻成一块，可备以后切上一块食用。他还承担了全年准备自制蛋黄酱和圣诞节的蛋酒的任务。当妈妈出诊不在家的时候，谁给我们做饭，我们吃的就是谁家的那些基本饭食，再加上我们家的一些花哨食品，如大米、奶酪、花生酱、通心粉和罐装食品。在家里我们都知道不能浪费任何粮食，做什么吃什么，离开餐桌前自己的饭碗里必须是干干净净的。

玉米是我们的主粮，我们几乎很少有一顿饭没有粗玉米面粉、玉米粥、煮过的玉米棒子或由六种玉米面制作法做成的其中一种面包。我们总是吃现成的鸡肉，不管是母鸡还是炸鸡，抓鸡和杀鸡通常是我的工作，然后把鸡进行加工、烘烤、油炸，或者为正餐或晚餐做成鸡排（在餐桌旁坐下，我们从来没有听到使用"午餐"这个词）。鸡肉是从教堂做完礼拜回来后用作星期日正餐的标准食物，当然，我们也有新鲜的蔬菜——青豆、土豆、长豆角、利马豆、秋葵、芜菁甘蓝、各种绿叶菜和我们最喜爱的羽衣甘蓝，但是从来没有菠菜。我们也有爱尔兰土豆泥，或者浇了肉汁的米饭、饼干，用时令水果做成的派或者红薯。腌猪肉食品是一年之中大部分时间可以吃到的，但是令人诧异的是我们能经常吃上海鲜，爸爸从两个经常开车到墨西哥湾并运回来鲻鱼、鲭鱼、虾和牡蛎的商人那里买海鲜。罐头鲑鱼按质量或者罐的大小，有的卖一毛，有的卖五分。这些鱼通常被炸成丸子，佐以大量的番茄酱来吃。另外一种主食是小木桶鱼，就是在小木桶里用盐腌的干鲭鱼。我们把一条条的干鲭鱼在清水里浸泡一夜，把盐味去掉，然后把鱼油炸，和我们的粗玉米面、饼干一起当早餐吃。

我对我度过童年时期的家乡记忆犹新。我们家隔壁有一个土地网球场，附近的农场都没有。爸爸一搬到这里就开始打点和清理，把一块角铁钉到一根松木上，每过一个星期就让骡子拉着它碾压场地。网球场旁边是爸爸开的杂货店。店后是一个风车和一个用栅栏围起来的菜地。一条有两道车辙的马车道从后院通向粮仓。当我慢慢长大并承担起更多的男子汉的责任时，这里是我生活的中心。

菜园那边和这条小路的旁边是一个周围堆了一大堆各种废旧金属的铁匠、木工店铺，农场里的每个人都知道响尾蛇喜欢在那里孵蛋抱窝。那是我们给马和骡子钉掌子的地方、把犁头磨快的地方、修理机器的地方、打造简单铁家具的地方、做木工活儿的地方。这些工作由爸爸进行全面指挥。他对铁匠铺和铁砧上的工作技术娴熟，铁匠活儿做得巧夺天工。这是我最早能够开始与他一起工作的地方之一。我能把锻铁炉的风箱拉得很快，足以使木炭火一直熊熊燃烧，然后把烧得发红的铁件用钳子夹到砧上，这时爸爸用锤子把它们打造成型。然后把它们放到水里或者油里淬火，嘶嘶作响。把一个犁头在铁面上整个打平是需要一些技术的，否则，一锤子敲下去会造成一个剧烈而恼人的转动，有时候弄不好用钳子夹着的烧得火红的金属还会从我的手里飞出去。农场周围总有什么东西会突然坏掉，几乎没有一件东西拿到镇上去焊接的。我从爸爸那儿学到了很多东西，也从杰克·克拉克那儿学到了许多东西。杰克·克拉克是一个中年黑人，在农场里当顾问，大部分骡马的蹄铁都是他制作的。

  店铺的前面是一个西尔斯-罗巴克的大石磨，我们坐在木头凳子和踏板上，看着厚厚的圆盘转动，石头的底部，水流一半就灌满了一个汽车轮胎。这是一个繁忙的地方，我们在这里把锄头、斧子、大镰刀、菜刀和剪子磨快。爸爸认为我们自己能做的事情就不要花钱去做，所以他在铺子里还有一个补鞋用的铁鞋楦，用来为家人的鞋更换破旧的鞋跟和鞋底。当我长大后，店里所有的工作我都能帮着干，但是始终对做木工活最感兴趣，尤其是用锛子、刨子、拉刮刀和弯刨把木头打造成型。

我们农场最引人瞩目的地方，也是我屡屡探索的地方，是我们很大的、结构完全对称的粮仓。它是由一个叫作瓦伦丁先生的苏格兰流动木匠建造的，他的基础设计在我们农场所在的地区是闻名遐迩的。爸爸对它的外形和实用的布局无比自豪，它把我们搬运牲畜所需的大量饲料的工作减少到了最低程度，有特别的饲料槽、箱子，有储藏燕麦、玉米穗、绒毛豆、干草、粗饲料用的箱子，还有从商店里买来的添加剂，包括糖浆、一种叫作"细麸粉"的麸子和棉籽粉。绵羊、山羊和牛通常与骡子和马隔离，放在牧畜棚里，需要兽医看病的牲畜在看病时也被隔离。猪有自己的圈，不允许放到粮仓里面。

当我长到能够胜任真正的野外工作的时候，爸爸鼓励我和杰克·克拉克待在一起，他知道这对我来说是接受农场生活教育的最好途径。杰克把他了解的或者想象的这个世界上的事情口若悬河地向我唠叨个没完。

杰克皮肤很黑，中等个头，体魄健壮。他有两只令人惊奇的长胳膊，一成不变地穿着一身干净的工装，一双长到膝盖的橡胶长筒靴子，戴着一顶草帽。他和我父亲说话很圆滑（或者至少是需要圆滑），但对其他工人却用有点沙哑的声音发号施令，对每一个人谁该犁哪块地，谁该给哪匹骡套上马具，扮演着最后的决定者角色。他对嘟嘟囔囔的牢骚置之不理。当其他所有工人完成分配给他们的任务离开后，杰克仍旧独自待在粮仓和邻近的几块地里干活，而我则像只小狗似的跟在他后面不停地向他问这问那。我们成了亲密的朋友，但是我们之间的亲昵总是有一些限制的。例如，我爸爸偶尔会拉起我给我一个拥抱，或者让我骑在他的背上，但这对于杰克来说是无法想象的，除了他有可能把我提起来翻过有铁丝网的栅栏或者把我放到一匹骡子或马的背上之外。

粮仓的四面八方是迷宫般的棚栏和大门，我们让牲口挪地方的时候不用担心它们会跑掉。把各个摇摇晃晃的大门打开关上，是要有点技术和能力的，这是我最早的任务之一。第一排围栏里是可以同时圈四头奶牛的挤奶棚，足以解决八到十二群泽西种和根西种乳牛每天两次两班挤奶的问题。后来，我们有十几个 A 式结构的猪圈，这是我从学校的"未来农场主"课上拿回设计图纸后爸爸建造的。临近下崽时，每头母猪安排一个窝，目的是保持牲畜干爽，并提供一个便于喂饲料喂水的地方，并把猪崽被他们身体笨重的妈妈不小心压伤的风险减小到最低程度。除了在延长的干旱季节以外，我们总是行走在母猪和奶牛经常活动的区域的深深的泥里和粪肥里，这样，光着脚要比穿着劳动靴子强得多。

粮仓附近的一个露天小工棚里安装了一个水泵，一次大约可以从我们的浅水井里抽两桶水。水泵由一台二冲程循环的汽油发动机带动，我们用手摇动，一天让它抽一两次水，时间是足以灌满粮仓周围和圈棚周围的饮水槽那么长。这是农场里独一无二的动力装置，总是被人以怀疑和紧张的目光检视。每当我们需要它的时候，就用摇把摇动它。我们总是担心在我们需要马达发动的时候它就会发动，否则，我们就只能自己花一两个小时抽水喂农场的牲畜。在抽水机房和粮仓之间是一个马具棚，一个我们放了一辆双轮单座轻马车、两辆大车、所有的马鞍子和马笼子以及农场运行所需的其他马具的敞开式建筑物。粮仓的附近还有一个大约四英尺深、装了杂酚油和灌满刺鼻味道混合物的水泥蘸水缸，通过这个水泥蘸水缸，我们可以把牛、山羊和刚刚剪了羊毛的绵羊身上的苍蝇和旋丽蝇幼虫赶走，至少可以暂时赶走。

  农场的计划对我来说似乎永远是一个令人着迷的系统，像一个巨大的钟表，它的每一个零件都要依靠其他所有零件才能走动。爸爸是设计、拥有、操控这套复杂机械的人，而杰克·克拉克每天给它上发条，使它保持准时。我梦想有一天能当上这个令人惊奇的具有复杂而精细零件的机器的主人。

  农场的工人全都是黑人，五个在隔板屋里居住，三个在公路右边，一个在离土路后面稍远的地方，另一个在我们家前面直接穿过铁轨的地方。这就是我成长的社区，全都在扔一颗石头就能砸到粮仓的距离之内。

除了杰克·克拉克拿的是月工资，不管晴天雨天，一周工作七天，当天气允许和需要他们的时候，其他所有工人干活都是按天取酬。更准确地说，爸爸和杰克一天之中有四分之一的时间待在家里记账，也有从天亮之前直到太阳落山以后记一整天账的情况。每天干这么久，能独立使骡子犁地的男人挣一美元，女人挣七毛五分钱，有能力的青少年挣五毛钱，小一点的孩子挣两毛五分钱。特殊情况是，在收获时期，每个人摘棉花按磅取酬，或把花生拉出地里，堆起来晒干，按量取酬。短工在星期六领取工资，这时他们要偿还贷款和结清一周之内在我父亲的杂货店里买东西的欠账。很长时间我都在想，给我的是小孩的工资，而我总是渴望能够提高工资。

虽然我对我所认识的最成功的和游历甚广的约翰逊主教充满敬意和羡慕，但我的人生受到杰克和瑞切尔·克拉克夫妇的影响最深。他们自己身边没有小孩子要照看，似乎很愿意让我和他们待在一起。在干活上，杰克·克拉克比宅地周围的任何一个人都懂得多。他负责粮仓、骡马、设备、马具和所有牲畜。他很少在地里干活，却常常给我们家的菜园和社区的红薯地犁地。杰克在工作日的每个早上在农场里敲钟，正午时间敲一次，下午四点"日落时间"再敲一次。当我们的钟表走得不准时，这也不是准确时间，但总是在黎明前的一个小时敲钟，然后是太阳在天空中爬到最高点的时候敲钟。杰克直接在爸爸手下工作，对我们这些男孩子来说，他在农场的生活中似乎有着至高无上的权力。当然，在现实中，这只是他尽量不去打消的幻想。

克拉克夫妇的家是我认识的人中我最熟悉的家，因为我和他们一起度过了许多时光。他们的房子只有大约我们家的三分之一那么大，是当地其他出租屋效仿的标准设计。有杰克和瑞切尔的私人小卧室，一头几乎全部被一个床架占满了，床上的褥套下可能垫了一层玉米穗壳和麦草。墙角一个大松木两用衣橱里放着一些衣服和克拉克夫妇的其他个人用品。房子里没有壁橱，他们的大部分衣服和其他所有东西都是在钉子上挂着，或者放在靠墙的架子上。主房间大得多，有一个四英尺长的粗制餐桌，每一边放着一个长条凳子，两把可以搬到壁炉旁边或拿到前门廊外面的直背椅子。紧挨着一面墙的是一个简陋的小床，它由一个类似于卧室里的比较窄的床垫拼成。每当我父母出门，我总是在此睡觉，在寒冷的夜晚就把它拉到火炉旁。杰克和瑞切尔有一盏煤油灯，挂在餐桌上方的天花板上，也可以挪到屋子的周围。

有时候，瑞切尔的母亲他玛，或者她已经长大成人的女儿贝塔·梅尔会过来和他们住上几天，农场的其他工人经常造访克拉克夫妇家。当田间或树林周围没有白人成年人的时候，这个地方便充满了欢声笑语，大声说话，大声争论，讲我喜欢听的微妙笑话，虽然我始终听不懂那些笑话。在我们家里，除了我自己的房间以外，这是我感到最无拘无束的地方。在餐桌上，我们三四个人玩一种叫七点的纸牌游戏，它类似于拉米纸牌游戏，但是每把牌都可以玩得令人激动。还有一个国际跳棋盘用来玩"池子"，这是一种快速移动形式的跳棋，兵棋甚至可以往前移到空棋斜行线的位置，而不是一次只能走一步。当然，王棋既可以往前走，也可以往后移动。

房子后面有一个封闭的小屋用来当厨房，有一个木头炉子、一只木头箱子、一个靠墙的大架子和一只奶桶。后门开向小后门廊，那里的主要东西是架子上的一个洗脸盆，和挂在钉子上的一条毛巾。下面是瑞切尔养小虫子的地方，在脸盆架下，红色的子孓被溅落的水、咖啡渣和厨房里任何容易得到的食物屑所喂养。房子还有一个窄小的门廊，一直通到前面，离土路很近。我们坐在那儿的台阶上，或者坐在从屋里搬前搬后的椅子和长条凳子上。

农场里有另外一种特殊的家庭住在最小的木屋里，也是面朝大路，在克拉克家隔壁。弗雷德·霍华德比较年轻、文静，是农场里最值得信赖的工人之一。他两耳不闻窗外事，结账准时，仅能维持生计，每时每刻都在说他多想要几个孩子。他的妻子李是瑞切尔·克拉克的亲戚，长得特别漂亮。她肤色浅黑，小巧玲珑，身材苗条，像丝一样的长发在印花布帽子后拢向耳后，有时挽成一个面包卷，有时扎成一个马尾辫。无论她身穿面粉袋做的衣服还是化肥袋做的衣服，都

瑞切尔·克拉克，1976 年

杰克·克拉克，1976 年

瑞切尔·克拉克，1935 年

不能遮掩她的美丽出众。在我看来，她很腼腆，无论跟什么人说话眼睛总是看着地上。她走路或干活时都很优雅，引人注目。不知怎么，我在她面前很不自在，而且我一听到白人和黑人旁敲侧击地对她说，如果她决定利用她的姿色额外挣点钱的话，他们会乐意帮忙，就感到怒火中烧。李的姨妈罗莎在梭结花边编织方面是一名广为人知的专家，我母亲帮她销售她漂亮的蕾丝补充家庭收入。

　　农场另外一个极为有趣的人叫塔姆普（他说他没有另外的名字）。他一个人生活，自称吃过老鼠，甚至比其他工人受到的教育还要少。要想听懂塔姆普正在说什么，特别困难，因为他使用的是佐治亚沿岸格勒人方言的口音。他省去了所有"不必要的"词，例如介词、形容词和副词，并且用各种各样的声调和音高，用一种奇怪的节奏说话，表达他的意思。他显然是作为本地最强壮的男人而受人尊敬，他总是被请去干超出其他人能力的特殊工作。不知怎么，爸爸在风车下面有一个大铁块，顶上有一个螺栓，在秤上一踩，"500磅①"。塔姆普是唯一一个能把它提起来拿着走路的人。他好像是我妈妈的兄弟莱姆舅舅的一个特别的朋友，他在花生采摘机和甘蔗机上给爸爸帮过一两个季节的忙。

　　一天晚上，当我们关闭了厂子回家时，莱姆舅舅说：

---

① 1磅=0.4536千克。

"塔姆普,我注意到你上班通常没有我早。"

塔姆普回答说:"不是这样的,莱姆先生,大家在的时间我都在。"

莱姆舅舅紧追不舍,说:"我愿意拿两毛五跟你打赌,早上在你来之前我就在干活了。"

一天才一美元的工资,这可是一个相当大的赌注。但塔姆普并没有犹豫,"好吧,先生,这个赌我打了。"

当我问莱姆舅舅这是怎么回事时,他哈哈大笑说:"啊,塔姆普有所不知,今天晚上我准备去打浣熊,将在黎明之前很早就回到甘蔗厂,拿我的两毛五分钱。"

我感到好像不公平,但什么话都没说。

第二天早上,在农场的钟在粮仓里敲响之前,莱姆舅舅就到达了甘蔗厂。塔姆普从几根甘蔗上坐起来,用拳头连续击打他度过一夜的地方,问道:"你赢了吗,莱姆先生?"

无论是在我们家,还是在那些出租屋里,较长的工作时间和从商店里买来的煤油价钱之高,使我们天黑以后不敢过多熬夜,也许周末除外。所有工人的小木屋都是由随时来我们农场收松树的游动锯木厂的一个人用粗木板建成的。楔形护墙板是阻挡外面的热、冷、风、雨的唯一屏障,所以住家户都用水和面粉混合制成糨糊,把旧报纸贴在屋里的木板上。木制窗户在寒冷的季节一直是关着的,小屋照明只能靠油灯和壁炉里的火光。由于门或窗户上没有纱窗，所以苍蝇和其他害虫便可以长驱直入。把地板进行封闭处理是不可能的事情，我通过木板之间的裂缝都能看见地下。这种简单的护墙板结构设计有其局限性，爸爸为了确保我们把自己的出租屋保持在良好的状态，在收获和春耕之间的冬季几个月间，都要对出租屋进行必要的维修。这增长了我在作坊里学到的技术。

离我们家距离很远的其他建筑物，只有糖浆厂和两个放棉花种子及化肥的库房，位于一条小溪流旁边，这是工人们可以躲避暴雨的地方。

我们所有的田地都用钉在木头桩子上大约三英尺高的铁丝网围起来，在上面加上两道铁丝网，挡住大一点的牛、骡子和马进入地里。爸爸还买了一些有螺旋头的铁棍用来做临时的围栏桩。围栏的各角都加固得很牢固，所有大门都是统一的，容易推开，结实得足以让小孩子骑到上面。爸爸总是说，出租屋和围栏的状况是一个地主自豪和勤劳的最好说明。

从粮仓往北延伸有一条小道，与我们所有的地段相连，田地、牧场、树林。我们林区的大部分也被围了起来，作为牲畜的草料地还是很划算的。橡树果实、山核桃果实、核桃、一些栗子、灌木丛的叶子、畜牧场补充的树林，以及田地里长的草都可以喂养牲畜。凡是牛能够着的地方的树叶和松针都被吃了，为树林和沼泽地提供了一片便于我们小孩探险的开阔地；为便于猎人跟着猎狗跑提供了开阔地；为便于看见和找到家畜提供了开阔地。小道下方有一棵很大的黑樱桃树，我们小孩子经常去看和抓那些因为吃太多烂熟的果子而酩酊大醉、晃晃悠悠的冠蓝鸦。

我的玩伴大多数是我们农场里佃农家庭的儿子，但也有几个家离公路较远的孩子加入我们。我们经常把最远的库房——离小河不太远，说成是我们的俱乐部会所，当我们在河岸上熬不了通宵的时候，就在库房里睡觉。我不记得我的父母曾经对我在农场周围的探险，甚至我到更远的森林和沼泽地探险进行过任何限制。他们只是希望我完成分配的任务，懂得基本的安全规则，按时吃饭。除此之外，我完全有自由游逛我们老家的 350 英亩的所有地方。

就在我们家的西边，直到我们土地的边界，是一个美洲山核桃园。我九岁的时候帮助爸爸精细而笔直地栽种一行行嫁接的小树苗的情景历历在目。那些树现在依然在，但修剪得没有我母亲料理它们的时候那么好——收坚果是她挣大钱的特别计划。越过我们的土地会看见一座小山，公路后面是一座带有一架风车的大宅子。隔壁这家农场的土壤比较贫瘠而且多沙，一些白人家庭为了一两种作物搬进了那家农场。他们其中一个家庭有和我一样大的几个孩子，他们加入了我和我永远的黑人玩伴的行列几个月时间。直到 20 世纪 30 年代末，在我离开家前不久，我的外祖父母搬了进去，在那里住了几年。

就在到达我们家之前，从普兰斯往西弯弯曲曲的土路与笔直的海岸航空铁路的铁轨相会，必须向右拐一个急转弯，以致两条路几乎完全平行约一英里的长度。由于没有警告牌，在急转弯处松软的沙子里，车轮轧出的深深车辙定期造成一连串事故，一周左右一次。幸运的是，路的特点是快到急转弯处就不能高速行驶了，所以路面毁坏得不多。通常，汽车一翻，自然就滚到了急转弯外，顺着松软的沙子滑行，停在路的旁边。我们小孩子特别留意这些事故，一听到那独特的喊声"出事啦！出事啦！"就往事发地点跑。总有一些有趣的人和谈话声，而且，偶尔也有一些生动的语言在那里出现。除非有特殊的事情发生，比如有人受伤，否则我们的父母根本不会出去看这些事情。

在杰克·克拉克家前面的右边有一个恶劣的急转弯，而且他承担了给痛苦的游客看病的任务。既然他是负责骡马的"管家"，就自然而然地承担了照顾那些出了事故的旅人的责任。检查过情况以后，确信每个人都安然无恙，再与司机进行一番简单的讨论，他总是知道怎么做。用两头骡子和一把犁钩，将一条链子套在车架上，他很快就把翻了的汽车搞定了。对于较大的载重卡车，他必须在农场找几个人帮忙——先把货物卸下来，然后把卡车翻正，再把货物装上去。他总是在他的前门廊下面放一个可以在卡车和院子里的其中一棵树之间操作的卷扬机（他把这个卷扬机叫作"tickle"），来协助完成这个繁重的工作。在这项服务上，杰克收费从来没有超过一美元，而且我父亲在骡子和马具的使用上没有要求任何事情。大多数情况下，帮助一辆小汽车或者皮卡车走出这条路，杰克也都心甘情愿地做了贡献，因为他知道一些家庭本身并没有多少钱。

出于某些我从来都搞不懂的原因，沿土路的地方形成了一个皱巴巴的路面，大约每隔两英尺便露出一个十字形的锯齿缺口。一有这种情况，每一段车行道都会出现最高限速的情况。车开得太慢，坐在车上有牙齿打战的感觉，轮子会掉进每一个凹槽。开快一点反倒好一些，轮子辗到凸面上，但速度比较快或遇到急转弯时会非常危险，因为轮胎在路面上没有抓力。县上的刮路机每隔几周就要把公路平整一下，通常是在一场大雨之后，但洗衣板很快会有用武之地。

由马达驱动的刮路机开到家门口对我们这些孩子来说是一件激动人心的事情。我们把操作员视为最高尚和最吉利的人，每一个操作员都试图向我们、向社区证明他亲手做的事情是出类拔萃的。他们至少得沿路经过四遍，先是把渠里的沙子和沉积物捞干净，再平整两个方向的路面，留下一个小路顶，这样水在行车的路面上就不会滞留了。这减少了洗衣板的作用，也保证了排水道在院子里和田地里畅通无阻地流向水渠，然后流进支流和小河。这是一项非常了不起的工程。

我们家的地理位置有一个问题：在普兰斯和阿奇瑞之

间，有一个墓地和一幢闹鬼的房子。无论是我的妹妹们还是我的父母都没必要走这条路，所以他们不用担心。但是有许多次，尤其是在冬季，天黑后，我从镇子里下班或者参加一个很晚的学校活动回家的时候，要走这条路。我的黑人朋友当中没有一个人敢在晚上走这条路，而且他们的恐惧对我产生了巨大的影响。墓地糟糕透了，但鬼屋更糟糕。经常有报道说，在顶楼窗户上能看见一个女人，穿着一袭白色的拖地裙，手里拿着一根蜡烛，明显在寻找她丢失的什么东西或什么人。当地的报纸刊登了关于这幢房子的大量文章，引用了过去在那里住过的人的话。有一个叫桑尼·费尔克洛思的临时房客声称对一只大黑狗很熟悉，他能够在院子里看见那只大黑狗在他的几只猎犬之中。我听桑尼多次讲起他如何最终鼓起勇气走近这个它，企图摸它，但他的手戳到那条狗的身体时却没有一点感觉，他不禁毛骨悚然。

我真的不想相信这种故事，但有时候我觉得我隐隐约约感觉到了那个正在寻寻觅觅的女人。这也许是一种回光返照，或者是维纳斯在西边的窗户那里徘徊。最后，我可以把我自己的惊悚故事对其他人添油加醋地讲一番。我上中学的时候，撒德·怀斯博士买了这座房子，和夫人古西·艾布拉姆斯·豪威尔住在里面，她是怀斯疗养院——当地一家令人景仰的医院的指导护士。当撒德博士病入膏肓的时候，艾布拉姆斯小姐（因为她总是被人这么称呼）要我和他们一起住几夜，帮助照料撒德博士。一天深夜，当我和她在厨房准备饭菜的时候，我们听到他的三条狗全都开始奇怪地嚎叫，不像我们以前听到的任何声音。这时，艾布拉姆斯小姐冲进卧室，发现撒德博士刚刚死去。我们猜想，那三条狗看见了他的灵魂离开屋子。

我和我的朋友们倒是幸运，铁路给我们选择了一条回家的路线，我们通常使用铁路，而不是公路，在其中一条铁轨上保持平衡地行走。经过几年的实践，我们都可以在铁轨上来回走两个半英里而不掉下来。

这就是阿奇瑞，是我生活、工作和玩耍了 14 年的农场，我当时最大的抱负就是做一个对农场有用的人，让父亲高兴。

用粮食交租种田是一种生活方式

> ……地必为你的缘故受到诅咒;你必终生劳苦,才能从地里得吃的;地必给你长出荆棘和蒺藜来……
> ——《创世纪》第三章第十七、十八句

我相信,"大萧条"时期很多农民感到,上帝对亚当苛刻的言辞是没有终止的诅咒,没有人比那些没有土地却带着与日俱增的无望和绝望耕耘土地的人负担更重。

我们知道的"用粮食交租"的耕种制度现在遭到了人们的普遍谴责。这个词意味着有权有势和冷酷无情的地主长期维持一种把无辜和受苦的农民像抵债的奴隶一样压榨的制度。对制度的滥用当然存在,青年时期我在农场就亲眼目睹了这一情况。但是,要设计一个合理的变通办法是很难的,甚至是做不到的。用粮食交租种田是一种旧制度,在某种情况下也是一种自然而然的制度。从佐治亚州还是英国的殖民地时起,地主们就希望把自己的一部分耕地租给那些没有土地但有足够多牲畜和设备，对分享收成又能相互理解的白人农场家庭耕种。对于比较小的农场的所有者来说，他们必须与佃农一起分享好运或者厄运。

奴隶们获得自由的时候，很多人都成了无法养活自己的技术农民，而他们以前的主人却是因为地多人少而无法耕种。对那些选择在同一个地方继续住下去的人来说，有两种基本选择：要么当按天雇佣的农工，所有作物归地主所有；要么"用粮食交租"，按相互约定的方式共同承担生产的风险。"用粮食交租"在"大萧条"期间与一个世纪之前一样，其实质是双方均有接受或反对即定协议的自由。在可用的土地上如何耕种，几乎有无限的选择，我的早期生活就是在早已形成的各种各样的制度中度过的。

众多白人农民没有土地，必须租种或者用粮食交租，然而我却通常想不起白人佃农，因为没有一个白人生活在我们的农场上，跟我打交道的都是我认识的黑人家庭。租赁协议是根据农作物的种类、所需体力劳动的量、化肥的使用、参与竞争的短工的多少，以及地主和佃农的喜好制定的。工人多得是，经验丰富、自己没有任何土地、可以出卖劳力的农民很多。我就见识过两种决定了我们的经济制度的安排。

只有锄头和斧子而没有自己的土地、骡子、设备或者其他工具的农工跟地位低下的短工一样，通常只能分到一半收成。地主喜欢把土地分给能种得多的家庭，通常给他们配备两头骡子、一辆马车、耕地的必需设备、化肥、种子,加上一个小木屋和一个菜园子。根据家庭的大小,希望他们种20英亩到40英亩地,收入几乎全靠棉花和花生。他们也有权砍木柴。收获来临时,农场里生产的一切,农场主得一半,并收回借出的作物或赊账以满足他家的年景之需。赊账一般是一周三到四美元,按种植季节双方提前约定的收取。农场主人希望借出去的钱都花在自己开的杂货店里。这些店铺是地主收入的重要来源,他们可以肆无忌惮地提高货物的价格或者对货款和赊账收取高利息。据南方的一份研究资料表明,利息平均约达25%。我想在我们地区利息也是这样高。

与普兰斯周围其他大多数地主不同的是,爸爸不喜欢这种让出一半收成的协议,他与更可靠、更有能力的家庭进行交易来种我们的土地。他们有自己的牲畜和农具,收成按三分之一或四分之一分。作为对土地使用的回报,那个佃农家庭要把三分之一的经济作物和四分之一的玉米分给地主。具体怎么分要看是谁提供了种子和化肥。如果佃农自己提供种子和化肥,一般的协议就是佃农以多少捆棉花或几吨花生或者二者的结合直接支付"租金"。

在数不胜数的事例中,比较穷的佃农生产不了足够的经济作物来偿付他们日积月累的债务。到了第一年,他们欠地主的份额就会增加,或者保持在同一水平。在这种情况下,他们便失去了谈判的自由。根据佃农记的账,在很多情况下，地主的年底结算是不公平的。即使一个几乎没有受过教育的佃农也会做基本的记录，或者把主人的记录拿给别人做分析，结果发现主人的记录都是错的，但他们也无能为力。影响和法律考量都在地主手中，怀疑他的诚实是一件非同小可的事。如果佃农是黑人（在我们地区大约占80%），而主人是白人，这样一个指控几乎是不可想象的。要是一个地主被他的白人同行知道了他的残酷或不公平，无疑会对他控制下的不幸家庭感到同情，但是却无能为力。

在汽车加油站和马厩，大家爱说的笑话是，地主与他的佃农结完账后说："唉，吉姆，今年你差不多不赚不赔扯平了。你只整整欠我20美元。"吉姆回答说："东家，我感谢上帝，今年是个好年景啊！我的库房里还有一大包棉花没有开轧。"那地主说："哦，我忘了算利息了。这账还得重新算。"

每个星期六，爸爸都要在杂货店给田间工人发薪水，给佃农赊账或提供现金贷款，在那里，他对所有的预支和销售都做了认真的记录。比较穷的农民每周拿东西都是按最低限度，从不买更贵的东西。他们只买背部肥肉，而不买有一层瘦肉的咸肉；只买糖蜜，而不买糖浆；只买玉米粉，而不买面粉；除了蓖麻油以外，他们不买专利药品。他们使用印满了图案的旧面粉袋或鸟粪袋做男人的衬衫和女人的裙子，选择最便宜的工装或一美元一双的劳动鞋。如果只穿破衣服，能光脚的时候不穿鞋，这样的衣服和鞋子也能穿好几年。高档的狐狼牌鞋子价格要贵三倍之多，但能穿好多年。

我曾经对爸爸店铺 1929 年和 1930 年的老账目做了总结，发现顾客每花一美元，五毛二分钱是用来买食品的，其中两毛四分钱买了面粉或玉米粉，一毛一分钱买了猪油，一毛钱买了肉，五分钱买了咖啡，两分钱买了糖蜜。全家的支出额一天不到一美元，这是他们所能负担的一切，因为他们还必须买煤油、火柴、盐、松木油和做药用的蓖麻油，还有一贯要买的鼻烟和烟草。即使最穷的人，每次来店里几乎都要买一盒艾伯特王子牌或沃尔特·雷利爵士牌的烟草，布朗的骡子牌嚼烟或者某个 CC 牌的、毛茛牌的，或者是马可巴牌鼻烟。只有比较富裕的顾客才会与我父亲进行交易，买些奢侈品，如卷烟、奶酪、通心粉、花生酱、燕麦粉、罐头鲑鱼、茶叶、淀粉、袜子或者手套。

在我的家庭里，我比其他任何人甚至可能包括我父亲更了解黑人家庭的困境，因为我一直跟他们生活在一起。一年中的大部分时间，他们一天只吃两顿饭，通常是玉米粉、猪背部的肥肉、糖蜜，大概还有地里的红薯。比较勤奋的家庭还有小菜园，根据季节种玉米、白马铃薯、羽衣甘蓝、萝卜、卷心菜，也种几排青豆，或在菜园栅栏上种豆角。连续不断的繁重劳动、营养不足、过多吸烟逐渐摧毁了我们贫穷的邻居的身体健康。除了几个年纪太大而不能在地里务农的妇女外，我记不起佃农家庭成员中还有谁的体重能稍微重点。

黑人男女的寿命不到 50 岁。我的妈妈受到撒德·怀斯博士巨大的影响，他是在普兰斯创建怀斯疗养院的三兄弟中的老大。在行医生涯中，撒德·怀斯博士把他的精力全部投入到使人身体虚弱的疾病尤其是糙皮病原因的营养学研究上了。虽然在医学界引起了很大争论，但妈妈丝毫不认为四肢瘫软、浑身乏力、口腔溃疡以及在冬季几个月里出现的其他症状，是由于缺乏新鲜蔬菜造成的。所以，她鼓励各家像她一样种小菜园，并在时令季节把我们的蔬菜分给他们。黑人女性一定从她们的祖先那里知道要补充矿物质的事，因为我们的马车一路过有白垩沉积物的地方就会停车。这时，她们总要吃上一大块白色的矿物质，并把空面粉袋装满，带回家给她们的家人吃。除了富含纯钙化物的砂粒外，这些矿石粉并没有那么难吃。

根据 1930 年美国人口普查局的统计，佐治亚州农场里的所有设备和机器平均价值是 134 美元。只有像我父亲这样比较大的农场主才买得起搂草机、耙子、播种机、化肥播撒机、剪茎机、多功能耕地机等设备，我在还没上高中之前就会操作这些设备了。

虽然在一个农场家庭里，每个人都不得不长时间地工作，但最重的担子还是落在了女人的肩上。她们除了田间劳动，干的活经常比男人犁地还繁重，所有的做饭、搅奶油，其他家务，还有照料家里的菜园子也都是她们的任务。大部分工作日是从黎明开始，早饭必须在男人或者全家下地之前准备好。劈柴并顺手拾回炉子里的柴火，是一项没完没了的家务劳动，喂鸡喂猪，或者在圈里和院子周围喂牲畜也是一样的。大部分家庭的房子附近都没有井，饮用水和洗衣服的水必须到一个有时候觉得很远的山泉去打水。当然，女人还要负责生儿育女，照看孩子，没有任何形式的计划生育，除非不性交，婴儿在许多家庭都是定时降生的。农村地区的佃农人家每户平均种30英亩田地，这些田地大部分是林地，离家大约半英里的距离，所以，要不是因为她们有自己的孩子，女人们通常是离群索居，独自干活。

我连一个女佃农都不认识，但是寡居的地主夫人继续操持家庭农场是很平常的事情。她们在社区德高望重，得到邻居们的全力支持。田间劳动通常由一个白人或黑人工头负责监工，但是全面的管理决定和财政安排则由女人负责。后来，我做了仓库老板，有一批很重要的女性顾客，她们之中的一些人操持着很大的农场。

一年之中最繁忙、最让人紧张的时段，是我们收花生和棉花这类经济作物的时候。小麦、燕麦、黑麦要在晚春收割，堆成禾束堆，要打谷脱粒做食品和饲料，但是它们在我们的农场经济中并没有起很大的作用。当所有的农场主同时开始收获花生和棉花的时候,人手不足的问题便会出现。我们的父母始终让我们在学校上学,而我们却对能够待在农场帮助家里收获作物的同学艳羡不已。爸爸希望我一有可能就下地干活——放学的时候,甚至星期六全天,但这也帮不上太大的忙。

"抖"花生是特别难的事情,因为天气炎热,尘土飞扬,到地里一路上蜿蜒曲折,到处堵塞。我们得架设松树苗棚杆,钉十字条,以保证架子至少不会倒在地上;挖花生,把每一串花生上沾的土抖掉,把根和花生挂在杆上。六个星期或更长时间以后,我们把一捆捆草放到草垛顶上,以助遮风挡雨。其间,藤蔓和花生便慢慢晒干了。如果花生堆放得好,就能等到进入深秋或初冬脱壳,然后投放市场。棉铃一旦爆开,白色的棉絮就会长出毛边,几周恶劣的天气不会令它遭到多大的破坏。但是,把这些作物投放到市场换成现金而使那些不耐烦的债主心满意足才是至关重要的。

从八月中旬开始,社区里需要每个身强力壮的人去收割花生。爸爸每天从天亮之前到天黑以后,不停地忙着在地里干活,从地里运东西。收花生主要是靠分离机,我们称之为"采摘机",因为它能把花生从藤蔓上摘下来。它通常是由后车轴或者卡车轮胎上一个扁平的传输带驱动,然后把花生干垛放到木车上运到打谷机旁,每一辆木车都由一匹骡子拉着。带壳花生被收进篮子里或洗衣盆里,然后

收获花生

倒在小卡车或马车上；有营养价值的藤蔓打成大捆，作为牲畜饲料。这是一个大而重要的活动，所有男人都要参与。

然而，令我父亲和这个地区其他地主感到惊愕的是，1940年9月底的星期一早上，没有一个工人出工。就连住在农场里的短工也都派他们的妻子来报告说，他们病得走不出小木屋了。到了八点钟，爸爸和其他雇主得知所有黑人在教堂里做了一个决定，要求在花生采摘机上工作，一天的工资由原来的1美元提高到1.25美元。

此时，农场主们的机器闲置了，成群的骡马停留在粮仓里。几个白人社区领袖做出一个一致的决定：决不对这个问题做出任何公开的认可，当然也不能屈服于这个"无政府主义"和"破坏性"的最后通牒。直到那天下午，我才听说了这个危机，当时我从学校回来，担心我父亲从农场回来后会干什么。他和妈妈低声交谈了一会儿，但是对我们其他人一句话也没说。

晚饭后，他一个接一个地去了每一个佃农家（克拉克家除外），告诉他们所有人，要么回到花生分离机旁干活，要么在太阳升起以前带上他们家的所有人和东西离开农场。第二天早上，他们全都回来工作了，以后再也没有人提起这件事情，仿佛什么事情也没有发生过似的。

然而，这个故事并未到此结束。爸爸决定到他最可靠的消息来源那里去听取意见。那个周末，他开车去了韦伯斯特县，与威利斯·赖特——在我们家最大最远的农场生活和工作过的杰出黑人领袖进行了一次长时间的谈话。威利斯要他相信，工人们是忠于他、信任他的，只是觉得如果不增加工资他们是无法活下去的。于是爸爸告诉威利斯，从新年的第一天开始，无论男女每天都会增加两毛五分钱的工资，摘100磅棉花或抖一垛花生按比例增加工资。他想明白了这件事，工人们如果不是迫不得已，是不会这样做的。其他所有地主也都执行了这项改革措施。

艰难时世和政治

在"大萧条"时期最糟糕的几年里,我们在自己房子前面看到得最多的旅行者是流浪汉。火车经过时,从敞开的窗子往外看,当然更多的人是步行去哥伦布或萨凡纳,这些逃荒的通常是单身男人或几个男人,偶尔也有一家老少从我们家门前走过。一直到1938年,仍旧有几乎四分之一的美国工人没有工作,其中有很多人的工作是被机械化的生产线替代了。

妈妈在家的时候,我们从来不撵任何来我们家后门要食物或要水的人。那些人始终都很有礼貌,大部分人主动劈柴或干院子里的其他活儿,以换取一个三明治或者一些吃剩下的炸鸡或饼干。我们很愿意和他们谈话,而且了解到许多人受过比较好的教育,正在寻找任何类型的工作。

有一天,隔壁农场的贝肯太太来做客,妈妈说起那一周她帮助了多少个流浪汉。贝肯太太说:"谢天谢地,他们从来不到我的院子里来。"

第二次，我们家又来了一些流浪的客人，妈妈问他们为什么在我们家停留而不到其他人家。一阵犹豫之后，他们其中一个人说："夫人，我们有一组自己使用的符号，显示沿路每一个家庭对流浪汉的态度。你们的邮箱被标明说，你们不撵人或者不虐待我们。"他们走了以后，我们出去发现了一些不引人注目的划痕。妈妈告诉我们不要改变这些划痕。

除了流浪汉之外，我们还引起了来我们家附近的马路上干活的一队被铁链拴在一起的囚犯的好奇心。白人和黑人被铁链串在一起干活挺奇怪的，而更奇怪的是，犯人中大部分都是白人。这里有几个明显的原因，除非牵扯到人死了，否则一个黑人对另一个黑人犯了罪根本不被认为是很重要的事情；而一个黑人对一个白人犯了罪却是很罕见的事情。当然，白人也更愿意把涉及法律的案子拿到当局去处理，最多的是诈骗罪、空头支票罪和盗窃罪。另外一个因素是，地主都不愿意眼睁睁看着身强力壮的黑人田间劳力被停止工作，于是会向县警长求情，把一个好工人失去自由的时间降到最低程度。和现在比起来，被关押的人寥寥无几，只有那些服刑时间长的人会参加"铁链帮"劳动。

我们男孩子对那些罪犯和他们所受到的惩罚非常好奇，在远处看着他们，想象着他们就是一群神秘的歹徒，议论着好小子弗洛伊德、娃娃脸尼尔森、阿尔·卡彭和约翰·迪林杰,他们都是闻名遐迩的罪犯,我们对他们的"壮举"可以倒背如流。在我们的玩具枪战中,我们宁愿扮演歹徒,而不是联邦调查局的特工或者当地的警官。一个犯人被判刑之后被送到劳改营,铁匠会把镣铐永久地铐在罪犯的手腕和脚踝上,并用沉重的铁链子连接起来。我们可以看到,链子很短,迈不出一个完整的步子,链子的中间铆接了一条一头有铁环的三英尺长的"斯特拉迪瓦里①制造的提琴"式的链子。当犯人被转运时或晚上躺在床铺上睡觉的时候,它被用来把他们绑在一起。犯人在他们的牢房里只能走到厕所那么远的距离,厕所就是牢房中间的一条沟。每个人腰上都挂着一个小皮包,干活的时候就提着斯特拉迪瓦里制造的提琴式的链子。佐治亚州允许私人雇主使用"铁链帮",因此他们参与铁路的建设、维护以及其他类似的工作。他们身穿完全相同的黑白相间宽横条纹的衬衫和裤子,由拿着装满大号铅弹的双管猎枪或散弹枪的哨兵严密监视。

一天,妈妈把她的小汽车停在其中一个囚犯旁边,对

---

① 意大利提琴制造家,在提琴的型号和种类上颇多创新,制造过小提琴、中提琴、大提琴、吉他等,其小提琴制造法成为后世的楷模。

哨兵简单说了几句话。几分钟后叫我和我的一个玩伴到厨房把我们的一大桶柠檬汁拿给哨兵，然后又拿给那些戴着铁链子的人。离他们这么近是相当冒险的，当发现他们类似于每个星期天和我们家一起做礼拜的大男孩和年轻人时，我们不知怎么的有点失望。他们中的大部分人的罪行不过是因为赤贫而去行窃。当他们挥舞着手中的斧子、灌木钩、鹤嘴锄或长柄大镰刀干活，喊着号子，而不是像在电影里一样唱着抒情歌曲时，阿奇瑞的大多数人都对他们感到有些同情。

最美妙的音乐不是来自囚犯，而是来自铁路部门的一伙人，在沃森先生监管下干活的六个黑人。他和工人们会乘一辆他们自己通过抬压木杆驱动的铁轨小车去上班。把小车抬开，火车就可以通过了，工人们便开始有条不紊地工作，检查每一根枕木，把那些磨损和松动的道钉换掉，保持铁轨在适当的位置。他们的工作在社区里是最受人喜欢的，他们自豪地穿着工作服——全部由海岸航空铁路公司发放，并戴着海岸航空铁路的徽章。这些幸运的人长大后就在一起干活，并且知道他们最优秀的儿子有一天可以接他们的班。他们全都在圣马克 AME 教堂做礼拜，就在阿奇瑞他们的家附近。而且我们在那儿做礼拜的时候，在唱诗班我们都能认出他们。他们工作配合完美，唱歌和声美妙，在他们身边真是愉快的事。

沃森先生和工人们

虽然我们知道没有其他社区能和我们的社区相比，但统计资料表明，当时贫穷和无助的程度在富兰克林·D.罗斯福①竞选总统的时候是最大的。家庭收入的暴跌在十年

---

① 美国第32任总统，民主党人。1882年生于纽约市，1945年4月12日因心脏病逝世。美国历史上唯一一个蝉联四届（第四届未满就病逝）的总统。在20世纪的经济大萧条和第二次世界大战中扮演了重要的角色。

前就发生了。据1932年《农业年鉴》记载，南方的全部农场收入在1929年到1932年之间下降了超过60%。一包棉花的价值被砍了一半，而农场主们偿付机器和必需品的费用几乎没有减少。虽然农场上已经人满为患，但由于许多工厂关闭，劳动力大幅裁减，很多人从城镇迁回农村。红十字会报告说，在白人和黑人家庭中饥饿现象普遍存在。我不知道任何人实际挨饿的情况，但营养不良及贫穷在我们社区普遍存在。那时，我们共同的担忧把我们紧密地联系在一起了；但自相矛盾的是，我们对就业机会的竞争使得工人当中的弱者和孤立无助者面临更加痛苦的处境。

在农场里，我们所有人都对由天气和失控的市场价格带来的想象不到的失望司空见惯，而且我们相信情况很快就会有所转机。我们错了。农产品价格继续下跌，远远低于生产成本。虽然南方大部分（然而，没有佐治亚州）在1928年支持赫伯特·胡佛①，但是就连八岁的我都知道人们对经济的绝望感与日俱增，这在四年后给罗斯福带来了一个巨大胜利。他承诺了一个"新政"，重点放在农业救济上，而且，我父亲和大多数佐治亚人知道权倾一时的南

---

① 美国第31任总统，生于1874年，卒于1964年。1928年当选总统，任职期间美国进入经济大萧条时期，失业者增多，税收提高，引起人民不满，1932年竞选连任败给罗斯福。

方人控制着国会的很多委员会,对罗斯福会兑现竞选诺言有信心。然而,1933年3月,罗斯福的就职典礼并没有使得棉花农场主对市场情况做出调整。当月初,棉花的价格还是停留在最低水平,农场主们却把他们的种植面积增加了10%。

此外,这是一个风调雨顺的春季,当国会于1933年5月通过《农业调整法》时,正值棉花丰收在望。但华盛顿白宫的决定是,绝大部分农作物必须毁掉!对那些情愿把自己一半的庄稼毁掉的农户,能拿到收获农作物可能在市场上销售所得的现金自然是好事,但是我父亲和很多邻里都坚决并持久地反对这一法案。

我们有一个朋友,名字叫柯蒂斯·杰克逊,当时住在罗莎琳爷爷的农场,后来在锯木厂的一次事故中失掉了一条腿。近来,我和他讨论了他记忆犹新的这次农业危机。"那个时候在农场上干活真糟糕"他说,"穆雷先生认为,在上帝面前自毁庄稼是个错误,但是我们不得不锄掉它们。骡子从来没有干过这种活,你不抽它,它就纹丝不动。我必须让它走在中间,让犁侧斜着锄掉棉花的茎秆。这是造孽的活呀。我的眼泪吧嗒吧嗒地往下掉。"大部分农民都有相似的感觉。《纽约时报》引用了一个农民向他的邻居提出建议的话:"我们来交换一下工作吧。你锄我的棉花,我锄你的地。"

除了这些令人伤心的经历以外,联邦政府的棉花计划在一开始似乎是成功的。一千多万英亩的棉花被毁了，大约是种植总面积的四分之一。到了秋天，棉花的价格弹回到一磅一毛钱。农民手中的存棉还是很多，但有人认为政府会长期保证稳定物价。除了销毁棉花之外，还要求农民屠宰和烧死 20 万头猪崽。对包括父亲在内的一些人来说，这是亵渎神灵的行为，是一个完全不能让人接受的联邦政府侵犯自由的美国人私人事物的行为。尽管父亲是一名忠实的民主党人，但他也永远不会原谅罗斯福，也再没有投过他的票。两年之内，棉花控制计划对所有农民都是强制性的。在此之后，花生、烟叶和甘蔗也都上了被控名单。面对令人难以忍受的罚款，父亲只能被迫接受。

尽管政府进行了这些努力，因为南方农业的衰退太过严重，已经无可挽回。太多农民仍然企图在小得养不起一个家庭的农场工作。没有可用的资金扩大计划或者购买允许在他们的土地上增加产品种类的新设备。租赁制度依然存在，有半数以上的农场仍然被那些一点土地都没有的人耕种。到了 1934 年，在南方，"新政"计划使整个农场收入有所提高，但是来自棉花的收入依旧只有 1929 年的 45%，而很少有政府的救济被送抵那些最需要救济的农民手中。

如果减少 5 英亩地，一个拥有 20 英亩棉花的佃农一年至少可以挣 35 美元，地主从中收取一半。一份联邦公共事业振兴署的研究资料显示，佃农家庭平均每人的年收入是 28 美元，即便是拥有自己的骡子和设备的佃农也才挣 44 美元！

即便是个孩子，我也能看出这些灾难性的政策是怎样伤害个体家庭的，又是怎样使黑人和白人之间的关系变得剑拔弩张的。我在普兰斯的街道上听到种族主义者对联邦政府"给那些没用的黑鬼付上工资，不要让他们工作"的不绝于耳的谴责。但是，我也听到佃农们自己说"新政"援助计划给他们提供的帮助多么微不足道，以及他们是如何经常发现更多问题的。政府对减少种植的回报补偿，几乎也是需要通过土地的所有者来进行。尽管法律要求在租金或租赁合同里明确规定以相同的比例平分补偿佃农，但地主以佃农欠他的债为由，可以合法地拒绝把政府的补偿分给他们。这是联邦政府经常要检查的非常大的问题。这样，所有的钱就会回到地主的口袋里。此外，无法无天的地主们强夺佃农家庭的田地，就连没有被种植的那一部分作物也要征收，这是很容易的事情。对于许多一贫如洗的农民来说，"新政"变成了一个诅咒，而不是一种恩惠。

联邦政府还有一些能救济最为贫穷的家庭的方案，但它们的实施不仅断断续续，而且对于那些真正需要的人的作用是微不足道的，尤其是对于黑人。计划通过由有影响力的公民组成的委员会来实施，而这些委员们非常反对给那些拒绝在农场干活的人提供救济。规定中的救济，虽然按全国水平少得不值一提，但多如牛毛的佃农家庭每月都可以领取。根据1932年另一份政府研究报告，我们地区的农村家庭每月大约领取12美元——如果他们是白人的话。按照法律规定，平均每个黑人只能得到8美元，因为据推测，黑人家庭生活水平较低，救济金下发不足时，谁先拿到救济金是可以想象的。

即使像我父亲这样对待佃农万分公正的人也无法缓解他们的困境，自己没有钱就无法预支，特别是当贷款从来得不到偿还的时候。最有效的办法是干活给钱。

对一些小地主来说，减少耕种计划遇到了巨大的压力，最划算的是，直接使用他们自己家的家庭成员在地里干活。但是，他们在那些年间还是垮掉了。拥有不到300英亩土地中的三分之一还多的农场主，因为不能支付贷款而被银行和保险公司没收了地产。那些年的事我记得很清楚。很多年来，普兰斯周围大部分土地的主人都在外地。我的叔叔韦德·罗尔瑞以前从来都做得不好，但现在他好像有了一个在几个大保险公司的农场当工头的了不起的工作。乘车行走在公路上，我们很容易就能认出这些农场，因为这些农场的经理要把风险降到最低，只种小谷粒的粮食，大部分情况下是小麦，因为小麦对种子、土地耕种和劳力需要的可能性支出不大。这对于普兰斯社区也是不利影响。对从前的短工、佃农、商人、设备商、轧棉工、货栈主和银行家来说，这几乎如同我们县的一大部分被人从地图上抹掉了似的。这是我第一次意识到华盛顿白宫的政策旨在达到的目标和它对我身边的人产生的影响之间有巨大的差异。

随着爸爸对"新政"和罗斯福总统的极大反对，我们生活中最重要的政治力量变成了尤金·塔尔梅奇州长。据一本南部的百科全书所说，他炫目的竞选方式含有对农业知识的精准掌握，又有汤姆·沃森（1904至1908年平民党总统候选人）的民粹主义和托马斯·杰斐逊的"极度节俭"。尤金·塔尔梅奇州长强烈反对"新政"政策干涉农场主和商业领袖的私人生活，拥护例如汽车牌照收税3美元这样简单明了的计划，打破了对佐治亚州泥腿子们进行抢劫的"化肥托拉斯"。

所有这些特点激起了我爸爸对他满腔热情的支持。爸爸在我们两吨重的平板卡车里铺了一匝草，把一车人拉去参加吉恩的政治集会。我记得最清楚的一次是在1934年，当时塔尔梅奇正在竞选州长连任。爸爸让我跟他一起去了。虽然我们早早到了奥尔巴尼（这是爸爸的习惯），但由于人山人海，我们不得不把卡车停在离现场至少半英里的地方。我们沿着一英尺深的烤肉坑走着，几百只整猪在炭火上烤着，所有人都激动万分。正在烤肉的人很认真地告诉每一个人，肉从前天午夜就一直在烤，不过要等政治演说结束才能端上来。还有两台吸引人们目光的切面包机也在操作，用绳子隔开，不让旁观者挤得太近。软饮料摊生意火爆，可口可乐比别的东西都卖得快。有几个纪念品摊子，大部分是为塔尔梅奇卖竞选宣传品的，最红火的是一对带有候选人标志的宽的红色裤子背带。整个人群中几乎没有一个人不戴帽子的。根据他们的工装或穿着周末的衣服而不自在的样子，我们能认出哪些人是塔尔梅奇的泥腿子。

来自佐治亚州北部的菲陀林·约翰·卡尔森乐队和一个男声福音歌曲四重唱轮流表演，挂在树上的扩音器里传来了他们的歌声。我们来自普兰斯的一队人马在离舞台大约30码的一棵树下集合，爸爸为了让我能看得更清楚，把我举到树枝上。大约在正午，仪式主持人开始介绍名望日益增加的几位当地政客，他们每一个人对心不在焉的观众讲几分钟话。大概一个小时后，观众到了要掀起抗议浪潮的边缘了，这时"老吉恩来了"的消息，在翘首以待的与会者中传遍了。当几个骑着摩托车的州巡警引领一队车窗封闭或敞开的小汽车经过我们身边时，大家争相观望。最后，一辆车停了下来，大人物现身了，他穿着一身黑色的西装，戴着一顶软呢帽。他举起一只手，然后用他的帽子向经久不息的欢呼声招手示意之后，款款走向演讲台，一路上又招了几次手。市长和我们的国会议员讲过话后，民主党主席站起来介绍塔尔梅奇州长。

州长走上演讲台，脱下帽子，黑色的额发掉下来遮住了额头，几乎挨到他的角质架眼镜了。鼓掌停止后，他开始讲话，重复了几段他的一些狂热的支持者几乎都能在心里背下来的念经似的演讲词。他先讲了对汽车牌照征收三美元税的事，然后讲了降低电费和学校使用新课本的事。

他背诵了对"新政"冗长的批评意见,发表了联邦政府是如何处心积虑地控制每一个自由的美国人的生活的批评意见。人们都等着他重复他自己不在有有轨电车的城里竞选的承诺并等着喝彩。在每一个简短的段落结尾,他抑扬顿挫的语调和举止都清晰明了、大方得体,掌声也是恰如其分,绝对不会令他失望。就像他的所有竞选对手一样,塔尔梅奇主张严格的种族隔离,但他总是会提到人群里处于明显位置的一大堆黑人农民,他们可是他的支持者啊。

在演说快结束时,他的一个重要支持者大声喊道:"把你的外套脱下来,吉恩!"这声叫喊很快得到所有与会者的响应。一开始,他好像吃了一惊,但是转而咧嘴一笑,扮演了他熟悉的老调重弹的戏剧角色。当我们看到他正戴着他的支持者们早已购买的相同的红色背带时,震耳欲聋的欢呼声顿时响起。他迅速抓住两个红色背带在胸前绷了几下,感谢大家的光临,请求所有人继续保持他们忠实的支持,说他还有另外一个集会要参加,便很快离开了。就在这时,晚餐开始了,烤猪肉、不伦瑞克炖肉、凉拌洋白菜丝、甜腌菜以及刚切成片的松软的面包,还有免费冰茶。因为人来得太多,这次晚餐居然限量了,一人一盘。

我们普兰斯的一拨人吃完饭后准备回家,我们永远忘不了我们生活中最令人难忘的这件事。这是一个特大集会,即使反对州长连任的亚特兰大的报纸都承认有三万人。在民主党的那年预选(在那些日子里,"预选等于选举")中,吉恩·塔尔梅奇赢得了佐治亚州195个县中156个县的选票,包括所有没有有轨电车的那些县。我从来没有想过,有一天我会追随老吉恩的政治道路进入州长官邸。1938年发生的一件事永远改变了我们的家庭生活。那时,农村电气化管理局给社区里位于最合宜位置的农场通了电。虽然很多幸运的家庭只在一个房间里安装一只灯泡,但我们所有的房间里都有电灯,甚至安装了一台电冰箱和一个电炉子。或许是因为电力开销特别大,有时候每个月达10美元之多。爸爸很快成为萨姆特电力会员公司管理委员会的一名会员。这个合作性的组织马上变成我们地区最强大的政经力量之一,因为这个委员会决定在哪儿架设线路、调整电费和保护因扩大电网由政府发放的低息贷款。合作年会是所有社会活动中最大的活动,几乎每一个会员都会参加一个烧烤晚餐。由地位高的政治家发表讲话,由管理委员会成员做细致的经济研究报告,会员之间辩论激烈,会员在抽奖活动中可以赢得价值不菲的电器。

爸爸和其他四个官员参加了全国农村电气化管理会议,并展开游说,希望国会通过更加有利的法案。这次活动扩大了爸爸从普兰斯到全美国的政治眼界。无论他多么喜欢农村电气化计划,他决不承认富兰克林·罗斯福与这个计划及它所带来的福利有关,而且他永远都不会忘记被迫锄掉棉花和屠杀生猪的事情。

实际上，政府的农业计划直接影响了我的生活。我的第一个（和最后一个）非家庭雇主是美国政府。作为一名16岁的高中毕业生，我符合条件去丈量农户的棉花和花生种植是不是超出了控制面积以及是否达到了防止土地流失的标准。我很高兴一小时能挣四毛钱，和一个公共事业振兴署的员工相同，而且我一周最多可以干70个小时。我必须计算一下种植面积，这对一些不规则形状的田地来说，不是一个简单的几何运算问题。但是由于一英亩被定为10方链，这就多少简单了点。我有一个助手，他拖一根66英尺长的链子跟着我，挣我一半的工钱，但实际上他挣得比我多。我还得配备运输工具，以及汽油和机油，这又从我的总收入里去掉了一笔可观的费用。如果妈妈和我弟弟比利不待在家里，允许我免费使用家里1939年产的普利茅斯小汽车的话，我其实就不挣钱了。

我对工作是一丝不苟的。我的计算有时候与那些地主们的计算是存在分歧的，但只有一次很严重的冲突。有个星期六晚上，很晚了，我正在普兰斯商品公司工作，一个叫索尔特的农民来到柜台后面，抓住我的肩膀，大声喊道："见鬼！你为什么要把我的政府补贴骗走？"我当然认识他了，我立刻猜到是我最近的决定造成了这个争端。他在他家马路对面有一个小美洲山核桃园，他在这个山核桃园里种植绛车轴草。我极力解释他每英亩树的成活率不够获得土壤保护补贴资格，但他不听，反而把我摔在地上，开始用拳头打我。我用我的双臂护住我的脸，直到我大伯和其他几个员工把他从我身边拉开。关门后，我从后门溜回家，没再见到索尔特先生。我在阿美利克斯的主管第二周过来，会见了那个农民，确认我的决定是对的。第二个种植季节，我多少感到如释重负。这时，妈妈又开始工作了，我上了大学。

作为一个农场男孩，我并没有意识到走向农业现代化的趋势已经悄悄开始。联邦政府在每一项农业活动中变成了合作伙伴，越来越多地介入到农场管理。经济作物的种植面积正在减少，更多的优势涌向大农场主。机械化程度的提高是不可避免的，虽然它来到南部佐治亚很慢，而且最初只有一台手扶耕耘机或者一个仍由骡子拖拉的双排杀虫剂喷洒器。更快提高机械化程度的压力在不断增大，但收效甚微。虽然我的父亲是一个成功的改革派农场主，但直到我上大学一年之后，他才买了自己的第一台拖拉机，而且他一直都没有一台机械化的摘棉机或者是一台花生联合收割机。

20 世纪 30 年代，大约有四分之一的佃农家庭被迫离开了农场，1941 年进入战争后离开的更多。1940 年，拥有汽车的南方农场家庭比 10 年前还少。农业人口基本上没有什么变化，基本的佃农制度又持续了 20 多年。由于农场外的工作机会很渺茫，农村家庭无处去寻找更好的生活。

回首这些情况，我现在能够明白我的父母绝不做任何努力劝我留在农场的原因了，即使我几年以后接受农业高等教育回来之后也是如此。大家都认为，海军的职业生涯才应该是我最大的抱负。

我的生活像小狗一样

从我们搬到阿奇瑞农场的第一天起，我的第一个玩伴就是一直被称为 A. D. 的阿隆佐·戴维斯，他和他的叔叔还有婶婶一起生活在我们农场。在普兰斯最初的四年，我只认识白人小孩，遇见这个一头卷发、大眼睛、一说话老爱结巴的胆怯的黑人小男孩，对我来说非同寻常。我很快就得知，只要大人不在我们面前，我们单独在一起的时候，A. D. 的局促不安立刻就化为乌有了，我大约用一个小时的时间就彻底忘掉了我们之间的种族差异。因为我们农场里的其他玩伴也都是黑人，我自认为我是局外人，想方设法模仿他们的习惯和语言对我来说是再自然不过的事了。我从来没有觉得 A. D. 试着要改变什么，只有当我父母有一个人在场的时候例外。那个时候他就变得非常安静，一直警惕地察言观色。等到我们又单独待在一起时，他才又露出轻松愉快、生气勃勃的那股劲儿了。

很快，除了我在爸爸或者杰克·克拉克身边以外，只要我醒着，就和他在一起。他的代理父母不知道他确切的出生时间。A. D. 和我年龄相仿，我们见面不久以后，他和他的婶婶选择我的生日作为他自己的生日，所以我们可以分享诸如此类的庆祝活动。A. D. 比我个子略高一点，身体略壮一点，但不够迅速、敏捷，所以我们在摔跤、跑步或其他比赛方面几乎势均力敌。我在他家毫无拘束，把他叔叔婶婶当作自己的父母。至少在我们幼年时期，我相信他在我们家里同样感到无拘无束；我和他都不认为在厨房里而不是在餐桌上跟家人一起吃饭是不正常的事情。

我有机会选择一个伙伴的时候，总是愿意选择 A. D.，我们一起干活、一起玩耍、一起钓鱼、一起设陷阱、一起垒东西、一起打仗，违反了大人的规则一起受惩罚，等等。我们其他的固定玩伴是 A. D. 的表弟埃德蒙·霍利斯、米尔顿和约翰尼·雷文兄弟，他们住在公路下面半英里远的地方。伦伯特·福里斯特是加入我们阿奇瑞玩伴圈子的唯一一个白人男孩。他是埃斯蒂斯·福里斯特先生收养的两个孩子中的老大。福里斯特太太死了，而伦伯特，大概和我的年纪差不多，也病入膏肓，大家都觉得他活不了多久了。福里斯特先生经营了一家大农场，还有一个锯木厂，他雇我母亲全天照顾伦伯特。这个护理工作意味着母亲既是护士又是母亲。随着他渐渐病愈，妈妈有时会把他带到家里住上几天。大概在我六岁的时候，我和他成了亲密的朋友。

他的病完全恢复后，他父亲给他买了一匹矮马驹，我非常羡慕。有时候他骑着马驹一路到我家，我们就一起骑马取乐。这匹马驹速度很快，强健有力，冷不防就猛然弓背跃起，把我们摞下去，或者控制不住地全速奔跑到精疲力竭为止。我和伦伯特经常在我们父亲的棉花地和西瓜地里肩并肩地劳动。

我们男孩子在一起很合得来，但我们都有各自的癖好。例如，只要有人拿着照相机一出现，伦伯特总是坚决要求梳头打扮之后摆姿势照相。A. D. 一张相也不照，不知道从哪儿听说照相机会"把身体里的东西取走"。

虽然我六岁就开始上学了，但我生活的中心依然在农场。我们起得很早，在上学之前可以玩或者干活一到两个小时。下课后我便冲回家，继续做我的农活。

我的母亲是护士，常常不在家，而我的父亲也整天忙于农场和其他经营之事。于是一个名叫安妮·梅尔·霍利斯的年轻黑人女人——她是埃德蒙的表姐，便在我们家里全天候工作，帮助照看我、葛洛莉娅（比我小两岁）和我们幼小的妹妹鲁思。我的童年的世界真的是由黑人妇女构建的。我和她们的孩子一起玩耍，经常在她们家里吃饭、睡觉，后来和她们的丈夫及孩子们一起打猎、一起钓鱼、一起犁地和锄地。我从他们那里学习如何了解自然界。在许多方面，从生到死，他们都是我们家不可缺少的组成部

前排：葛洛莉亚、安妮·梅尔、鲁思
后排左起：我、弗雷佳·佛斯特、伦伯特

分。(安妮·梅尔后来离开了，在好莱坞给一个开餐馆的富裕家庭打工。但是在 1953 年，当她听说我爸爸癌症病重的时候，她回到普兰斯自愿帮助我母亲照顾他。七月份，我父亲痛苦地咽气的时候，安妮·梅尔一直用双臂抱着他。)

住在我们农场附近的所有人之中，瑞切尔·克拉克是最出色、对我的影响最深远的人。她个子矮小，性情娴静，肤色比她的丈夫杰克要浅。她举止端庄,韵味独特。我相信这种说法:如果瑞切尔在非洲的祖先可以追溯到的话,他们会被发现是皇室家庭。这不仅仅是我的看法,而是认识她的其他人的共识。虽然我父母和其他白人经常雇用黑人女人当佣人,但让瑞切尔做这样的工作似乎不太合适。瑞切尔在田间干活的能力在社区里是出了名的。她能摘大量的棉花,太阳落山的时候,其他田间工作者一天的劳动量用秤一称只能达到她一半的量。

瑞切尔是教我怎么在小河里钓鱼、怎么把地里的水排出去的人,也是我们结伴同行最多的人。有时候从我们家要走5英里,她会把我们周围的动植物讲给我听,让我知道上帝希望我们好好照顾他的万物生灵。她讲给我的人生的宗教和道德价值观比我父母给我讲的还要多,我聚精会神地听。她显然并不是在布道,她教我应该怎样做。

作为农场里最年长的夫妇,杰克和瑞切尔是那些不该引起我父母注意的所有争吵的最高仲裁人。我在农场的其他黑人家里,自然地感到无拘无束,特别是在杰克和瑞切尔家里。我唯一不喜欢的是在他们的房子里睡觉,一坐在床垫或者草垫上就被臭虫咬。这是所有农场家庭都存在的一个问题,但是,妈妈作为一个护士似乎全力不让这些害虫在我们家里随便出现。我们把煤油托盘放到几个床腿旁边,定期把床垫拿到外面,把两面打一打、晒一晒。我们一年至少还要把八角肥皂和腐蚀性很强的红魔鬼牌强碱水混合起来，把我们家的地板冲刷两次，确保木板之间的缝隙不能潜伏虫卵。

我们家乡的家庭全都是靠得住的和勤劳的短工，他们任何一个人都有权利在收益分成耕种协议下耕种他们自己的作物。然而，他们必须去另一个更远的农场，负债购买他们自己的骡子和设备，并且放弃他们每周领取的固定工资。

爸爸知道每个家庭挣多少钱，欠多少钱，都有什么农具，作为雇工或佃农过去都有过什么纪录，是否勤劳，有没有抱负，也知道他们周末是不是做了违法的事。与爸爸不同的是，妈妈经常在佃农家里做护理工作，她知道他们家人的情况、他们的健康状况、卫生习惯，以及穿衣打扮的习惯。但是，我和他们同吃同住，参与他们家庭的私人谈话。黑人父母，尤其是女人，有时会把他们的忧虑直接说给我听。长大后我才意识到他们是希望我把这些话传过去，而不必直接去对我的父母说。我认为也许能够帮上忙的时候，通常会找一个机会，在家里把这些问题提出来。

佃农家庭的食物常常令人失望——只有玉米面包、背部肥肉，也许有点青菜。但是，有时候他们对我的到来会设法提供一个比他们往常更多一点营养的膳食。糖蜜和面包总是新鲜的；做的菜千篇一律、一成不变（而且经常是由同一个女人做的），就像在我们家里一样，我们全都喜欢吃容易弄到的红薯。有一种东西我们在家里从来没有吃过，我特别喜欢，是一次打猎成功后被他们叫作"波鲁"

的东西。我一直不知道这个词出自哪里,而且我在字典里也找不到这个词,但是它仍然在普兰斯社区使用。"波鲁"是某种煮得很烂的野生动物的肉,最有可能是松鼠、野兔或者浣熊。在一个机会难得的宴会上,把它一块一块放到一个有玉米、玉米粉、洋葱、白马铃薯、南瓜、秋葵、辣椒和其他可以提供的本身味道不太重的东西的大锅里,大肆烹制,保留了肉的风味。有时候几个家庭一起把原料贡献出来。无论什么时候什么人问主人他们的特别调和物里放了什么东西,他们都会发出一阵人们能够料到的哈哈大笑声,说:"如果我告诉你,你可能就不吃了!"

我们农场的男孩子过着一种积极的户外生活,我们的时间都花在了田野和树林里,用骡子、犁和锄头干活,也在不干活的日子里钓鱼、骑马、骑自行车、打猎、爬树、爬风车,在小河和泥沟里蹚水或玩耍,或者打架、摔跤。

从三月初到十月底,只要天气和我父母允许,我从不穿鞋。每年天气刚开始暖和起来的时候,不仅带来了一个万象更新、生机勃勃的季节,而且给我带来了重获自由的时间,跑啊,滑啊,在泥坑里走啊,在刚耕犁过的田间地头走啊,给生活带来新的局面。我喜欢这种在农场里解放了的感觉。我们男孩子开始穿上鞋去教堂和学校的时候,是13岁,进入了七年级。在农场生活和工作的许多人一辈子都赤脚走路,寒冷的冬日除外。毫无疑问,赤脚本身有助于产生一种与大地亲密无间的感觉。

荆棘是一个令人头痛的问题，尤其是在早春，我们的脚很容易受伤。我记得最令人不愉快的是滚烫的表土。虽然在凉凉的刚刚翻开的犁沟里跟在犁后面走很愉快，但我们摘西瓜、给正在生长的作物施肥，或给棉铃象甲虫打药的时候，我们的双脚要直接接触表层被太阳晒过的土壤。我们脚掌圆形的突出部分很粗糙，但当热沙子和粉状的土壤盖过我们比较嫩的脚面时还是很痛的。在最热的天气里，从正午到下午，我们成群结队地跳一种拖步舞，跳一会儿，在西瓜叶子上或者其他小阴凉地停留一会儿。在粮仓区和牲口棚里，我们避免不了在粪堆上走路，实际上我们当然不想这样做。我得每天帮忙抓住骡马，给骡马套上马具，喂鸡喂猪，帮忙挤牛奶。干这一系列活儿，我们宁愿打赤脚。

有一些对赤脚不利的因素。踩在旧铁丝网上或生锈的钉子上是随时都有可能发生的事，有破伤风的危险。另一个问题是在学校。松木地板没有打磨，很粗糙，而且有一层为了压住灰尘而涂抹的废机油。我们很快知道，每走一步都要把脚抬起来，因为地上经常有木屑，对赤脚是一种威胁，一不小心就会滑倒。

我们最常见的疾病是流行性钩虫痒病、癣、疖、痈和我们眼睛上的睑腺炎，加上自己造成的被碎片划伤、割伤、擦伤、挫伤、马蜂和蜜蜂叮蜇——我们把马蜂和蜜蜂蜇叫作"脚尖被人踩了"。我们一点也不担心钩虫痒病或螨虫，但我们在树林和沼泽地待过以后，妈妈要对我们进行扁虱检查。她知道怎么用镊子把它们镊掉，所以它们的叮咬后果都不严重。对我们来说，除了亚香茅，没有什么东西可以把昆虫驱除。不过亚香茅也不起什么作用，我们几乎不用它，尽管一场大雨后几小时黄蝇和蚊子会蜂拥而至。我们很快练就了一种本领，那就是对那些令游客痛苦不堪的小黑蚊子完全视而不见。

癣更烦人。很小一点，密密麻麻地呈螺旋形排开，大部分发生在大腿内侧周围，奇痒无比。我们认为癣是由某种非凡的圆形小生物造成的。后来我吃惊地发现，癣并不是什么小生物造成的，而是真菌在肆虐。身上由癣造成的奇痒和坐在小溪边钓鱼被红色蚊虫叮咬后的痛痒有时此起彼伏地折磨着我。

几乎每个人都时不时地遭受着钩虫病的折磨，我们叫它"地痒"。我和我的玩伴们都受过它的苦。一份20世纪30年代对黑人和白人农村小学生调查报告显示，钩虫病的感染率在26%到49%之间。我和其他一些人之间的区别是，妈妈总是把药抹在我的脚指头缝之间，这能阻止寄生虫加班加点地进入我的肺中，然后进入我的喉咙里，再从喉咙进入我的肠子。数以万计的虫子吞噬了我们一贫如洗的邻居们体内大部分的有限营养。我猜想，只要我们使用的户外厕所比较卫生，不要在有粪便的土地上走来走去，就能避免钩虫病的发生。

在不同的场合，我断了两次胳膊三根肋骨，但是我难以忘怀的伤痛是我手腕上扎了一根刺。一天早上，像往常一样，妈妈让我为晚饭抓一只鸡。当时，我和 A. D. 正在玩回飞镖，我们知道，回飞镖是澳大利亚土著居民用来打猎的。我们的一些小飞镖有时候可以飞回来，有几个直一点的我们用来狩猎。我拿着狩猎武器打一只适合油炸的仔鸡。鸡都在我们的烟熏房后面一小块臭甘菊地里，这些甘菊浓密的顶部都被砍掉了，留下的秆差不多有两英尺高。当我举起胳膊扔回飞镖的时候，我的手腕碰到一个锋利的野草尖上，这个尖深深刺进我的腕骨里折断了。伤看不见，只有一个小眼说明我受伤了。

我把鸡拿给妈妈，告诉她我的手腕受伤了。她看了一下伤，给我抹了一点红药水。但是我的手腕几乎动不了，我开始怀疑伤势可能不轻。大约一天以后，我的手和胳膊都肿了，妈妈把我带到普兰斯的诊所，让博曼·怀斯医生看了看。他检查了一下，没发现什么，给我绑了一个小绷带，把我送回了家。

正是仲夏时分，我们在农场里摘棉花、拔花生，每个人都必须干活。我的胳膊只是轻微肿胀，但是我的手腕弯不了，手指也动不了，好在没有剧烈的疼痛，所以我待在家里而没有去地里。一天，午饭后，爸爸准备离开家去干活，他说："我们其余的人都要去干活，只有吉米躺在家里看书。"我对他的话感到痛彻心扉，心里明白他叫我"吉米"而不是"刺头"或"能不够"是对我的厌恶。父母不知疲倦地劳动，孩子也要下地，这在我们家里是一个不可违背的规矩。我勤劳苦干的声誉很重要，而我父亲的赞誉更珍贵。

我闲得不知道干什么，便去了我们家附近的牧场。爸爸不得不比平常更加努力地干活，我为自己的悠闲感到羞愧。为了治疗，只能不惜冒险了。我把手放在围栏柱上，手指朝上，把我的腰带紧紧缠在手上，然后慢慢抬起胳膊，强迫我的手腕弯曲。让我感到欣喜若狂的是，一股脓喷了出来，半寸长的黑色木刺也冒了出来。我跑回家，骑上自行车，飞似的骑到棉花地，向爸爸报到。我给他看了那个刺眼，他微笑着说："你能回来干活太好了，'能不够'。"

在耕种季节，我宁愿犁地或锄地，可是作为一个小男孩，我的工作是要经常给地里的几十个人提供饮用水。所有井的距离几乎都很远，只有用自然流淌的泉水当水源了。最好的泉水被仔细保护起来。把沙子挖出来，水源被木板盖上封起来，一把长柄勺或者一个搪瓷杯始终挂在旁边的一棵树上，四周的灌木丛被清除了，所有水蝮蛇爬过来都能看到。因为人们常来的几百尺的小路干净而整齐。没有井的人家一般都依泉水而住，路边的泉水尽为人知，不少跋涉的人会在那里驻足小歇。

从这些泉里取水是很辛苦的工作。它们几乎全都在一个很陡的斜坡底下,那儿的地面通常又湿又滑,而田间地头离平坦的地面距离又很远。由于爸爸是按天给田里的工人付工资的,他不想让他们每次在需要喝水的时候离开田里,所以我必须保证水的供应。我每只手掂一只 2 加仑①半的桶。我去一次泉边至少要提 5 加仑的水。尽管我把几块短而平的木板放在水面上以减少泉水的洒出,但等我爬上山坡再走到地头,桶里的水就没有那么多了。

　　送水这份活还有其他不遂人心的事。我对那些让我提高速度的要求不能吱声,对那些喝水人的抱怨也无可奈何。有些人特别能喝,我慢慢学会最后给他们送水。有的人有个习惯,也许是无意识的,喝上一两勺,再舀一勺喝上一口,然后把其余的泼到地上,对我而言,这几乎就像是看见我的血被人泼出去的感觉似的。给 30 多个在烈日下干活的人送水是我在农场上干过的最辛苦的活儿。我羡慕犁地和锄地的人,总是认为我父亲应该把送水的这项工作给个子最高、身体最壮的人,而不是他唯一的儿子,但抛开这个折磨,我相信他是爱我的。

　　多亏了我们的短头发,男孩子通常避免了头虱这种折磨人的东西。即便如此,妈妈也要坚持我们家周围必须有良好的卫生,我的两个妹妹偶尔也有这个问题。除非把头

---

① 1 加仑=4.546 升(英制)。

发剪得很短或者剃掉，一般的治疗方法是把硫黄和煤油混合剂抹到头上，再给头上戴一顶紧紧的圆锥形针织绒帽。我们一看到有同学整天戴着一顶帽子，就知道她有什么问题了。

没有一种治病的方法是无痛苦的。我们总是怀疑得了只有难吃和难闻的药才能治的病，或者它们只不过是回应客户的信念。蓖麻油、氧化镁剂、666和复方樟脑酊都经过试验，热膏药和碘酒对哮吼①、裂口、抓伤都烧得厉害。我认为我有过的最可怕的医疗经历是当我爸爸确信只要我们在腰上贴上阿魏②膏药——也叫魔鬼的粪便，我们就不会感冒或得其他病。这种从某种植物的根部提炼出来的药膏气味令人恶心，使得一切带菌的生物都对我们敬而远之。直到我们说服爸爸，得病的威胁已经不存在了，他才叫停。

尽管学校的课程和我母亲讲的疟疾、斑疹伤寒、伤寒及其他疾病是由昆虫和鼠类动物传播的，我们对无处不在的害虫的确没有多少办法。就苍蝇而言，我们的纱窗每天要开很多次，根本不能把它们赶出屋子。奶桶和其他食物不得不一直盖着，经常是用一块干酪包布。我们使用苍蝇拍，把胶带挂到天花板上来减少苍蝇的数量，但是总有一群新到的苍蝇在后门外等候——它们是在附近的粮仓区繁

---

① 病名，主要由病毒感染所致，多发于六个月至三岁的儿童。病情发作时呼吸急促，喉中有哮吼之声。
② 一种植物制成的药，味臭，旧时用作镇静药。

殖的。有一个老笑话说，煮猪肠子是唯一能把苍蝇赶出屋子的办法。

狗在我们的生活中起着重要的作用。它们在农场里和狩猎时，不但是我们忠实的伙伴，也给我的童年时代带来了最可怕的噩梦。狂犬病的恐惧甚至比鬼屋、肺炎以及小儿麻痹的威胁更有过之而无不及。我们在童年之初，就被许多曾被疯狗咬过的受害者讲的一堆惊悚故事洗脑了。我们听说过一个出身名门的农场主被狗咬了的故事，他知道被狗咬是会得狂犬病的。这个农场主在意识还没有失控的时候，用一条链子和一把锁把自己绑在一棵树上，然后把钥匙扔掉，以便自己在精神失常和狂笑不止的最后阶段，无法攻击妻子和孩子们。这样的恐怖故事意在警告我们，狂犬病是完全无法医治的，后果是灾难性的，我们知道关于狂犬病的威胁并没有夸大其词。

我屡次出现的噩梦是和一只狗搏斗。一开始老是一只很小但很吸引人的小狗，不过它疯了。我一开始跑，那只小狗就追我，跌跌撞撞的，有时候兜着圈子跑，甚至偏离了正道，但又会转回来。我像走在黏稠的废糖蜜上似的拼命挣扎，我的腿脚都能动，只是动作很慢。当那只小狗最后张嘴咬我的时候，我醒了，一身冷汗，魂不附体。即使现在，60多年以后，那奇怪的狂吠和那只小狗追我时，血顺着我被它咬伤的后腿汩汩流淌的情景，还历历在目。

童年时期，我见过几只疯狗，并没有我在梦中见到的那些疯狗招人讨厌。如果我们自己的其中一只狗开始表现得非同寻常的话，我们会把它牢牢地拴起来，或者把它锁在一个小屋里，然后给它打一针，除非它恢复了正常的行为，要么是不会给它解锁的。我记得看见过几个狂暴的动物在我们家附近的大马路上和田地里乱跑，而且我在普兰斯的时候，两次看见过一只疯狗在街道上出现。消息像野火一样蔓开后，我们所有人都跑进家里或商店里，关上所有的门窗。一两个人拿着来福枪或气枪走近那只狗，如果有可能的话，会在一辆汽车里打死它。有一个难忘的时刻，当时我在镇上卖花生，一只疑似的疯狗被绑在商店门前的路灯杆子上。当它开始遭受抽搐之苦时，我们紧张的镇长一走近那畜生，便用他的手枪连开六枪，除了打在地上，没有打中任何东西。有一个售货员最后拿来福枪向那只狗开了一枪，子弹用的是普兰斯商品公司陈列的样品——大街上的那家商店是我大伯奥尔顿（我总是叫他"巴迪伯伯"）开的。

一个农场男孩无法避免偶尔被狗咬的事情，但如果它打预防针的历史不为人所知，那么被它咬了就真的成了一个问题。狗头要被砍下来送到州实验室里，证实一下那畜生是不是疯了；受害者为了逃脱据说是必然发生的死亡，不得不痛苦地注射 21 针（直到 1971 年才出现了第一个幸免于狂犬病而大难不死的人）。

一天，我骑着自行车离开家大约一英里，路过一座房子，这时，一只小母猎狗突然从一个棉花种子仓库下面跑出来，狠狠咬了我的脚后跟。我看到它没有戴打预防针牌子的项圈。爸爸和狗的主人一向关系不是很好，现在他俩之间要发生严重冲突了。爸爸坚持立即把那畜生的头送去做分析，可那农场主拒绝了，坚持认为种子公司底下有很多小狗，于是那只母狗保住了性命。我们的邻居去县法院带回来一份官方记录，证明那只狗目前已经打了狂犬病预防针，那场危机才最终解决。可是妈妈还是坚持用一根长针管在我的屁股上打了三针令人疼痛的预防针。

每年打预防针的日子是普兰斯街头最激动人心的时刻，实际上是一个盛大的节日。所有的县兽医都要来，住在我们县区的所有人都要把他们的狗带到镇上，用一条条绳子或链子拴着，牢牢地牵在手里。街上有许多狗互相撕咬，"汪汪狂"的叫声不绝于耳，众多商店也是生意火爆。但是，公民的责任是重大的，这样的任务由县卫生部门和执法官员及邻里的压力下完成的。主人们都清楚，任何没有挂金属预防针牌子的狗都可能会被当众杀死。

老鼠则是一个更糟糕、更摆脱不掉的问题。我讲的不是一般的老鼠，而是码头老鼠——一些码头老鼠有10英寸长，还不算尾巴！每次我们打开栅栏门走进粮仓阁楼，往饲料槽里扔干草或粗饲料时，就会看到这样的怪物。它们认为粮仓的秘密深处是它们的势力范围。有的可以和在楼房周围待着的猫打得你死我活，甚至它们可以在一个受到限制的地方与一只动作迟缓的狗势均力敌。除了钢铁和坚固的水泥，它们那恼人的牙齿似乎没有什么东西是咬不动的，它们在水泥地板下全面挖洞，最后导致水泥地板坍塌。为了阻止老鼠，爸爸给粮仓里其中一个小屋买了几个旧铁箱子，把有价值的种子、药物和化学制品放在旧铁箱子里储藏，特别保护起来。老鼠比兔子生殖能力强，这是常识。它们不仅是恶劣疾病的携带者，还造其他孽，吃掉跟我们的牲畜吃的一样多的粮食，还是雏鸡、幼禽、雏鸭和幼鹅的天敌。

那个时候，除了士的宁①，没有什么有效的灭鼠药。士的宁可以杀死农场里的任何东西，所以，为了控制，只能用那些毒性一般的灭鼠药，并经常把大老鼠夹子、受过训练的小猎狗和几只非常大而且几乎是野生的雄猫放到我们的粮仓区。除了几次暂时性的成功，消灭老鼠的战争是粮仓和储藏室周围一场长期不懈的斗争，我们始终认为这场斗争是失败的。偶尔有几次，爸爸和附近一个农场的农场主进行交易，把他们的一群训练有素的小狗和能捕鼠的小猎狗放在我们的农场一天左右，这群小狗会疯狂地掘进老鼠洞里，消灭这些可恨的东西。每个没有农活的人都聚集

---

① 一种极毒的白色晶体碱，来自马钱子和相关植物，用于毒杀害虫。主要在医学上作为中枢神经系统的兴奋剂使用。

在粮仓周围,观看这场血淋淋的厮杀。这场战争的进行不但在地面上,也在楼房底下迷宫般的地道里。

我们家周围的院子比粮仓区干净,我们竭力把储存的粮食和其他吸引码头老鼠的食品原料封闭起来,但总有几个地方封闭不了。在柴火堆、烟熏房里,还有我为几匹矮种马放饲料的小屋里,以及放在我养的几头小牛犊的小屋里。爸爸不喜欢我们家周围有猫,所以他用一把口径22毫米的来福枪来保护我们的后院和储藏楼。当我们发现一只大老鼠时,不管是我还是他都会耐心地后退几步,蹲下来,直到我们能够准确射击。相比较而言,我们几乎不会搭理小老鼠,除非在厨房里和食品储藏室里,那两个地方我们在小老鼠夹子上装了奶酪和花生酱作为诱饵。

我们还有大约20多只的一群鹅,最初是用来治理棉花地里的昆虫的。我们一直把它们的尾羽夹住,所以它们飞不走,但它们可以在农场里自由行走,也能跳过围栏。作为一个小男孩,我必须勇敢地面对一切动物,它们是最可怕的。当母鹅在它们的窝里或者孵出雏鹅时,公鹅特别具有攻击性,我必须离它们远点。每次我从我们家到粮仓的狭小巷子里看见它们,我就拐到旁边,绕很远的路走。

鹅一年被关入栏里两次,我们一个一个地抓住它们,拔下它们胸部的鹅毛。即使我的年龄大到足够做我分内的工作时,这对于我来说也是一件相当费劲的事——一把抓住它背上的羽毛,把它放到我的胸上,我的左胳膊放到它的左翅和脖子后面，我的手抓住它的左翅。鹅挣扎着要咬我或者要逃脱和一次次地排便的时候，我必须用我的右手拔鹅胸前的羽毛，于是，每个羽毛的毛囊里便出现一个小洞。这种极好的羽绒是制造暖和的被子里一种最佳最轻的填料；一些羽绒我们用于制作家里的床上用品，剩余的羽绒我们以昂贵的价格出售给普兰斯和阿美利克斯的商店。

在我美好的、年轻的人生阶段中，我常常帮着杰克·克拉克挤牛奶。每天早上，杰克·克拉克先把带着骡子、设备、化肥和种子的其他工人派到地里，然后等我上学后他开始给牛挤奶，有时候在他妻子的帮助下给牛挤奶。我的任务是每天下午回家后做一些挤奶工作。我通常管三头牛，而他则负责其余的牛。8到12头奶牛的产奶量远远超出了我们家的消耗量，但是爸爸知道怎么处理多余的牛奶。

我们要喝的奶全是甜牛奶，而且每个人都喝大量的牛奶——除了我母亲以外，她任何种类的奶都不喝。紧挨我们家厨房木头炉子的是一个5加仑的粗陶瓷盛奶大罐，用一个松开的中间有一个孔的盖子盖着，这个大罐始终保持至少足足半罐牛奶的状态。每隔一定时间，当所有的奶油飘到上面，炉子的热量把牛奶凝结成半固体的酸牛奶的时候，我们用一个木制搅拌器搅动大约半个小时，直到奶油变成黄油浮到上面为止。我们撇出黄油，给它加盐调味，然后用木模子把它压成漂亮的形状。剩下的脱脂乳是（现在仍然是）我最喜欢的饮料之一。

爸爸和普兰斯斯旺尼河商店签订了一个长期订单，订购我们生产的过剩牛奶的所有纯奶油。我们的后阳台有一个奶油分离机，一个可以用摇把快速转动的大铝钵。它起着离心分离机的作用，能快速把较清的奶油和余下的牛奶分开。基本原理我知道，但仍然被一个在把手上前后摇动的、用铰链连接的小金属器件弄得迷惑不解。当奶油分离的时候，那个器件咔嗒咔嗒的声调就变了。奶油去掉后剩下的牛奶，这个叫作"脱脂牛奶"，是我们用来喂小猪的。（罗莎琳和我现在也喝这种牛奶或用它做饭，它可以降低我们摄入的脂肪和胆固醇。）

爸爸每天要用掉我们所有牛奶中的几加仑，用它制作香草、巧克力或是草莓味的饮料。这些饮料被倒进许多大瓶口的瓶子里，用蜡纸封起来。他从一个商店或加油站到另一个商店或加油站兜售这些饮料，有一个固定的路线。这些路线所覆盖的区域足够大，可以消耗所有的奶制品。在每一个地方，爸爸都会加以区别地收集许多没有被卖掉的饮料，换上新鲜的牛奶饮料。退回来的一切东西都要喂牲畜。我们遇到的一个最严重的农场危机是产奶的乳牛在离牧场很远的一个角落里吃了某种含有苦素的植物，使得牛奶里好几天都有一种可怕的酸味，最后这批奶全部被送进了猪圈。我们不得不把乳牛很快转移，并毁掉有害的植物。

一直以来我们都有一院子的鸡，加上一些火鸡、珍珠鸡、鸭子和几只孔雀，它们大部分都是我们从小养到大的。每年有一两次，爸爸都要从西尔斯-罗巴克或者另外一个供应公司订购几百只雏鸡，用来烤着吃以及用于日常吃鸡蛋、卖鸡蛋之需。就像前面提到的，每当到了吃炸鸡或鸡排的时候，妈妈总是说："吉米，去，给我抓一只仔鸡或者一只母鸡去。"我的任务就是抓鸡，拧住鸡的脖子杀鸡，当鸡不扑腾不流血了，再把它拿到后门廊开膛破肚洗净。我们经常吃珍珠鸡的黑肉不是因为我们多喜欢吃它，而是因为珍珠鸡笨得老是在汽车经过时穿过马路。我们驯养的母鸡，它们大部分是白色的来航鸡、普利茅斯洛克鸡，以及红毛罗得鸡，它们喜欢使用我们放在圈棚里、楼房旁边和低矮树杈上的窝。其他大部分鸡的窝都是隐蔽的，包括那些有点野性的斗鸡的窝。

  在那些岁月，鸡蛋是大家可以接受的一种货币，因为每个人都知道不同大小的鸡蛋的零售和批发价格。确保鸡蛋的新鲜是关乎一个卖家信誉的问题，而且按习惯应给予更换保证。采用欺骗手段故意兜售给一个商人，最后再卖给一个毫无戒心的家庭主妇一个坏鸡蛋，对任何人的声誉都会带来严重毁坏。无论你怎么提防，偶尔还是会买到坏鸡蛋，这会影响你做饼干或蛋糕。所以我们都养成了把鸡蛋打到碗里检查的习惯。因为有些鸡蛋在被发现之前，很有可能在一个更隐蔽的鸡窝里留了好几天时间了。

虽然我在我们家和院子周围的粮仓和田地里有大量的工作要做，但我和我的玩伴们还是会挤时间做其他事情。农场里的每一个人都熟悉长熟的野果和坚果，而我们男孩子总是盼望着持续一个月或六个星期的季节更替。先是李子、黑刺梅、野樱桃来临，五月份晚些时候是蓝莓，然后是无花果、苹果，整个七月份是桃子，八月份是夏花山楂、圆叶葡萄和斯卡珀农葡萄。到了十月份，我们期待着栗子、矮醋栗、核桃、山核桃坚果、石榴和柿子。最后，整个11月份，我们有美洲山核桃和密西西比朴。黑梅是唯一能够成为佃农收入来源的野果，妇女和孩子从带刺的树枝里把它们摘下来，一加仑卖一毛钱。

10月1日是我的生日。有个老规矩是一家人到树林边上一棵生机勃勃的大栗子树下庆祝。还有其他两棵小一点的栗子树在农场里，不过它们已经不再结果子了，好像快要死了。我们会把地上还没被动物吃掉的很少的毛栗子收集起来。然后我们用几个短木棍把树上长熟的栗子都敲下来。我们住在栗子树生长区的最南边了，这棵树如此硕果累累，非常罕见。我把毛栗子带到学校，每一个都可以换一颗漂亮的弹球。后来，我从海军退役回来的时候，我们的树没有经受住流行的枯萎病而死去。

我仿制了 A. D. 和我的其他朋友发明的玩具，这样就不必买了。除了有几次我把其中一个男孩"拽到"我自行车前面的车把上以外,我都是把自行车停下,和其他人一起走路或者跑步。要让我记住制作过的所有东西的确很难。我们最喜欢的东西是木桶上的粗铁圈,直径有 10 到 12 英寸。我们可以把铁圈滚好几英里,有时候滚好几个小时,用一根硬直的铁丝推着,铁丝的一头有一个环柄提供一个手握的东西,另一头有一个 V 形槽口放在铁圈的后面推着。

没有橡皮筋或者弹弓,以及在口袋里装几个石子做子弹,我们会感到美中不足。其他投掷物对于我们也很重要,它们可以当作致命的武器。最容易制作和最好玩的一个东西是用大玉米棒子芯做成的一种飞镖:四五英寸长,用一个像针一样尖的钉子扎入一头的中心,另一头扎两根角度很小的鸡毛。有了鸡毛,飞镖就比较容易击中目标或扎到房子的墙上。

我们在毛叶泽兰矛上使用同样的尖头,我们自己都没想到用梭镖投射器可以把它掷出很远。这个梭镖投射器是我们看过《男孩生活》杂志或一本印第安人的书以后发明的。我们对橡胶枪的初步设计进行改进的时候,一连几天去了爸爸的商店。长管手枪的形状定下以后,我们增加了弹簧衣服夹子,把枪用胶带包上,增加枪的握力,然后在枪管一头周围拉出一个内管横切面。夹子一捏,内管的环就松开了,用作子弹的弹射。我们最后发明了连发枪,可以一次打十几根橡皮筋。我们玩打仗的游戏,直到这一边或那一边的每个人被击中"打死"为止。我们还把美国接骨木树枝中间挖掉，挖出一个空心，制造儿童玩具气枪枪管，用没有长熟的楝树果实当子弹。

在我的第七个圣诞节，爸爸给我买了一匹设得兰矮种马，与我的朋友伦伯特拥有的那匹马配成一对。我叫她"小姐"。她的个子很矮，喜欢安静，与伦伯特的种马比起来反应慢，但矮壮结实，绝对能驮我们两个男孩子。几天时间，我和 A. D. 抓紧一切时间给小姐备鞍，在农场周围骑着她，或者骑到小河边。爸爸认为，农场里的一切东西都必须按自己的方式产生效益，所以我们每隔一段时间就会花几天时间让她与伦伯特的种马交配。她的几个小马驹终于生出来了，这可真是一件大喜事。但是当几个小马驹被卖掉的时候，真是令人悲伤，一共卖了 25 美元，是被爸爸和他的哥哥奥尔顿在县牲畜销售棚卖掉的。不管怎样，我还是得到了一半的钱，这笔钱我存在了普兰斯我自己的银行账户上。爸爸总是要比较这匹矮马消耗的谷物和干草与它作为我的坐骑付出的劳动。当我长大一点的时候，我对矮种马毫无兴趣了，我真怕爸爸不可避免地问："你最后一次骑'小姐'是什么时候？"

我在普兰斯社区认识的每一个人都会游泳。我们住在阿奇瑞农场的第一年，爸爸在我们家后面的一个支流处挖了一个池子，四周用木板加固。我们喜欢在那儿游泳，但

我骑着"小姐",跟在她后面的是小马"李小姐",还有我们的捕鸟狗——苏

经常在沼泽地带出没的有毒的噬鱼蝮蛇也爱到那儿去,所以我们在跳下去或潜下去之前,必须仔细把水面检查一遍。一天,我和我的堂哥休顺便过去游泳,在池子里发现了一条大噬鱼蝮蛇。正想用树枝打它的时候,休掉进了水里,但他很快就爬了上来,就像我们后来说的,"他甚至连衣服都没有湿"。池子是爸爸教我和我的妹妹葛洛莉亚游泳的地方,不过后来我和我的乡村玩伴们在比它大得多的乔托哈基河里游泳。后来,和普兰斯的白人同学在一起的时候,我通常都要到木兰温泉去——那个温泉是我出生之前我的父母第一次约会的地方。

让爸爸的山羊们虚度光阴似乎是一件很遗憾的事情，所以我和 A. D. 让杰克·克拉克帮助我们做了一辆小车，安了一对从一个小孩的自行车上取下的轮子。接下来我们抓了一只最大的公山羊，拼命给它套上笼头，然后套到我们的车上，再设法引它往我们喜欢的方向走。不久我们便认识到山羊甚至比骡子更难驾驭，小孩子在训练这些动物上没法与农场里有经验的人相比（就更别提我们在电影里看到的牛仔了）。我们把那只公山羊以我们州长的名字老吉恩·塔尔梅奇命名，而且把两条缰绳漆成红色来配他著名的裤子背带；抛开所有问题，我们坐的羊车至少是无法预测和充满危险的。有一天，当我正带劲地坐着老吉恩拉的车的时候，发生了一个重大的不幸事故。他不像一匹脱缰的野马那样猛然弓背跃起企图把我摔下来，而是以最大的速度直接跑进一个铁丝网。他停下来了，但是我没有停下来，我右边的大腿上至今还有一个两英寸长的疤痕，成为一个骑羊危险的永久性警告。

我们最喜欢的活动之一是放风筝。我们自己制作的风筝，用胶水把软薄纸粘到劈开的竹子架上，全力以赴地把飞得最高的风筝做好，之后再集中精力做能放起来的风筝。另外一个更有竞争性的活动是爬树。正如我们成为我们院子里的楝树、木兰树和美洲山核桃树等所有树枝的主宰者一样，最后，我们把注意力集中到树林里更大的树枝上。那些能够着的树干都没有什么挑战性，所以我们后来用捆到我们腰上和高大的树的树干上的绳圈做试验。我们只要用光脚夹住树身，一次就能往上爬个几英寸，直到能够着最低的树枝为止。我用爬树的技能帮助妈妈摘取美洲山核桃，也用打浣熊和负鼠的劳动还清了债务。我们在自家的院子里有一个树上小屋，在树林里还有一个秘密小屋，但不幸的是，我们用了几罐子萤火虫都不能给小屋带来光明。

在童年时代的所有游戏比赛中，我都能与我固定的玩伴抗衡，但我却不能参加阿奇瑞的棒球队。一个队有十个孩子，包括一个外场员，他的位置在接球手后面，负责接拿投球手投偏的棒球。个子比较高大的黑人孩子一贯是举足轻重的队员。铁路部门工头沃森家的两个孩子虽是白人，比我们大两三岁，体育却非常好，也是正式球员。有时候，我被允许打场外员位置，大概是因为我有球拍和棒球，也比较会用戴手套的手接球。不过我太害怕被投偏的球击中，站在本垒板后基本上是浪费时间。

有时，我们全家会去阿美利克斯看一场电影。我错过了几次这种家庭远行：自从在电影《唱歌的傻瓜》里看到艾尔·乔森在他的儿子戴维·李去世后唱《阳光男孩》这个情节，我就拒绝到电影院看电影了。我从当地的报纸上剪了一张戴维的照片，贴到我房间的两用衣橱里面。等我从悲痛中恢复过来以后，我便只在星期六去看电影，因为这个时候是放情节扣人心弦的西部片，还有动画片和新闻短片。

　　有几次，田里的活儿不紧的时候，爸爸让我和A. D.自己去阿美利克斯看电影。我们必须沿着铁路走到阿奇瑞，有目的地去找留下的那个红色皮制小信号旗，然后把它插在轨枕尽头一个洞里。火车司机看见信号会停下来，这样我们就可以在部门工头家的之前登上火车，每个人一毛五分钱。乘车期间，我们分群坐在标有"白人"和"有色人种"的座位上。到达阿美利克斯以后，我们一起走到瑞兰德剧场，再分开坐。A. D. 在后门入口处付了他的一毛钱硬币，坐在高高的第三排；而我走进既可以坐在楼下也可以坐在特等包厢的地方。之后，我们回家，虽然在隔离的火车上身体被分开了，但友谊是长存的。我们唯一的强烈感情，是我们对令人愉快的远行的感激之情；我不记得对强制性的种族隔离有过疑问，我们接受种族隔离就像每天早上在阿奇瑞醒来和呼吸一样自然。

　　从我五岁的时候，爸爸和我就迷上了印第安人的手工艺品和居住在佐治亚州西部地区的美洲印第安人的生活方式。我们知道我们家的农田曾经是他们的，而且，我们的祖先通过对抗，在这个地方取代了他们，这使我们对他们的历史特别有兴趣。爸爸有两本关于印第安人文化和手工艺品的书，我们学到了同一块土地上生活的人们是如何工作、如何狩猎、如何在同一条河上钓鱼的技能。

我只要在田里走或者沿着小溪边走，就会找到火石或陶片。每当下过大雨，农田里的活儿做不了了，父亲和我就去寻访我们最喜欢的地方，我们知道这些地方是古代村落遗址，因为碎火石和陶片俯拾即是。（在南佐治亚州，阴雨天气中，几条较大的河流流域的广阔无垠的沼泽地带往往洪水泛滥，所以印第安人最好的村落遗址都远离沼泽地，都在泉水或小溪流附近排水系统良好的土地上。）

我们尽量在冬天收集，土地深耕以后有几个星期的休耕时间，接二连三的大雨使火石碎块和陶片暴露无遗，都留在了小土堆上面。我们会对比较有意思的碎片进行研究，有时候会对火石的特殊种类起源，箭头或梭镖头的形状和尺寸，以及它们与附近陶片的关系进行争论。搜寻一无所获后，我们会灰心丧气，有时候会自我安慰：即使这些在这里生活了一百多年的部落每天只丢失一个箭头，那会有多少这样的东西埋在土里啊！

寻找箭头成为我一个终生的习惯，即使我在人口稠密的地区行走也是一样。我和罗莎琳打了几年高尔夫球，我在球道和球洞之间也找到不少被成千上万的球员忽略的箭头。父亲去世后，我从海军部队回到家里，我们寻找箭头的活动更为集中和有组织了。一天下午，我们五个人间隔十英尺并肩从我们的一块良田里走着，共找到26个完好无损的箭头。我们保留了每一个有趣的"文物"，并标出发现的人和地点。我们了解到，从一个箭头的底部构造或者比较大的箭头可以判断这个箭头的年代。我们还保留了大约2000个箭头，最早时期的可以追溯到12000年以前。我们可以根据从那个时代发现的"文物"的数量，估计出任何一段历史时期当地的人口数量。

就在最近，随着更大更重的拖拉机和其他农业机械的出现，斜坡上小一点的地已经弃之不耕，种上了松树。一两年之内，地面上杂草丛生，荆棘遍野，后来松针满地。对于箭头搜寻者来说，有许多最佳遗址已经消失——至少再过三四十年，直到木材被收获以后为止。

纵观我整个的青春生活，我对打猎和钓鱼很入迷，但我不是孤单的。我的父亲，镇上的大部分男人，农场里的大部分家庭，我们所有男孩子，大部分不干活的时间都要去打猎钓鱼。我们读书、思考、交流、回忆往事、做未来计划，全都与打猎、钓鱼有关。从我记事起，我就会使用鱼竿，在我能打到猎物之前（用BB枪[①]打的不算），我就跟父亲一起去打猎了。

在猎鸽季节，爸爸有时候会在黎明前两个小时叫醒我。我们通常先把车开到普兰斯，那儿有一个加油站早早就开了门，煮上了咖啡，在寒冷的天气让猎人们在狩猎之前先暖暖身子。有的人也许会和我一起吃一个馅饼，不过我通

[①] 一种仿真玩具手枪，可发射些许火药和不具杀伤力的塑胶子弹。

常建议他们吃烤猪皮，或者从架子上的广口罐子里拿腌猪蹄或者加小茴香的泡菜来吃。我会尽可能地坐在炉边，为自己作为唯一一个获许参加这种成人聚会的孩子而感到喜不自胜。

之后，我们转到鸽子猎食的田地。所有猎人被地主分配到几个地方，相隔的距离很远，避免被很快便充满天空的散弹伤着。如果天气极冷，爸爸会生上火，我们在一片漆黑之中能够听见大林鸮、三声夜鹰以及其他夜间出没的鸟的叫声。天不亮鸽子就会飞来，第一批落到地上的那些鸟不会受到伤害。天一亮，田地周围枪声大作，鸟儿开始纷纷落地。我的任务是监视与我爸爸相反的方向，提醒他新来的鸟儿的飞行距离，观察他射杀的那些掉下来的鸟儿，并迅速跑过去把每一只落地的鸟儿拾回来。

爸爸是个神射手，总是最先完成他给自己定好的捕杀数量后离开那块田地。我记得我上一年级还是二年级的时候，开学后我们返校，我非常自豪地走进教室，心想其他男孩子该有多羡慕我啊。我设法在我的夹克上留下一两根羽毛，这样大家就知道我迟到的原因了。

普兰斯周围最大的户外运动是捕猎美洲鹬。这是一项娱乐活动，或者说是一项富有挑战性和复杂性的艺术，对那些没有经历过的人来说是难以言状的。表明这一活动的重要性的标志是，我们国家许多最成功的家庭在 20 世纪上半叶来到南部佐治亚州，耗费他们财富的巨额部分购置巨大的农场,有时候高达 35000 英亩,他们拥有这样一个地方,只有一个目的:他们能够在这个地方饲养和训练猎犬,寻找速度很快而难以捉住的鹌鹑。佐治亚州很多县的大部分土地依然被同样的狩猎区所占据。

我在成长的过程中并不知道有这么奇特的地方。到了 1970 年我当选州长以后,我收到了第一张请帖,可以到任何一家猎场狩猎。但是,就像我沉浸在我父亲和普兰斯其他男人的文化之中一般,猎杀鹌鹑必然会成为我生活的一部分。至少在狩猎季节,从每年的 11 月底到 12 月底,它是人们谈论的一个主要话题。其他几个月,人们谈论良犬的饲养、幼犬的繁殖、对下一窝狗的分析、对小狗的训练等,为猎犬的狩猎技能、猎枪的各种不同的造法与口径争论不休,为食肉动物的习惯、动物栖息地的增大你争我辩,讨论看到春天孵出的雏鹌鹑和重复狩猎的功绩。

爸爸至少有过三只猎鸟犬,它们以在田地里的精彩表演闻名四方。虽然我们都知道,一条真正的好猎犬要比一个 200 英亩的农场还要值钱,但大多数农场主还是有把狗从狗窝里放出来的习惯,有让狗在院子里和田野里自由奔跑的习惯。我们也清楚大城市的狩猎者们总是渴望得到它们——尽一切可能,所以农场里的每个人都警惕地防范着任何可疑的陌生人。

我记得有一个最不幸的日子,那天我们最好的猎狗丢了。爸爸把一件旧狩猎服和一个水盆放在最后一次看见那条狗的地方，希望狗在夜间回来。每个人都参加了一两天的搜寻工作。最后，作为最后的努力，爸爸去拜访了当地一个算命婆，看她能否告知我们的狗有可能在何处，他让我也一起去了。她家门前有一个符号，是一只巨大的手掌，手上的掌纹暗示着几个重要问题：生、死、财、爱。等了好长一段时间之后，我们才被请进屋里。当地知名的白人来到一个黑人的院子里，这太不寻常了。我待在不引人注目的地方，爸爸付了一美元，坐在那个女人的小桌子对面，解释了丢狗的情况。她似乎昏睡了几分钟，然后说："厄尔先生，你再也见不到那只狗了。"她说对了。

到了五六岁的时候，我在枪的正确使用方面得到真传，开始是用一把 BB 枪，然后是一把雷明顿 22 毫米口径的半自动步枪，最后是一支 41 毫米口径的栓动猎枪。爸爸让杰克·克拉克帮助训练我们的狗，我跟着杰克和狗走了很多路，才知道捕猎鹌鹑的严格规定和规矩。最后，我被允许带着我们最老的、行动最迟缓的狗单独出去。我至今还记得那条狗发现猎物的地点。我朝猎物的大概方向开了一枪，惊飞了一群鸟，有一只掉了下来。我冲过去跪在地上查看那只鸟，然后一路跑回家，把战利品给爸爸看。经过一番让我喜出望外的理所当然的祝贺后，他问道："你的枪呢？"我不知道——我处在兴奋之中，把它忘得一干二净了。我急忙跑回树林去拿枪，但是令我深感焦虑不安的是，所有的树丛和灌木丛看起来都一个样，哪儿都找不到我的枪。枪被我埋在了我去拾鸟的橡树叶堆里了，这花了爸爸和一个搜寻小组几个小时的时间来确定猎枪的位置。我十分感激爸爸后来并没有因为这件事而数落我，或者讲给镇上的人听。

除了临时的短工以外，我真不知道哪家农场家庭没有一只猎狗和一支单管猎枪的。即使是一个家庭一天的生活费只有两三分钱的时候，他们仍然会给他们的狗挤出足够的食物。我们男孩子凭它们的长相就能认出它们，如果看到陌生的狗，就会马上通报给父亲，因为它有可能有狂犬病或者会吃我们的羊。狩猎是一项勇敢且有益的追逐活动，但是地主们经常禁止佃农参与——地主也是贪婪的猎人，不希望为这项游戏进行竞争。我爸爸只为他自己保留了打美洲鹑和哀鸽的权利，剩下的兔子和松鼠之类由在我们农场生活和工作的其他人去打。一般来说，佃农也被允许在夜里使用猎狗寻找浣熊和负鼠。特别是经常在晚秋和晚冬，靠邻近几小块地生活的几个佃农总会齐心协力。四五个人至少跟随相当数量的猎狗穿过树丛，仔细分辨狗的叫声。

我常常受到邀请，很多次与住在我们家附近的农场主们一起去打猎。我是一个很吃香的陪伴者，即使在我还很年轻的时候，因为我愿意并且也能爬到高高的树上。浣熊和负鼠蹲伏在树枝上的时候，只有通过摇树枝才能让它们掉到地上，在它们被猎狗咬死或咬伤之前，那些人就要设法抓活的。负鼠通常会蜷缩起来装死,但是浣熊会逃跑或搏斗,有时候还会与狗搏斗,常常遭到追赶后又爬回树上。狩猎者们的共同协议是,平均共享猎物,但是当抓到的猎物很少时,这些猎物就要归最先发现其踪迹的狗的主人。对这样的安排,大家都没有太多的异议,这主要是因为猎狗的声音很独特,声调有所变化,精神那么好,所以狗在追猎中异常兴奋的问题,通常取决于主人能否很快到达有猎物的树下面。

说到狗,其实只有一件事值得炫耀——我有普兰斯小镇上最好的捕松鼠的猎犬,它是一只波士顿斗牛犬。我一看到我和我的波士顿斗牛犬博索在一起的老照片,依然会心跳加速。它从还是一条小狗时就一直是我的玩伴,而且大家都对这一只生下来就不适于狩猎的狗最后长成一只狩猎高手感到不可思议。我们在树林里的时候,在学习从树上猎捕浣熊、负鼠和松鼠的时候,博索始终跟着我、A. D. 和伦伯特。我们从来不让它参与对浣熊和负鼠的狩猎,但经常会花一个多小时用气枪、弹弓或22毫米口径的来福枪射击松鼠。博索不但很机警,有能力发现猎物,而且当我们悄悄地站在另一边的时候,它很快知道从树干那里后退,狂叫。松鼠会在对面的树干或树枝上小心翼翼地挪动,躲避那只狗,这样一来,它就在我们面前暴露了,成了活靶子。

爸爸从不和我们一起打松鼠,但他与我分享了我对博索的自豪。我大约12岁的时候,有一天,他告诉我说,他的亲密朋友埃德加·西普有几个亚特兰大的朋友,想借我

和博索在一起

的狗用一个周末。他说他们都是很有经验的猎人，会好好照顾它的。我相信爸爸和西普先生，便同意了。但是接下来的星期一，爸爸来到学校，这对他来说是非常少有的事。他让我到教室外面去。他用双手搂着我说，那几个人把博索放在他们皮卡车的后面，当他们在阿美利克斯的旅馆前面停车时，博索从车上跳下来，跑上陌生的车水马龙的街道，被一辆路过的小汽车压死了。我不想让其他孩子看见我哭泣，所以爸爸就让我跟他一起回家了。他帮我在网球场后面的那棵梨树下把博索埋了。

钓鱼是我的第二大爱好。我们地区下面是一个巨大的地下蓄水层，发源于佛罗里达州数以千万计立方英尺流速缓慢的淡水河，最后汇入大西洋。在我的孩提时代，没有大而长的管子抽取大量的水供给造纸厂或者灌溉农田，于是佐治亚州许多城市的广场上有了水井，这也可能是这些城市出现的原因。在我们的各个农场上，到处都有汩汩流淌的温泉，水泵或者露天的井挖不到30英尺就能打出好水。涓涓不息的泉水汇流到小溪流，然后与许多州都称作河的大溪流融合在一起。要是想钓鱼，到处都是小河，我从来没有听说过任何一个农场主会限制他人去他家农场附近的小河钓鱼。生活在这个地区的大部分家庭都渴望吃肉，并喜欢垂钓运动。不像今天，当时很少有人在遥远的沼泽地区钓鱼，我们可以沿着小路去任何小河钓鱼。

虽然很多人认为星期天去钓鱼不合适，而每个星期六通常都是索要工钱、结账、逛商场买东西、参加社交活动等等。但只要钓鱼不影响干农活，挤出时间还是很容易的。因为犁地等农活都是男人的事，女人就有更多的时间去钓鱼。农闲期间，庄稼长大不用再松土，丰收期间，男人也不下地了。另外，大雨过后一两天内也不能犁地或松土。更重要的是，溪流涨水了，这是抓鲶鱼和大西洋鳗鱼的最佳时机。天气干旱的时候，小河水位下降，我们在大多数情况下能抓到大嘴黑鲈鱼、美洲黑狗鱼和几种鲤科鱼和翻车鱼。

我在我们农场周围有几种钓鱼的方式——和普兰斯的校友一起，与我阿奇瑞的朋友们一起，和我爸爸一起，与瑞切尔·克拉克一起。每一次经历都不同。我有几个镇上的朋友，我和他们一起钓大嘴黑鲈鱼和我们称作"杰克"的美洲黑狗鱼。我们骑自行车到有水池和渐渐流干了水的小溪流边，用铁棍和绕线轮在最佳位置放上诱饵抓鱼。在溪流边钓鱼是一个挑战，因为下垂的树枝影响了我们抛钓钩，水里的死树似乎也伸出枯枝抓住了我们的鱼钩。我们花费在水里的时间很多，主要是为了补偿我们在西尔斯-罗巴克百货公司购买贵重鱼钩的消费，这种鱼钩的价格有时候高达每个一美元。

每年早春都要发生一件特别的事情，一般是在三月的月圆时分，这时在普兰斯会有一个消息不胫而走，"亚口鱼来了！"于是，我们中的一些人就会在夜里聚集在溪流里，用一个强光手电往水下照射，捕捉那些去上游产卵的亚口鱼。这是一个既艰难又令人兴奋的运动，如果我们幸运的话，还能弄出一两条大鱼来。亚口鱼满身小刺，必须用一把锋利的刀子把每条鱼切成半英寸厚的肉片，保证肉和骨头都能烹制食用。

我和农场里其他孩子钓鱼的时间，是地里湿得干不成活及小河涨水的时候。我们经常在河岸边整夜露营，在不断上涨的泥水里钓鲶鱼和鳗鱼。我们把岸边的树砍断，在树干上绑一根粗渔线和大鱼钩，把它们全部放在河边，鱼钩上装几小块肝或鱼悬放在大约一英尺深的水里。每隔一个小时左右，我们便拿着灯检查一下鱼钩，在空鱼钩上重新装上鱼饵，或者把钩上的鱼拿上来。我们至少要做一顿饭——通常是鳗鱼，因为鳗鱼必须趁新鲜的时候吃——把钓上来的其他鱼带回家。困扰我们最大的问题是位于溪流边的水蛇或伸出来的树枝，它们有时候会钓在我们的鱼钩上。水蛇也喜欢游上来吃我们挂在鱼钩上的鱼饵。

爸爸从不愿在附近的小溪里钓鱼，但是，从我大约十岁的时候开始，他带我到佐治亚东南部去钓鱼，通常是在奥克芬诺基沼泽地或者小萨提拉河。这是我感到我和爸爸最亲密的时刻，我对能作为唯一一个陪伴大人钓鱼的小孩深表感谢。我们一整天都用几根很长的鱼竿钓鱼。在我上床睡觉后，男人们通常在夜里玩扑克。有一次，我抓了一条小美洲鳄，爸爸让我把它带回家，放在角落有一盘水的铁笼子里。几个星期以后，它不见了。我父母说它可能回到小河里去了，但我们知道一只狗吃了它。

在我们州的那个地区，有一个有趣的习俗：男的钓鱼，女的种地。在我们家乡，女人的农活可能更繁重，但仅限于锄地、摘棉花、拔花生、侍弄菜园，有时候给牛挤奶。

我最爱去佐治亚州东南部地区的小萨提拉河钓鱼。我们在齐腰深的河里蹚水,在沙洲上漫步,在蜿蜒而流的小河拐弯处下方对面的河岸上钓鱼。这是一个遥远而又偏僻的地方,所以我和爸爸形影不离。我们用池塘的蠕虫做鱼饵,钓上来的大部分是大鲤科类鱼——有太阳鱼、大口突腮太阳鱼和蓝鳃太阳鱼——我们把所有的鱼都称为"铜头",因为它们的颜色被水里的鞣酸弄得产生了变化。由于我们一直在小河里,所以我们把抓到的鱼串在串鱼绳上,捆在我们腰间。

葛洛莉亚、我(我拿着一只小美洲鳄)和鲁思,1933 年

大约在我十岁的时候，有一天下午，爸爸到河流下游去和他的几个朋友说话，让我看着他的鱼。我在下游边把他的串鱼绳和我的串鱼绳一起绑在腰带环上，一边继续钓鱼，一边享受着我们白天抓的鱼在水里拉扯鱼绳的感受。过了一会儿，我注意到我的软木浮子在一个暗桩下慢慢地摆动着，我知道我钓上大鱼了。几分钟后，我看见了一个铜头——今天我们钓过的最大的鱼。我拼命拿着压得很弯的鱼竿时，思量怎么能捞起这条鱼啊。就在此时，两条串鱼绳松开了。当我意识到串鱼绳上的拉线早就松开了，我们所有的鱼都不见了，我的脊背上一阵发凉——我的腰带环断了。

我把鱼竿扔在距离最近的沙堤上，忘记了钩上的鱼，开始疯狂地潜进河水里。然后，我听到爸爸喊我的声音。

"高手，"他说，"怎么啦？"

"我把鱼弄丢了，爸爸。"

"全部丢了？连我的也丢了吗？"

"是的，先生。"我开始哭了。我继续潜水，每次出水换气的时候，泪水和河水一起在我脸上顺颊而流。

爸爸一向很少宽容愚蠢的行为和错误，但是，沉默良久以后，他说："丢了就丢了吧，高手。河里有的是鱼。我们明天再抓。"

听到这话，我对他崇拜得五体投地。

我的妈妈和爸爸

我的母亲生于 1898 年,比我的父亲小四岁,她年纪越大就越有精神头和影响力。在我最早的记忆里,她是一个非常苗条、几近枯瘦的女人。有段时间,医生担心她的体重过轻,给她开了治疗甲状腺肿大的碘化盐。我记得她和爸爸开玩笑说,为了治病,每天下午得喝一瓶啤酒。妈妈的美独具特色,一头黑发从中间分开,一双眼睛似乎总是闪闪发亮。在家里,她穿着宽松的裙子,不是光着双脚,就是穿着舒适的棕黄色鞋子,她穿着这样的装束做家务活儿或者躺在沙发上看书,感觉悠闲自得。我感到妈妈几乎是一个与众不同的人,做事一丝不苟,有条不紊。值班的时候她穿着上过浆的白色护士服,戴着白色的帽子,穿着白色的鞋子——她为自己的这身装束感到无比自豪。

妈妈在家的主要职责是当个裁判,并负责对我们三个孩子的处罚(这是在比利出生之前)。没有她,我们不知道会被父亲揍多少次,当我们其中一个孩子违反了家规或

妈妈、鲁思和我,1933 年

者欺负了另外一个孩子的时候,她会马上汇报,并赶紧加上一句:"厄尔,我已经处罚过他们了!"

在我渐渐长大成人期间,表面上看,好像我父亲在我们家里一直是最终的决策者。在我们孩子或者客人面前,爸爸的话就是法律,一直到我的年龄更大一点的时候都是这样。大概是上中学时吧,我意识到我母亲的意志是多么坚强,在我们的家庭事务上是多么有影响力。在诸多问题上都是妈妈说了算,没有商量的余地,包括在家庭管理上,白天我的两个妹妹能做什么,买什么食品和衣服,谁付哪些账单,等等。她在普兰斯的一个副食店想买什么就买什么,有时候是自己去买，更多的时候是打电话采购，让爸爸开皮卡车拉回农场。妈妈既不知道也不关心副食品的价格，因为那些账单是由爸爸来付的——我真怀疑她见过账单没有。

妈妈在生养孩子的空当，尽可能地去做她的医疗护理工作，无论是在我们当地医院的手术室，还是做私人护理。她一天12个小时挣4美元，或者20小时挣6美元。在"大萧条"时期，这是一笔巨款，特别是在20世纪30年代初期农产品的价格达到最低的时候。放学后，大部分时间我们都不指望妈妈在家里，但她一般会在客厅靠墙的一个黑色小桌子上给我们留一个便条。这是告诉我们她会在什么时候回家，这等于说，除了我们正常的家务活儿以外，她还给我们安排了额外的工作。后来，我的妹妹葛洛莉亚和我逗妈妈说，我们一直觉得那个小黑桌子才是我们真正的母亲。

因为妈妈的职业，我们医院里的护士和医生也参与了我的成长。我对怀斯疗养院最早的记忆是，如果妈妈值班，就不能在家里给我做午饭，偶尔会让我从学校过马路和护士们一起吃一顿热饭。我当时没有意识到，这个医疗中心是个宝贝，给我们的社区带来了多少经济和科学的好处。与其他小村镇的那些医疗中心相比较，由于培训医生和实习护士源源不断地来到了我们的生活之中，我们的眼界也大大放开了。

作为"戈迪小姐的小宝贝"和护士们的宠儿，我过着特别幸福的生活。护士长德威特·豪威尔太太（一直以她娘家的姓氏格西·艾布拉姆斯小姐而闻名），是我父母的亲密朋友，也是我的教母。她对我有很高的期望，在我18岁生日时送给我一套皮革封面的维克多·雨果的作品和20卷本的《知识概述》。时至今日，这些书仍然是我宝贵的财富。

妈妈不做护理工作的时候就负责搞家务。她常常找几个帮手把家里彻底打扫一遍，每周都把我们的脏衣服装进一个长长的方底白橡木篮子送到普兰斯附近一个黑人家庭开的专业洗衣店里去洗。在家时，妈妈总是晨曦未露就起床给我们做早饭。通常是在我父亲离开家去办理所有安排好的农业事务和到外面办事以后。（黎明前一个小时，杰克·克拉克一敲响农场的钟，爸爸就醒来了。）我们上学期间，她要让我们所有人吃好饭，穿好衣服，然后出门。夏天，我经常跟爸爸一起下地，并且，如果离家不远，我们也许会在上午回来吃早饭。

妈妈有两个收入来源：当注册护士挣的钱和卖美洲山核桃挣的钱。根据她和爸爸签订的一份长期协议，我们土地上的所有美洲山核桃树都归她所有。每年11月的下半月，她就安排把她的名字从护士值班的名册上画掉，这样她就可以去督导收割了。美洲山核桃长势喜人，价格很好的时候，坚果的收入就相当于她全年做护理工作挣的钱那么多。这笔钱她想怎么花就怎么花，我们会去西尔斯-罗巴克连锁店定购的所有个人物品，她会在当地的几家商店给她自己、给我的妹妹葛洛莉亚和鲁思买衣服，等等。

她对各个品种山核桃的特性都了如指掌，包括名叫"斯图亚特""赚大钱之人"的山核桃品种，有一层薄而脆的壳的"施莱"的品种和非嫁接的幼苗。妈妈保证所有的山核桃都剪枝，清理掉树周围的杂草。她听从县农业技术员的建议，控制各种疾病和害虫。有几个大山核桃种植园主拥有高压喷雾器，她总是与其中一家经过讨价还价后借来喷雾器给她的树上最高的树枝打杀虫剂。11月份，她配备所能找到的最长的竹竿，带领她花钱雇来的妇女和儿童去收山核桃，装进袋子，把外壳磨光或者小心翼翼地把壳剥掉。我和农场里的其他男孩会爬到树上，去摇竹竿够不到的最高的树枝。有几次，妈妈也爬到了树上。她总是说，收山核桃"就像捡掉在地上的钱一样"。

当她用我们的皮卡车载着10到20麻袋坚果到阿美利克斯去卖的时候，爸爸从不陪她去，而我不管任何时候只要有可能都会去的。虽然我总有点紧张，但那即将到来的盛况却使我热血沸腾，这种感觉每次去都会重现。她喜欢的收购商是繁忙的伊莱亚斯·阿提亚商行，一个美籍黎巴嫩人，关于这种重要作物，他比我们地区的其他任何人都懂得多。他亲自负责每一麻袋山核桃收购的生杀大权，坐在垫得又软又厚、适合气宇轩昂的人坐的宽大椅子上，把山核桃倒进旁边的斜斗木箱子里。他查验坚果，挑出两三个，把壳剥掉，检查果仁成色。当那些没有经验的人拿来自己院子里长的山核桃时，他会仔细剥去外壳，挑出一些次品果仁，对着眼前的东西失望地摇摇头，然后以低价收购这些坚果。

这对我母亲是行不通的。她会泰然自若地观察着一切，然后从箱子里挑出几个超好的坚果说："来，剥开！"阿提亚先生微微一笑，看看这上好的果仁，然后他们便开始讨价还价。妈妈对我们所有邻居已经接受的美洲山核桃的价格了如指掌，必然会赢得最高的价格。她真的很喜欢阿提亚先生，对他给予她的公平待遇充满信任。他们两个人都很清楚，无论其他商贩给妈妈出什么样的价格，妈妈都会把她所有的美洲山核桃卖给他，有时候在作物歉收、需求又旺盛的情况下，其他商贩还会把急不可待的买主领到我们农场里来。

我出生于1924年，葛洛莉亚出生于1926年，鲁思出生于1929年，我们的弟弟比利于1937年来到人世。除了有我父母参与的家庭出游以外，在我的早期岁月里，我和我的两个妹妹共同出游的次数很少。葛洛莉亚常常跟我争斗，鲁思跟我倒是关系密切，但是在日常生活中，我对她们两个都不太搭理。我一有机会就到屋外，甚至离开院子，我有我自己的玩伴，到地里干活也越来越多。妈妈和妹妹都不曾在地里劳动，所以，当我与斧子、锛子、犁具、骡子和枪结下不解之缘时，她们忙于缝纫机、烹饪器皿、玩

爸爸、葛洛莉亚、鲁思和我，1932年复活节

具娃娃、衣服和其他神秘的女性爱好。我们在一起吃饭,傍晚时分和下雨天我们聚集在客厅里。否则,我们就各干各的事。

  作为小孩子,我们共同的一个爱好是让妈妈给我们讲我们还没有出生时的事情。在天气暖和的几个月里,我们坐在前门廊或者台阶上,冬季我们坐在客厅的火炉旁。我们喜欢的消遣活动总是在我们的唠唠叨叨中开始:"给我们讲个故事吧!"经过善意的拖延后(这时,爸爸对我们的活动没有热情,也可能在旁边看他的报纸),我们先是各自提出自己想听的事,直到达成共识:"你和爸爸是怎么认识的?""关于爷爷和奶奶的事情""我们是什么时候出生的?"或者"你做某某事的时间"。对我们来说,这些记述要比童话故事好听得多,因此我们常常让妈妈为早先讲过的故事增加更多的情节。我的妹妹们年纪还小时,她常常只给我讲这些事,我的问题也越来越多。从某种程度上说,妈妈讲的这些故事把我们的亲戚变成了神话人物,当我们在之后见面时,他们做梦都想不到我们对他们的事知道得那么多,至少妈妈对他们的印象是这样的。

  因为想放弃在里奇兰邮局的工作而去医院施展身手,我的母亲贝西·莉莲·戈迪于 1920 年搬到了普兰斯。她和她的父母都乐意她去做一名实习护士。22 岁的时候,妈妈经常听家里人说:"莉莉,你不想当一个老姑娘吧。"所以她告诉我们,她不反对把事业当成婚姻。她在普兰斯的第一次约会是和乔治·坦纳,一个人高马大、长相粗俗的锯木厂工人,他有一个名字叫露茜的妹妹。他们决定到木兰温泉——普兰斯附近的一个度假胜地去跳舞,露茜和当地食品杂货店里一个名字叫厄尔·卡特的人也一起去了。莉莲之前曾经见过厄尔,他在游泳池里游泳,卖弄地在跳板上做着腾空前翻和花样跳水的动作,一头跳进冰凉的水里。她认为他是一个自作聪明并且爱卖弄的人,不愿意和他一起跳舞。整个晚上厄尔只邀请她跳了一次舞,而且还是在乔治·坦纳说不能不给人面子之后,她对厄尔的反感程度就更大了。

第二个星期,莉莲和其他几个实习护士从她们临街的宿舍往药房走的时候,从一群小伙子身边路过。厄尔也在其中,他很快进了药房,走向冷饮柜旁的实习生。他拉了一下帽檐说:"早上好,戈迪小姐!很高兴再次见到你。"她点了一下头,他问道:"我能和你说几句话吗?"

他们走到了一边,他问她那个周末愿不愿去兜风。她同意了,于是定下了他过来接她的时间。她很快得知其他几个护士已经知道了她要跟厄尔约会的事。她们说他能很快和女人打成一片,喜欢打棒球和扑克,开着一辆敞蓬 T 型福特车。除了在普兰斯商品公司上班,他在南邦德街还有一个干洗店。在那儿,毛料衣服都是由一个名字叫作罗伯特·杰克逊的黑人干洗的,杰克逊的妻子在医院工作。

我们一直很喜欢听妈妈讲述这些事情,她继续说:"不

莉莲·戈迪,15 岁

莉莲·戈迪（坐着）和朋友

知怎么,我感到既紧张又兴奋,开始担心我穿什么。我最后从另外一个护士那儿借了一条海军蓝塔夫绸裙子。我们所有人大部分时间都穿制服,当谁有约会的时候,我们会相互借他人的便服。我们一起在宿舍的阳台上看到厄尔停了车朝我们的宿舍走来。我没有下去,等着他上来接我。

"这时,太阳刚要落山,他说他准备把我拉到普雷斯顿,给我看他家拥有的农田。我估计他是想对我炫耀他家的富有。我们还没有到乔托哈基河就下起了瓢泼大雨,福特车没有车篷。他有一条很厚的旅行羊毛毯,我们尽可能地把自己盖住。他把车开进农场,停到一个马车棚底下,直到雨停下来。

"回到镇上的时候,我们已经非常熟悉了,打这之后,我们开始定期约会。我会弹点钢琴,厄尔假装喜欢听我弹琴,尤其是《第十二街的姑娘》那支曲子。"

厄尔告诉莉莲,他在俄克拉荷马州卖过几个月熨斗之后决定搬回普兰斯,然后参了军。后来和一个名字叫玛吉·杰金斯的女人订了婚,但是他们最后还是"吹了"。旧的家庭相册里有玛吉的照片,她是一个引人注目的黑发女郎;她后来成为一名大学教授。妈妈一直说他们分道扬镳时"他把他的戒指要了回来"。

妈妈接着说:"我并没有流露出我对他的所有情况都很了解的样子,他告诉我说他一个月大约挣100美元,打算在火车站附近开一个冰店。我被他的冲劲感动了。"

从那以后，两个人经常开车到韦伯斯特县卡特家的农场去。不知怎么，他们最喜欢去的地方是离家最远、靠近小河的一片地。60年后，我和妈妈去那里看一些正在生长的花生和种植的松树的时候，她对我说："我和厄尔基本上都是在这里谈情说爱的。"

不久，护士们的宿舍从临街搬到了药店上面的几间小房子里，艾布拉姆斯小姐是宿舍的总监，也是一个严厉的纪律执行者。

妈妈继续说："厄尔是艾布拉姆斯小姐最喜欢的人之一，即便是我正在值班的时候，她也经常让他进入医生办公区来看我。有一天，他来对我说，他的小妹妹珍妮特刚刚得知自己怀孕了，不得不嫁给韦德·洛厄里，这几乎令他的心都碎了。我们在那儿坐着的时候，他恳求我嫁给他。

"我那时正有此意，主要是为了逃避培训，学习负担太重。可厄尔坚持让我完成学业，这要到次年六月份才能完成，成为一名注册护士。我在亚特兰大市的格雷迪医院实习了半年，没有时间回普兰斯，这快要把我逼疯了，等我毕业的时候，厄尔托一个医生把订婚戒指给我送到亚特兰大。厄尔对格雷迪的高官们解释说，我们准备结婚。他们同意我可以不经等待直接参加州上的资格考试。"

我们特别喜欢听妈妈讲他们早期的婚姻生活。

我的父母一开始从韦伦斯家租了一个地方——楼上的

一个小房间，带一个阳台，外面有楼梯通到地面。房间在屋子的东北角，所以妈妈称它为"世界上最冷的地方"。厕所在后院的出口处，因此他们在房间里放了一个尿盆。妈妈就是在那个房间里怀上我的。他们在那里又待了几个月，直到萨姆·怀斯医生说妈妈不能再从梯子上上来下去了。他对她很关心，也想让她继续在手术室和他一起工作。就在那时，他们搬到了埃米特和贝西·库克的家，在一楼。

妈妈怀孕后一直认为会在家里生我，当时很多孩子都是在家里生的。但萨姆医生说医院有一个空病房，如果他能在那里接生，她就能尽快回来上班。妈妈总是说，她开始临产阵痛的时候，爸爸还在外面参加煎鱼野餐会和扑克游戏，直到很晚才回来送她去医院。

我出生后，有人给我们送了一只小狗。为了这只狗，我们和房东库克太太发生了争吵，她把我们从她家赶了出来。我的父母又搬了两次家。后来爸爸买了埃德加·史密斯家隔壁的房子，那时罗莎琳（我未来的妻子）还是一个婴儿。父亲后来用这幢房子换了普雷西科家在阿奇瑞的房子。那个房子是他们用从西尔斯－罗巴克百货公司买来的图纸照着盖的。

不管爸爸听还是不听，妈妈总是不加粉饰地给我们描述他们早期的生活状况。"厄尔是一个29岁的单身汉，他有自己的生活习惯。他告诉我说，我们结婚以前，他每个星期五晚上都去打扑克，但是我认为我能帮他把打扑克戒

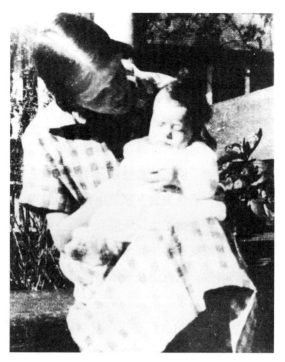

妈妈和我，1924年

掉。我们结婚后的第一个星期五，一吃完晚饭他就出去了，午夜过后很久才回到家里。我不理他，板了一天的脸，但没一点用——无论是当时还是后来。我总是指责他对其他所有人都要比对我要好。我和埃赛尔·韦伦斯都怀孕了，有一次，有人送给我一些好吃的葡萄。厄尔说：'埃赛尔身体不舒服，我想把那些葡萄送给她。'我当时就把一盘葡萄全扔给了他。"

当我长大成人，爸爸去世后，我问妈妈他们在一起相处得好不好。她说:"我们当然相处得好了,大部分时间吧。但是我必须说,我们待人接物的方式不一样,花了很长时间琢磨究竟要给对方多大的空间。即使在葛洛莉亚和鲁思出生之后,我不当护士,待在家里,我们仍然吵闹不休。只要他活着,星期六晚上他就是要出去,而且大吵大闹,我烦透了。就像你知道的,他接手了阿美利克斯的埃尔克斯俱乐部,说他必须去那儿以保证一切运转正常。我们总是喜欢喝上几杯酒,他总是在女人堆里和大部分漂亮女人跳舞。我从不喜欢跳舞。如果我看到他和别的女人跳得太忘情,我会跟他抱怨。"

妈妈最不喜欢的,也是我从父亲身上继承的性格特点就是守时。我参加海军后更加意识到这一点。无论是去火车站、看棒球比赛还是赶赴约会,他总是会提前到达。让别人因为他迟到而等他是不可思议的事。他希望他周围的每一个人都像他一样。每次安排爸爸做体检,妈妈都要尽一切可能地提醒他,医疗行业的人不会准时;她也会督促医生按时到。她知道如果医生迟到的话,爸爸会不停地看他的手表,然后拂袖而去。每当妈妈要批评他的时候,爸爸的回答是"我和他一样忙"。

儿时,我和父亲一起工作,目睹他每天的活动,他是我生活的中心,是我顶礼膜拜的人,甚至超过了妈妈。他是一个认真的、不苟言笑的商人,但经常又很活泼,和他的朋友们在一起,以及和住在我们农场里的男男女女在一起的时候，他总是幽默风趣。每当我跟他去卖牛奶、糖浆和其他产品的时候，我可以看到他和作为他的客户的那些商人还有加油站老板进行交易有多容易，但他不会在每一站浪费时间。除了打点生意，他还被深深卷入了教堂、县教育系统和社区的其他事务。他喜欢体育和户外活动，只要活儿干完了，钱也收回来了，他就会纵情娱乐。

爸爸个子不高，大概比我妈妈高一英寸，但身材伟岸、体格健壮。他长着一头淡红色的头发——头发兴许开始稀疏，因为他出门必戴帽子。他的脸总是被太阳晒得红红的，只要他去游泳时一脱掉衬衣，他的身上看起来白得惊人。

他是木兰温泉和麦马思磨坊游泳池的最佳跳水人之一，网球也打得很好。他的控球能力很强，在普兰斯周围的土网球场抽球屡屡奏效。正如我前面提到过的那样，我们把家搬到阿奇瑞的时候，他首先修建的就是我们家和杂货铺之间的网球场。有些人常常从普兰斯开车过来打球，除非有一大群人打球，他们一般都是单打。如果有其他人等着上场，先输一局的选手就退出比赛。获胜者只要愿意，就可以一直待到场上。这个人通常就是我父亲。

爸爸迫不及待地希望我赶快长大，我一到能够握住球拍的年龄，他就开始给我上网球课。虽然我最终成为学校最好的网球队员，但是我绝对打不过他——当然，他也从来不让我一分。

棒球是我们家庭生活的一个重要部分。爸爸曾在美国退伍军人棒球队担任替补投球手和接球手,之后他一生都是最忠实的球迷。我记得我曾到阿美利克斯去看他比赛,对他的表现无比自豪。他们对每场比赛都一丝不苟,穿着统一的服装和钉子鞋。有一次比赛,爸爸是接球手,当对方队员穿着钉子鞋上垒时,爸爸去阻拦而负了伤,几个星期都不得不拄着一副拐杖。

我最快乐的时光是和爸爸妈妈一起到阿美利克斯去看职业棒球赛。我们和我的巴迪大伯一起坐在一垒手防卫位置线的前排,那些座位是专门为他和佐治亚-佛罗里达棒球队联盟的官员们保留的。这是丁级比赛,是整个棒球体系培养队员的一部分。最出类拔萃的队员会一级一级被输送到职业联盟的甲级队。总有不少甲级联盟选手是从阿美利克斯、科迪尔、奥尔巴尼或者附近其他队中开始他们的职业生涯的。我父母和巴迪大伯认识他们中的每一个人,差不多就像他们对普兰斯的老百姓一样熟。普兰斯有一个叫查尔斯·斯普劳尔的孩子曾进入职业棒球甲级队,1949年作为费城人队的投手赢了四场,输了十场。

每个赛季都以一场表演赛拉开序幕。我童年时期最精彩的一场比赛是圣路易斯红雀队[①]和阿美利克斯队的比赛。

[①] 圣路易斯红雀队是美国职棒大联盟中隶属于国家联盟的棒球队之一,主场位于密苏里州的圣路易。在国家联盟的分区中,属于国家联盟中区。

两队开始热身的时候，我们就在球场，我已经十岁了。爸爸建议我到场地上去向名扬四海的弗兰吉·佛里施和佩珀·马丁要他们的亲笔签名。他俩一起正站在离本垒不远的地方，这时我拿着一支铅笔和一个装过烤花生的干净纸袋子走上前去。既当球员又当教练的佛里施在袋子上签了名，但是马丁一低头，吐了一口烟草叶，差一点吐到我身上，他说："你给我滚，小子！"很多年来，我都把那个只有一个亲笔签名的花生袋保存在我们储藏室的保险柜里。

即使在"大萧条"的那几年，爸爸、妈妈、巴迪大伯和他的妻子安妮·劳瑞都要存足够的钱，至少每年夏天到匹兹堡、辛辛那提、圣路易斯、芝加哥、费城、波士顿、纽约或者其他有职业棒球甲级队的城市去旅行一次，通常是开巴迪大伯的克莱斯勒去。当然，这样的旅行是在秋种之后，并避开浸礼会教堂的复兴活动，这样他们还可以看更多的比赛，至少有一次有连续两场的比赛。我离开家以后，这种集体旅行一直持续了很多年，直到爸爸病得无法旅行为止。

在后来的时间里，他们的计划安排上更为灵活多变了。妈妈始终认为上帝特别眷顾的一件事情是，1947年杰基·罗宾森[①]为布鲁克林道奇队打首场比赛，她和爸爸一同观看

---

① 布基·罗宾森是美国职业棒球队的第一位黑人选手。

了。从那时起,让罗宾森参加职业棒球甲级队比赛的道奇队总经理布兰奇·里基便成为她特别崇拜的一个偶像,即使他们搬到了洛杉矶以后(勇士队来到了亚特兰大),她都是道奇队的粉丝。道奇队的每场比赛她能收听的就收听,能去现场看的就去现场看。我们家出名以后,她还给道奇队经理汤米·拉索达打电话,抱怨他做出的使用球员的一些决定不正确。妈妈去世的时候,我们在她的衣橱里发现了一套道奇队的队服,甚至有一双防滑鞋和一封有全队每个队员签名的信。

我们把家搬到乡下两年后,爸爸关掉了他在普兰斯的商店,把没有卖出去的基本货物和耐用品转移到紧挨着我们家的小杂货铺里。这些东西包括罐头食品、不易腐烂变质的食品杂货、一些五金用品和干货。还有在这个地方的所有工人,无论男女,使用的嚼烟、自卷香烟和鼻烟。储存的男工服装类有工装、棉衬衫、劳动鞋、手套和草帽,但是很多"结实耐穿"的服装鞋帽式样都过时很长时间了。像这样的东西虽然永远不会打折销售,但爸爸还是确保将那些过时的服装降低价格销售,以吸引个别买主。他以不浪费任何东西著称,如果有卖不掉的东西,那么最后一招是我们家的每个成员都要充当消费者。

关于这项"政策"我记得最清楚的是,家里有几双世纪之交对于男女来说都很流行的高扣礼服鞋。爸爸坚持让我把每双鞋都试试，最后发现有一双适合我的小脚。无论我怎么反对，他都坚持说这双鞋是给男人穿的，我必须穿着它去上学。我尽量穿我最长的裤子把鞋盖上，然而大孩子们还是嘲笑了我。两天后，我陷入了深深的而又显而易见的痛苦之中。妈妈替我说了情，这才缓解了我的尴尬境况。我的朋友 A. D. 似乎很高兴得到这双古老的鞋。

爸爸省钱的另一个习惯是不断地给我制造麻烦。他始终坚持给我理发，大多数情况下是用普通理发剪，有时候还增加几把平头剪。尽管我将妈妈作为中间人来转弯抹角地拒绝他给我理发，但他还是无视我的要求。他给我理的永远是一成不变的发型，那就是茶壶盖式的发型，两只耳朵顶部以下没有头发。我真羡慕学校的其他男生花两毛五分钱剪的发型，他们是在镇上的理发馆剪的。一次，在每年春季的骡马剪毛期间，爸爸决定在我的头上节省一些时间和精力，给绵羊和其他动物剪毛的手柄上用一根很长的电线挂着一把剪刀，他用这把剪刀给我理发。可想而知，他的手滑脱了，在我的头发上开了一个大口子。唯一的选择是把头发剃光，给我留一个秃头，我必须戴一顶旧帽子把头盖住。我尽可能地待在家里不出门，但是妈妈非要我兑现一个承诺，去看望我的祖父母，他们那时住在哥伦布。后来，奶奶写信说，他们很喜欢我待在家里，我是一个好孩子，但是在家里我特别爱戴帽子，即使晚上我上床睡觉也是如此。

爸爸总是给田里工人按日付酬，在我们的小商店里给佃农提供赊账或者现金贷款。所有预支款（贷款）和信用销售，他都在商店里做了认真的记录。星期六是商店开门营业的唯一时间，但是无论什么时间，只要有顾客在我们家里出现，我们都会把门打开，哪怕是只买几分钱的东西。后门一有敲门声，爸爸便把钥匙环从他的皮带上取下来，扔给我们其中的一个孩子。这通常是我的工作，但是有时候我的妹妹葛洛莉亚作为商店的店员，无论是日常的来访还是每个星期六，都得为顾客服务。

除了他们的服装以外，爸爸希望我们农场的工人无论是短工还是佃农，买其他日用品，比如犁头、绳子、骡马颈圈、手动工具、肋肉、甘蔗糖浆、玉米面和白面、糖、盐、煤油、猪油以及烟草产品，都在我们商店购买。我们也卖一些顾客用以治疗由饮食和卫生方面引起的钩虫、痢疾、糙皮病、疟疾、腹泻和伤寒等症状的专利药品，包括氯化亚汞、金鸡纳碱、蓖麻油、止痛剂、硫酸镁、碘酒、氧化镁乳剂和特别苦的 666 粉。我永远忘不了那些买一毛钱一瓶蓖麻油的人，他们走到外面，几口就能把它喝完！我们小孩不会忘记它很重的油腻味和苦涩的味道，一看见它就想把它扔掉。

除了学习农场里的业务以外，爸爸还要求我了解森林和沼泽地的知识，教我和考我基本的生存技能。他知道我和我的几个朋友花很多天时间在我们的农场上闲逛,有时候离最近的田地或者公路有几英里的距离,他不想让我出任何事。除了游泳,使用枪支,识别有毒的植物和爬行类动物,我还必须知道在困难的境况下如何辨别方向。我学会了看地形,通过聆听公路远处的声音和眺望天空的星星来判断方向。他教我怎么观察月亮、辨别北方,总是在我始料不及时考我,以证明我是否掌握了这种能力。在比较遥远、宽广无垠、一望无际的沼泽地带,乌云遮住了天空,那时只有指南针是唯一可用的向导。爸爸送给我一个怀表一样大小的指南针,告诉我要永远把它带在身上。

有一天,我和伦伯特正在乔克托哈基河钓鱼,我们发现一只巨大的美洲鳄突然咬了乌龟一口,那是我们见过的最大的乌龟,它被一棵倒下的树压在身上不能动弹。天开始下起毛毛雨,是收起鱼竿离开小溪的时间了。我们收起所有的鱼线,把它们卷起来,把乌龟吊在一个树干上,抬着它,想拿回去向我们的父母亲炫耀。我们快走出沼泽地的时候,太阳快要落山了。我没有带指南针。天快黑了,我们意识到迷路了。我开始感到紧张。半个小时以后,我们喜出望外地发现了一些人的足迹——最后我们意识到,那是我们自己的脚印。这时我想起爸爸告诉我的,除非我们能发现特别的标示,在原地兜圈子是人类的一种自然本能。

这时天晴了,我们看到了天空,于是丢掉了乌龟,开始一路往西走，沿着一条直线往金星走，其实那时的金星就是夜晚的一颗星星。我们往前走，不时地要强行冲过挡路的欧石楠，举起我们的双臂扒拉着，不让低矮的树枝打我们的脸。一个小时左右后，我们到达了公路。我很清楚，顺着这条公路就到了一个黑人家庭的房子——离我们本来应该走出沼泽地的地方很远。我既如释重负，又担心爸爸早已经让全家人寻找我们。我们精疲力竭，再也走不动了，于是让那个人套上了他的马车，回八英里之外的家。

我害怕撞见爸爸，因为我知道我们给他和妈妈造成了很大的担忧，因为我违反了他教给我的护林人的所有规则，他会很生气。我们很快遇见了他的皮卡车，乘车回家。一路上我们一直没有说话。到家后我们站在院子里，爸爸才看了我一会儿，然后说："有本事的话是不会在树林里迷路的。"

我开始哭泣，他伸出双臂搂住了我。就在那时，父亲的那个拥抱，这是我一生中最难忘的。

在普兰斯卖煮花生

我很难解释为什么普兰斯镇对于我和罗莎琳有那么大的吸引力。显而易见，我们的家庭与普兰斯息息相关，密不可分。我们还经常把我们的子孙和一些宾客带到我们的家族墓地——一个在镇子的南边，另一个在镇子的北边。那里是我们的高曾祖父于1700年出生的地方，他们在那里安居乐业，耕田种地，和他们的妻子儿女埋葬在一起。我们两个人生于斯，长于斯，起码我们其中的一个还与普兰斯的人有密切关系。他们依然是我们的邻居。普兰斯是我见证过的我的家庭成员埋葬安息的地方，我们也希望埋葬于此。

孩提时代，我在这个小镇上学读书，做礼拜，卖煮花生、汉堡包和冰激凌，追求恋人。这是我们生儿育女的地方，是我们40年前筑成我们的第一个也是唯一一个家（我们结婚后住过的第15个房子）的地方，1953年我离开海军后努力谋生和与种族隔离做斗争的地方。我们的普兰斯邻居为了帮我竞选州长，走遍了佐治亚州的每一个角落，之后为帮我竞选总统又走遍了整个爱荷华州、新罕布什尔州、佛罗里达州、威斯康星州、宾夕法尼亚州等。我们与他们联系很多，感情深厚。

我对普兰斯有一种永恒的感觉、一种价值不变的感觉和人际关系牢不可破的感觉，小镇在政治和经济危机期间是我们的避难所。我们差不多访问了120个国家，什么都见识过了，但随着年龄的不断增长，我们发现普兰斯的宁静更加强烈地吸引着我们，无论置身于世界的何处，我们都很快便会产生回家的愿望。这里有和谐，有白人和黑人之间的相互尊重，有加入雄心勃勃的计划使我们的镇子变得更加美好的共同愿望，有通过11个教堂所表达的宗教的巨大影响力。

从幸存的拍摄于1905年的最早的照片来看，像自来水、电话和电并没有改变镇子的面貌。主干道上有九幢残楼，墙体连在一起，只是在中间部位有一条小道。除了我父亲的食品杂货店和银行的这两栋建于1901年的房子，其他房子都只有两层。我长大的时候，街道的西头有了五间木框架结构的小房屋，它们是一家咖啡馆、一间理发店、一家邮政局、一间食品杂货店和一座加油站。哈德逊街的另一边是一个楼上有医生和护士办公室的两层的药店。

普兰斯是一个以火车站为中心，半径为半英里的小镇，铁路和东西向的 280 国道将其一分为二，这条国道直到 1950 年代中叶都是全镇唯一的一条铺了柏油的马路。镇子建在一个很大的美洲山核桃园中间，几乎每家每户的院子里都有几棵山核桃树。在我的童年时代，每当 11 月份坚果长熟了的时候，人们便急不可待地收集核桃去交税，绝不许路人或松鼠与他们分享果实。"核桃最多弹两下就进到桶里"这句话说明每年的果实投放市场的速度之快。

除了几个令人关注但极少被提及的例外，黑人和白人在镇子上是分开居住的。当然，在农村你没有办法按住户的肤色将房子隔离。但是，却有无数的其他界限在社会上和法律上把我们隔离开来。

我成长的普兰斯镇跟建镇时期没有多大的区别。我查看了过去的镇议会议记录，这个记录显示我们镇子是一个奉公守法之地。以伤风败俗的目的使用房屋是被禁止的，销售或饮用烈性饮料也是被禁止的。显而易见，普兰斯镇的人们一直在严格地遵从这一规矩。会议记录上记载着："拒绝弗洛伊德和梅尔斯公司申请销售苹果碳酸果汁汽水。"发放营业执照既能增加税收，又能整肃镇子的道德风气。1899 年，出租马厩生意兴隆，经营所有带车辆和农活的牲畜，每年交费五美元，甚至比较重要的棉花仓库也要交纳十美元，但是每个巴加泰尔桌球游戏厅老板要交这个数的两倍，台球一桌则是这个数额的五倍。马戏表演在普兰斯搭台每天收费50美元，供观赏的野生动物表演日费用是5美元。戏剧演出、"玩杂耍的"和滑稽剧团表演的收费由市长决定。以下是1930年的一条一字不差的会议记录："所有出售瓶装饮料的人，一个执照必须交纳100美元方可获取销售此种饮料的特许权。"然而，由于瓶装可口可乐的出现，这项法律很快失效了。可口可乐是佐治亚州对世界的特殊贡献，众所周知，可口可乐中含有大量可卡因，一直被称为"毒品"，却是合法的。

在我还是小孩子的时候，我违反了小镇的一条禁令，那就是镇子里不能使用武器，包括弹弓、弓箭和各种枪支。这条禁令的施行范围很快扩大到了墓地，它位于小镇西边大约一英里半处。保证小镇街道的安全和清静也很重要，火车每小时限速10英里，汽车限速8英里。火车在小镇范围内是禁止鸣笛的。为了纠正原来的疏忽大意，城市元老们很快宣布不能在人行道上骑自行车，不能玩赌博游戏，马必须带锁套，不能加工皮毛，吉卜赛人和要饭的人不能入内，但动物可以跟着车跑，星期天可以擦皮鞋。

显然，普兰斯财务保守的创始人相信预支平衡，严格控制开销。一开始的所有税收来自店主和专业人员的许可证，街道由16到50岁的小镇居民提供维护（后来规定只由男性居民提供，学生除外）。显然，有钱人会雇人代劳。但是，随着对镇政服务要求的提高，1901年，由每年向每人征收税金2.5美元取代了义务劳动。当时的总人口是

346人，2.5美元明显太高。于是次年没有再征，尽管小镇警察的月工资从5美元涨到了7.5美元。到了1903年9月，警察的工资飙升到10美元，但是他于1905年买的手枪得按同等金额退还给他，这至少是他一个月的工资。由于大量的疯狗在街道上出现，这似乎是一个很值得的投资。

强烈地公开反对一个议会决定的第一份记录出现在1906年，当时，在一个知名医生的建议下，勒令所有的猪不准出现在小镇范围内。镇议会成员显然不具有务农知识，正如1907年2月4日的一份记录所指出的那样："发现花30美元购买的骡子不能干活。"随后，镇长批准了一个一天花5毛钱租一头牲口的补充草案。

根据频频出现的记录判断，早年间最繁荣兴旺的贸易品之一是鱼和牡蛎，用火车和卡车从墨西哥湾海岸运来。到了1907年，新的年执照费中增加了几个项目：经营鲜肉的商贩交纳10美元，"出售肘牛肉或自制牛肉香肠、腌牛肉和食用小肠的农场主除外"；铁匠5美元；保险代理商10美元；照相师2.5美元；个人擦鞋1美元；商行，从2.5美元到10美元，按总资本500美元到10000美元以上的规模而定。一天收费1美元的旅店每年交费2.5美元，这是那些一天一个房间收费2美元的旅店的2倍。很清楚，普兰斯镇正在不断扩大，现在的人口几乎达到了400人。每项记载都显示了以减税优惠的政策吸引优秀的专业人才的情况。铁匠的许可费减到了 2.5 美元,而比较重要的内科医生、牙医、化肥商人则免交许可费。有时候,紧急情况的支出也是需要的。例如,12 月份天花爆发,就要进行诊断治疗,每户被感染的人家需要 18 天的隔离观察期,付给医疗队的总费用是 25 美元。

1914 年,议会会议的召开变成不定期的了,议员们做出决定:"鉴于全县一片萧条,棉花价格、资金匮乏,我们看到尽可能节约每一分钱的必要性,兹决定:市长暨市议会认为,由于一年中大部分时间经济不甚景气,可减少一年税款征收,特此批准书记员和司库允许 12 月 1 日前交纳税款者享有本年度税金 50%的优惠。"

这些描述佐治亚、普兰斯的会议记录显示这个城市从过去到我长大的时候几乎没有改变过,可是现在住在镇内的人口增加到了 715 人。

不知道我的家庭其他成员的情况,要想了解我的身世和我的生活是不可能的。除了我的父亲以外,他的哥哥奥尔顿(巴迪)是我早期生活中最重要的白人,也是在普兰斯的卡特家族真正的当家人。在我的爷爷于 1903 年死亡以后,作为老大,我的伯伯巴迪便担负起照顾全家的重任。

巴迪在一个种植桃子和葡萄的种植园工作了一个季节后,就去了一个叫奥利佛-麦克唐纳的杂货店当店员,一个月挣 25 美元,他在那里干了四年,挣来的钱用来维持母亲和四个兄弟姐妹的生活。然后开了自己的公司——普兰斯商品公司。多年来，他一直特别喜欢回答我的问题，特别是关于他弟弟的问题。

在很多方面，卡特兄弟是大相径庭的。我的伯伯只比我父亲大6岁，但我总认为他们不像是一代人，巴迪伯伯更加满足于安居乐业。两个人都是我们教堂的执事，爸爸在教堂教主日学课程，巴迪伯伯是主日学校的校长。他们两个人都是棒球迷，但爸爸棒球打得好，而巴迪伯伯是管理 J 级联盟队的一个行政官。我的父亲极爱打猎和钓鱼，

奥尔顿（巴迪伯伯），1960 年

可我从来不知道他的哥哥也喜欢打猎和钓鱼。两个人都从我爷爷那里继承了酿酒设备，每年酿葡萄酒，但是巴迪伯伯却对大家说他把自己的设备给别人了。结婚前，他以女朋友众多而著称，不过他从来不沾威士忌酒。他是我所知道的唯一一个不喝可口可乐的人，而且每个星期六晚上都宅在家里。

爸爸是个实干家。他在工作时间从不说废话，但是他的哥哥却是我认识的一个最健谈的人。后来，我在潜水艇上服役回家探亲，父亲总是问我六七个标准的问题，以"你在海军还满意吗？"和"你需要什么东西？"开始。为了继续交谈，我会说一些我知道他会感兴趣的事。我到普兰斯商品公司去的时候，情况就完全不同了。巴迪伯伯会无休止地问我一连串问题：潜艇是怎么建成的，怎么操作的，厕所在水下是怎么冲的，干船坞的工作情况，潜入水下和上到水面时的生活状况，食品配制和服务情况，水手是怎么挑选的，工资级别怎么样，娱乐，兵力，我们的床的尺寸，我们都看什么书，我们怎么洗澡，我们都害怕哪些危险，我们冬天和夏天的服装，种族关系，我们在各国码头上的经历怎么样，等等。

我长大的时候，在普兰斯商品公司不忙的时候，我会催促巴迪伯伯述说我们的家史，而他也非常乐意。

"我们1904年刚搬到普兰斯的时候，厄尔还只是一个

厄尔·卡特在预备军官学院，1917年

在这附近上学的小男孩。他虽然不是一个坏小子，但是由于他完全不把我当成一家之主，所以我们经常吵架。我们最后决定让他离开，去盖恩斯维尔附近的河畔中学①上一年学，他在那里上完了高二，并进行了一些军事训练。据我所知，我们家里从来没有人有那么高的学历，包括我们

---

①这是一所军事化管理的私立学校。

的祖上。他回到家后就在商店当店员，干了一段时间。但是一到17岁，他就去了俄克拉荷马州推销一种有专利的用煤气加热的熨斗。他干了一年，挣的钱都不够糊口，就决定返回普兰斯。

"厄尔在别人手下工作总是不安分，于是，战争爆发后，他参了军。虽然他的视力很差，但是他有在河畔中学的训练经验和在商店当店员的经历，他们就让他去了培训学院。他像魔鬼似的拼命学习，成了军需部队中的一名中尉。"

我记得爸爸给我讲过，当他所在的部队准备开赴欧洲时，战争结束了，而他也就回到了普兰斯，那年他24岁。

巴迪伯伯回答说："没错，厄尔回到家后，要成就一番大事，但他得先挣钱吃饭，于是就在普兰斯商品公司重操旧业。此外，他还开了一个小熨衣店，用总收入的四分之一雇了一个黑人在店里打理。由于我对种地不感兴趣，他就打点我们在韦伯斯特县的土地的一切事务。两三年后，埃德加·希普出资1500美元，厄尔在街角开了自己的店。厄尔事先没有告诉我开这个店，但是他做得还好，在外面招徕一些新的客户到普兰斯买东西，没有抢我的生意。

"你爸爸就是那种人。你知道，有的人拼命干一辈子，到头来一无所有。还有的人拿得起放得下，就能挣到钱。他就是那种人。关于他的另一个事情是，有需要的时候，甭管是什么种类的工作，在地里也好，在商店里也好，在任何地方都行,他都会全力以赴,像魔鬼一样拼命工作。这就是他能在附近弄那么多土地的原因。而且,他也会迫使你干活。"

我说:"是的,先生,但是我从来都无怨无悔,因为他比我和这里周围的任何人都要努力。大多数时候他凌晨4点钟就离开了家,而我还在睡觉呢。他把所有的工人都弄到地里,然后又比我晚两三个小时才回来。"

巴迪伯伯有点儿自叹弗如地说:"咳,我和他一样努力,可每次我赚一块钱,厄尔就能挣三块钱。"

虽然普兰斯离阿奇瑞不到三英里,但是我在普兰斯的生活却与我在我们阿奇瑞的农场上度过的时光有很大差异。我初试城里的社交生活是通过我的奶奶妮娜·卡特,她一个人住在他们于1904年最初从佐治亚州南部搬到这里时我们家买的一座房子里。她坚持每天晚上要有人陪伴,所以就派了她的几个孙子轮流值班。我值班的日子是星期五,这种每周值班给我提供了一个机会,能更好地结识一些我在城里的校友,有机会和邻居家的孩子们一起玩捉迷藏游戏、扔马口铁罐头盒、打弹球和用橡胶枪打仗。我长大一点后,便开始参加城里教堂组织的高中生舞会。奶奶的一个邻居埃洛斯·拉特利夫成为我的初恋后,我就特别爱去陪她。

依我看,奶奶有城里人的高贵气质,提起城里就满心欢喜。她对自己的自然美沾沾自喜，却千方百计隐瞒一切有关她年龄的信息。虽然她的橱柜里总有白兰地，但她最喜欢喝的——起码在我们这些孙子辈的面前——是美洲檫木干根皮茶。作为一个农场小子，我有责任一直为她提供芳香的干须根，这种有香味的干须根有根汁汽水的味道，而且她认为有很高的药用价值。她自己做饭和收拾家务，但希望我们给她厨房的炉子劈柴，给她客厅的壁炉带煤，每天早上给她倒两个夜壶。和我们家的夜壶比起来，它们特别大，花纹也很漂亮，她对这两个夜壶特别自豪。不像其他人那样，白天她从不把它们藏在床底下。

我的奶奶出生和成长在南卡罗来纳州的格林伍德附近铁路边的一个小地方，那个地方的名字就是她家的姓——

佐治亚州普兰斯大街，1925 年；街角为 J. E. 卡特公司

普拉特。有几次,我的父母带我奶奶和我去北方看大联盟棒球比赛的时候,我们下车参观了她的家。拿普兰斯和阿奇瑞的标准来衡量,这里的文化与世隔绝,精致而古老,因为普拉特的女人(不是寡妇就是老处女)似乎对改变家宅周围的一切东西都感到厌恶。她们依然在梳理羊毛和棉花,用纺车纺线、织布,在转轴上放一个古怪的小桶搅奶油。她们没有电,没有收音机,甚至没有阿拉丁油灯,各个房间里完全靠蜡烛和几盏煤油灯照亮,拉上窗帘,老是黑黢黢的,使得家具和床罩暗淡无光。她们每天傍晚天没有黑就上床睡觉,即使在冬天也是一样。

我记得她们家的前院有一棵盘根错节的参天古黄杨树,她们的很多农具在我们的农场里很早以前就被更换成工作效率较高的农具了。我跟家里都是种地的几个黑人孩子一起考察了一个小农场,普拉特的女人害怕我受伤或遇到麻烦,坚决限制我的行动。我知道我的父母什么时候来接我,她们后来取笑我,因为她们以为我还在睡觉,推门进来的时候我就从床上跳了下来,衣服穿好了,行李也都装到箱子里了。

我一而再、再而三地听说,南卡罗来纳州那家人的孩子是如何通过一系列婚姻搬迁到佐治亚州的故事。我爷爷比利的朋友娶了一个名字叫伊丽莎白·普拉特的女人,伊丽莎白·普拉特同父异母的姐妹卢拉来拜访,嫁给了比利的兄弟戴夫。然后卢拉的姐妹因家道败落,嫁给了我爷爷。

她们的妹妹玛丽来访,嫁给了我们的堂兄豪尔·卡尔霍恩,她们最小的妹妹嘉莉来做客,嫁给了一个名字叫克莱比·乔沃斯的医生。后来,她们唯一的弟弟杰夫来看望姐姐们,娶了佐治亚州大马士革的一个姑娘。

我的姑夫杰克·斯莱皮和他的妻子——我父亲的大妹妹,在我的早期生活中扮演着重要的角色。我们农村的孩子习惯把自己的午饭装在纸盒子里或者猪油罐头盒里带到学校。午饭一般是小圆饼夹肋肉或者火腿、花生酱和肉冻,或者炸鸡,有时候还有甜点——红薯或者是桃子泡芙。我记得我们喝的水全部是从学校的水龙头里接的。由于妈妈经常出去护理病人,爸爸也总是黎明即起,离开家里,因此他决定让我和葛洛莉亚跟着他的妹妹埃塞尔吃晚饭。他付给埃塞尔我们两个人每人每天五分钱伙食费,我们放学后就在学校附近玩耍,到了晚饭时间就去她家吃饭。

我们一点都不喜欢这个安排。虽然埃塞尔姑姑饭做得很好吃,饭菜都是热的,也有营养,但她总是不按时做饭,我们时不时得等待,错过了学校操场上每天大部分激烈的棒球赛或其他比赛。

另一个问题是,这些年农场主们付给杰克姑夫的兽医服务费太少了,他经常吃不上鸡和鸡蛋,也吃不上兔肉、松鼠肉、浣熊肉,负鼠也都被他的客户们用捕捉器或从树上捉走了。房子后面有一长溜小笼子放这些野生动物,由杰克姑夫的黑人助手吉恩·梅小心翼翼地饲养着，它们是我们饮食中真正的特色菜。埃塞尔姑姑是做这些菜的专家，我们喜欢把肉块煮到半熟，然后在面粉里蘸一下再油炸——我们家也用同样的方法做松鼠肉和兔子肉。

负鼠肉很有特色，但妈妈不想在家里做，她知道负鼠

卡特全家福，1943 年。后排左起：韦德·洛厄里伯伯，奥尔顿伯伯，威尔·佛莱明伯伯，多尼尔·卡特，我，威拉德·斯莱皮，爸爸，杰克·斯莱皮。前排：妈妈，珍妮特伯母，卢拉姨妈，埃塞尔，鲁思（与林一起），奶奶妮娜·普拉特，葛洛莉亚，休的妻子，鲁思·戈德温（和桑尼一起）；跪着的是比利

是食腐动物。杰克姑夫坚持让吉恩至少在把它们送到厨房一周前给它们喂干净的食物。它们总是被裹在红薯、苹果或其他水果、蔬菜里整个烧烤,调料永远都不能充分遮住它们独有的味道。我敢肯定没有几个健全的佐治亚人吃负鼠肉比我吃的还要多。

做什么吃什么,你没有选择,无论是在杰克姑夫家还是在我们家。除非证实你身体有病以外,父母希望我们做什么吃什么,而且是大分量的。妈妈和爸爸对他们为我们做的很特别的食物和饮料颇为得意,经常问饭菜做得怎么样,既问我们兄妹,也问埃塞尔姑姑。无论我和葛洛莉亚对吃负鼠肉或者饭做晚了有多大的怨气,我们从来都不告诉父母。

在我们的关系之中,有一个特别的好处:杰克和埃塞尔每个星期六喜欢开车去阿美利克斯买一点东西,然后坐在他们的汽车里——车一般停在出售廉价小商品的杂货店的前面——看人行道上往来的人群。他们的时间很灵活,如果我们要到瑞兰德电影院去看一场电影的话,他们很愿意让我们搭车。我们的父母除了有生意或者看棒球赛以外,很少到县政府所在地去,而他们为我们提供了交通方便。社区里的每一个人都知道杰克姑夫的这个习惯,这对农场主们来说是一件好事,他们总是趁杰克一家在阿美利克斯买东西的时候,顺便安排把他们的猪骟了,给他们的狗接种疫苗,或者讨论一下一头病骡子的情况。

如果杰克和埃塞尔最喜欢停车的地方没有车位，要想找到他们的汽车也是很容易的。只要一睁开眼，杰克姑夫的嘴上很少有不叼着雪茄的时候。他一直抽五分钱一根的雪茄，不是坦帕金牌就是坦帕哈瓦牌。那些年里，雪茄烟味渗透了他周围的一切事物，包括他的汽车。这是一种特别的气味，并不那么叫人讨厌，但是在一辆兽医的汽车里，雪茄烟味与车上带的各种药品有时候洒到后座上和后备箱里的气味混在一起，那味道可想而知。每个人过来都能找出他的汽车在哪里。

关于斯莱皮家，有一种东西特别能引起人们的兴趣，我花了很长时间才想到是什么东西。和我认识的其他家庭比，去他家总是让人感到很轻松。不像卡特家，杰克姑夫特别注重怎么让人感到舒适。相比之下，我的巴迪伯伯家在普兰斯是最令人印象深刻的一家，这个家始终被我的伯母安妮·劳瑞收拾得干净到无懈可击，我们把安妮·劳瑞叫作"拉拉"。房子的硬木地板总是用蜡打得铮亮，餐厅有一个货真价实的水晶枝形吊灯，一切井然有序。他们的两个男孩休和多尼尔在楼上有自己的房间。我的爸爸和巴迪伯伯总是野心勃勃，不辞劳苦给家里定下各种清规戒律、繁文缛节。两个家给人的感觉是这里不过是在重要的艰辛工作之间小憩的地方，让人感到紧张和僵硬。

斯莱皮家有两个亲生儿子，年龄比我们大，一般不在家。他们的大儿子林顿有精神问题，按现在的标准，他大概会被诊断为得了狂躁抑郁症（两级错乱）。用现在的药物治疗，他能够过一种正常而有活力的生活，但是在那个年代，他可是他父母的一个大难题。他很有灵性，但他常常很亢奋，用恶作剧搞得普兰斯的居民们十分紧张。林顿在大街上走来走去，嘴里念念有词，大喊大叫，在社区里最敏感和最隐私的事情上，他是一个消息灵通且面对公众毫无隐瞒的解说员。如果一个人被铁路公司开除了，付不起食品杂货账单了，或者偷偷去了一个寡妇家，或者跟另一个男人的老婆幽会，他都会知道，而且会将这个消息广为传播，用的还不是讲究策略的语言。镇上的人大为震惊或者尴尬无比，最后说服杰克姑夫让林顿回到州精神病院，直到他不再胡说八道再让他回家。他一出现，普兰斯立马就热闹起来了，我们有些人就盼望这个时刻。

斯莱皮家的另一个儿子威拉德，是乡下姑娘们最喜欢的英俊小伙子。他毕业于奥本大学，在北卡罗来纳州是一名有成就的兽医。他是普兰斯第一批在罗斯福的"民间资源保护队"工作的青年之一，他参与各种环保工作。除了包吃住，每天还领取一美元津贴。

我的巴迪伯伯认为杰克对他的儿子们太宽容了。他年纪大了之后，有一次告诉我："我一开始就教育我的儿子勤奋第一。你爸爸也是这样做的吧？"

我承认："我从来不敢反驳爸爸。他也从来不对我发号施令，只是说：'孩子，明天你能拖棉花、翻红薯藤、剪西瓜秧、拉饲料等等吗？'我就说：'遵命，爸爸。'"

巴迪伯伯接着说："我也尽量让我的儿子们不惹麻烦。我记得有一次，乔·威廉姆斯，奥斯卡的兄弟，弄了一套台球装备。他把它放在了商业区，所有的孩子都想去玩，可我不想让我的儿子在台球厅里逛来逛去。我总认为台球厅是一个使男人学坏的地方，更何况一个小孩子。所以，我买了一台业余台球桌，放到楼上。儿子们和他们的朋友玩了两三个月，然后就再没兴趣了。"

我没有提起我和爸爸去过几次台球厅的事情。

巴迪伯伯当了28年的市长，包括我长大的那些年，他是我获得有关城里消息的主要来源。一天，我问他普兰斯有没有什么激动人心的事情发生。

"哦，普兰斯发生过的最大的事情，以及我在火车站看到过的人最多的一个场面，是牵扯到麦克迪尔家的事情。他家的大儿子叫罗斯科，众所周知，1920年代他去南方，到佛罗里达州炒地，我们全都认为他在那里发了大财。有一天，阿美利克斯西部联盟话务员给他母亲带来一个令人伤心的消息：罗斯科的遗体将由三点半的火车运到普兰斯。全镇上下万分紧张。罗斯科的尸体已经做了防腐处理，谁都不知道他在佛罗里达加入了哪个教会，所以我们也不知道这里应该由哪个牧师给他做葬礼布道。

"那时我是市长，麦克迪尔的家人来跟我和殡仪员罗斯·迪安商量。我们最后决定，应该在火车站举办一个简短的葬礼，然后送葬队伍往墓地行进，在墓地，镇子里的三个白人牧师都讲几句话。

"到了火车进站的时候，几乎全镇的人都来了。人们看到罗斯·迪安的一对灰色的马骄傲地拉着灵车兜了一个大圈，然后停在站台上迎接棺木。大家在火车的行李车厢旁排成一排，谁也没有注意到有个提着行李箱的英俊小伙子下了车，开始询问人群边上的人这么大的场面是怎么回事。

"'我们是为罗斯科·麦克迪尔的葬礼仪式来这儿的。'

"'可我就是罗斯科·麦克迪尔啊。'他说。"

说到惹人发笑的地方，巴迪伯伯的喉咙凸了出来，声音也高了八度，我们大笑了好久。

"他的母亲几乎昏了过去，开始对人们说上帝奇迹般地回应了她的祈祷。但是人群中有些人好像感到大失所望。无论是我还是麦克迪尔都搞不清楚罗斯科回家的电报怎么就变成他的死亡通知了。"

时至今日，因为没有多少人住在普兰斯，它的主要人员是来自长途跋涉到镇上推销货物、搞贸易和娱乐的农场家庭的人。在我的童年时代，农场的工人和佃农都没有轿车或卡车，就是相对富裕的地主也很少有车。有一辆双轮单座轻马车就很不得了了，而且只是被那些年纪较大的人和比较富裕的人使用而已。所以，几乎每个人旅行都是徒步或者乘坐马拖车，马拖车不仅在农场里而且在农场外都有多种用途。显然我父亲开一辆皮卡车去城里，或从一块农地到另一块农地，平时拉人、运犁、化肥、种子、粮食和花生都只用马拖车，也用由两匹骡子拉的大车把工人、犁、化肥和种子送到地里，用田地里的小雪橇把麦捆或花生垛拉到打谷机旁。

  我有一辆有橡胶轮胎的自行车，我一到能够骑它的年龄就骑上它了。骑自行车不仅是我的一个快乐，我还在前车把上装了一个筐子，当妈妈急需在城里买东西时，它就成了一个不错的运载工具。我还在车后面安装了一个活索结，一旦需要，我就拉一个小车。作为一个少年，要是借不到我爸爸的皮卡车，我就骑着我的自行车到普兰斯参加舞会，从舞会骑着它回家，经常把车停在我女朋友的家门口，让她坐在我座位前面的横梁上带着她。舞会结束后，我风驰电掣般地骑回家，尤其是在路过鬼屋和坟地的时候。我在车上安了一个大灯，即使在最黑的夜里我也能看见路。一有汽车开过来，我就把车停在路边的沟渠里。

  我在农场干杂事，挣不到一分钱，直到我能赶骡子耕地为止，一个小孩在地里劳动一整天的工资是两毛五分钱。爸爸总是鼓励我多挣钱。在我很小的时候，他就教我经商挣钱的秘诀。要是农活不忙，他就鼓励我找事挣钱，发挥我的才能。我直到长大以后才明白这样的训练是独一无二的。

我五岁开始在普兰斯的街道上卖煮花生，这是我第一次接触外面的世界。花生一成熟，我就把我的小车拉到离我们家最近的一块地里，把一大藤花生从地里拉出来，运回家，摘下藤上的花生，洗一洗，在盐水里泡一夜。第二天一大早，我把花生煮半个小时左右，熟但是不软，半磅装一袋子，装20个袋子（每个星期六装40个袋子），用筐子把它们运到城里——要么顺着铁道走过去，要么骑自行车去。

我有一些固定客户，每天大约有一半的花生都被这些固定客户买走了，他们似乎喜欢吃我的煮花生。我最好的客户是修鞋匠巴德·沃尔特斯，他是普兰斯的一个名人。少年时期，他的一只脚受了重伤，便开始学习用手在屋子里和院子里走来走去，甚至用手上下楼梯。这令他的手臂和胸肌非常发达。当他的脚已经好到可以走路了（虽然有点跛），他便练起了拳击。一个星期六的晚上，巴德决定与阿美利克斯的一个巡回职业拳击手较量一下，从普兰斯去了十几个人为他摇旗呐喊，给他加油助威。他打败了挑战者，获得了5美元奖金，成为我们这些孩子心目中的一名英雄人物。我们经常怂恿他用手走路，只要有足够多的观众，他就掏空口袋，在鞋店门外倒立走路。巴德最让我高兴的是从我这里买两袋花生吃一整天。

来普兰斯的游客通常对我很客气，不管接受还是拒绝我卖的花生。但是有一些常来的旅行推销员无疑会开我的玩笑。

　　我最烦的是那些在两个加油站和约翰·伍德鲁夫的出租马房外闲聊的人。马房是传播最过激和最负面的流言蜚语的中心，那些人翻来覆去的谈话让人厌烦。他们在宽大的牲口棚门里坐成半圆形，要么坐在翻过来的铁钉桶上，要么坐在下陷的凳子上和直背椅子上。

　　伍德鲁夫先生在那帮人坐的地方的后面有一个小办公室，他来回走动，加入或逃避他们无聊的谈话。每一个人都有自己的座位，除非白天在跳棋比赛中输棋的人得让出自己的椅子。他们用可口可乐瓶盖当作跳棋棋子，用瓶盖朝上和朝下表示双方。棋下得相当吵闹，除了用嘴说以外，冠军争夺者还把瓶盖"啪"的一放，表示他走了一步好棋，或者是走了一步没用的棋，或者是很生气。破旧的棋子边上毛毛糙糙的，连棋盘中间的方格都被磨成了很深的槽子，这槽子得用刀子刻才能弄得那么深啊。

　　我总是期待这些人开我的玩笑，特别是在临近正午的时候，他们一看我的表情就知道我的花生没有卖完，会千方百计地去卖。他们有时候会说，如果我喂了骡子或者把他们坐的地方打扫一下，他们会买花生。我有时候会答应。

　　城里有三四个老兵，年龄和我父亲一样大，由于在第一次世界大战中负了伤,都享受着残疾人养老金,其中两个人的肺遭受了芥子气的毒害。只有他们是镇子里不需要工作的人,因为他们的津贴远远超过了一个佃农或拿工资的短工的收入。他们永远是很多讨论小组讨论的重要人物。其中一个人我特别讨厌,但是为了维护自己的客户群,我不得不承受他的戏弄。

在我大约八岁的时候,有一天,他说如果我能够按指令展示我的才能的话,他就把我最后的几袋花生买下来。他的手指怎么指,我就必须怎么移动。我同意了。我紧紧地盯着他的手指头前后左右地移动,按照他指的方向从一边到另一边。最后,我赤裸的双脚踩在一根仍然燃着的烟头上,疼得我"啊"的一声跳了起来,旁边所有的人都捧腹大笑。有些时候,我对卖花生感到恐惧。不过如果卖得顺利,花生中午就卖完了,不用再到这儿来了,我就会揣着一美元的零钱骑着自行车回家了。这样的机会夏天最多。

关于普兰斯社区的情况,没有几个人比我了解得更多了,我是街道上和商店里固定出现的人物,可大人们从不觉得我在眼前。我相信,我的父母绝对想象不到我的潜在客户使用那么下流的语言说性爱笑话的情况,并公开谈论自己所犯的错误。比如,我知道哪些人逛了奥尔巴尼的妓院,他们是喜欢白人妓女还是黑人妓女,睡一次花多少钱。

我还知道我们地区一些更为严重的犯罪情况。贫穷既可悲也恐怖，而私刑①就折射出这一点。私刑常常是因为争夺一些之前都是黑人干的曾被人嗤之以鼻的工作。随着"大萧条"的愈演愈烈，一个亚特兰大的组织打出了"在每个白人拥有工作之前禁止黑鬼工作"的口号。1933年，美国的私刑数量比前一年增加了四倍，在随之而来的艰难岁月里也一直居高不下。

我知道普兰斯附近发生过一件穷凶极恶的杀人案，我先是从我们农场的黑人工人口中第一次听说，后来从加油站小心谨慎的谈话中也了解到一点。凶杀案不是由一个黑人侮辱了白人妇女引发的，而是因为一个黑人差点无礼地殴打了普兰斯南边的一个白人。虽然我不能绝对肯定，但我可以根据一定的事实猜到凶手是谁。镇上有几个人与黑人没有正常的接触，总是轻蔑地谈论黑人，经常一谈论三

---

① 内战结束后，南部白人种族主义者不甘心看到自己从前的奴隶变为公民，决心从政治上和经济上重新奴役他们，便用私刑来达到他们的目的。白人种族主义者通常三五成群，以维护社会正义和美国南部传统为名，未经官方许可或适当的法律程序，私自逮捕那些被怀疑犯罪或被证实有罪的黑人，并常在当地白人社会的默许下，以公开的方式吊死、烧死、阉割或枪杀黑人。私刑毕竟是一种野蛮和恐怖的手段，并对南部的法律和社会文明构成了严重威胁。

K 党①的活动就喜上眉梢——他们软弱而且胆小。他们是社区的人渣,是守法公民的绊脚石。

在普兰斯要想隐瞒什么事情是不容易的。人们对任何过往的汽车都很警惕,尤其是可能停在不寻常的地方的汽车。那些年,大家都只去参加礼拜或家庭教师协会。因为冰箱寥寥无几,所以要不停地去买东西,而这些场合正给居民无所不说和背后议论提供了机会。园艺俱乐部,妇女们聚在一起缝被子的"大家缝聚会",理发店或者美容店,城里经常聚会和聊天的地方都是人们渴望谈天说地的社交场合。比如,一个老处女脱光衣服站在窗前,她的追求者就会开着汽车慢慢经过她的家。

牧师在做礼拜之前总是要先讲有谁需要关照,来做礼拜的人之后就会争先恐后地传播最新信息或者自己的担心。社区无所不闻也不完全是坏事,它传播有人需要帮助与传播丑闻一样快速无比。

---

① 三 K 党(Ku Klux Klan,缩写为 K. K. K.),是美国历史上和现在的一个奉行白人至上主义和基督教恐怖主义的民间仇恨团体,也是美国种族主义的代表性组织。三 K 党于 1866 年由南北战争中被击败的南方联邦军队的退伍老兵组成,宣扬种族主义,实施私刑和其他暴力行为。在 1920 年代的巅峰时期拥有 400 万成员,其中包括在政府各机关的政治家。在经济大萧条时期,该组织的发展跌入了低谷,并在第二次世界大战中因为征兵或志愿参军而损失了很多成员。

我们对邻居的一些独特癖好感到十分好玩。本地有一个叫莱斯特·休厄尔的农民是个有强迫症的饶舌者，一天到晚心急火燎地寻找可以发表自己观点的场合，尽管他知道人们把他说的话当作耳旁风。他在耕地的时候会雇一个小孩跟着他，听他讲话。

莱斯特的叔叔阿尔从阿拉巴马州搬到了普兰斯，拒不变更时区。他像我的父亲和其他人一样，对政府强制执行夏令时制深恶痛绝，好像政府这样做违反了上帝的意旨。在人生的最后几十年中，他都按照中部时间生活，比邻居们起得晚，下午两点钟吃午饭，在阿拉巴马天黑的时候就上床睡觉。

当影响骡马交易方式的社区文化发生了被人密切关注的戏剧性变化时，我惊呆了。虽然役马交易一直生意兴隆，伍德鲁夫先生还是欠了债，他向巴迪伯伯求助。经过讨价还价，他俩达成了协议：巴迪伯伯提供购买骡马的资金，伍德鲁夫负责购销和运货，利润对半分。

两三个星期以后，我大伯听了几次生意汇报情况后忧心忡忡，决定跟着伍德鲁夫先生一起做，这样他可以了解到更多骡马批发阶段的情况，更多地参与零售。大部分骡子是在亚特兰大买的，也在阿拉巴马的蒙格马利和特洛伊买一些。之后，巴迪伯伯经常说："我们回到家，转手就把这些牲口卖给农民。"

然而，大概一年以后，巴迪伯伯去了雅典市，到佐治亚大学看望他的儿子多尼尔，伍德鲁夫坐着拉骡子的卡车去了亚特兰大。一天后，巴迪伯伯到达那里时，听说他的合伙人每买一头骡子收 5 美元的回扣。在回普兰斯的路上，巴迪伯伯没有和他说一句话。然后，他去马房质问伍德鲁夫先生。他们决定分道扬镳，同意把还在马棚里的七头骡子分了。几乎每匹都是好牲口，于是，在伍德鲁夫的建议下，我大伯选了三头骡子，伍德鲁夫分得了剩下的四头骡子。

不久，巴迪伯伯开的役马商行成了佐治亚州最大的。二十年后，从每季 5 匹卖到了每季 800 匹（从 11 月份到次年 4 月份），骡子和马的交易量是 10∶1。直到他生意的最后三四年，他的客户主要是农场主。但到他们，包括小农场主都用上了拖拉机后，这些客户也开始兜售骡马了，它们论磅买，很多被宰杀后当了狗食。

我在煮花生生意上的最大优势是当可口可乐送货员，因为花生和可口可乐是如此的珠联璧合。镇上的成年人整天喝"毒水"，他们通常是通过往地板之间的缝隙里投硬币来决定谁掏钱买可乐，谁投得离缝隙最近就得掏腰包。如果在加油站就是掷骰子，不过，这在食品杂货店里是不允许的，因为太像赌博了。我们这些孩子几乎从不喝可口可乐，宁愿更理智地把钱花在 RC 大可乐上，有时候花在瓶子更大的双倍可乐上。我在杂货店最爱买月亮馅饼吃，但作为一个花生销售员，我最喜欢买的东西永远是煮花生和可口可乐。

1932 年我第一次做投资人和有产者，那时我 8 岁。那年的种植时节，棉花价格前所未有地低到了 5 分钱一磅，或者是 25 美元一包，一包 500 磅，仓库里的棉花超过了两年的库存。从一开始在普兰斯街道上卖煮花生的三年时间里，我已经积累了足够多的钱。我和爸爸一起到货栈买了 5 包棉花，我们把五大包棉花运回家，放在仓库里。几年以后，当地的丧事承办人死的时候，我把我的棉花以一磅一毛八分钱的价格卖掉，从死者的房产中买了 5 间房屋开始出租，按月收取租金：两间每月各收 2 美元，一间每月收 2.5 美元，另外两间每月收 5 美元。我知道，那几间房子每天总共可以挣到 55 美分。

我付不起维修费，于是给房客提供了几块木板或者一个窗框，让他们自己维修。我每个月骑自行车去几次，直到把所有的租金都收回来。我离开家去上大学后，爸爸替我收房租。等我在海军学院上到二年级时，他对租客不断要求修缮的话也听烦了，以我当时投资的三倍的价格把那些房子卖了，这也算是对我 11 年投资的一点微薄的回报。

到了我上中学的时候，我的堂兄多尼尔·卡特已经去上大学了，一年中有一半时间我和他的弟弟休合伙做生意，每个星期六做特别销售。破产的银行还是空的，我们利用办公楼的前窗，可以接近每周逛街的人群，他们会把人行道变得拥挤不堪。我们的销售只限于汉堡包和三色的冰激凌圆筒——5分钱一个。经休同意，我也可以在同一个摊位上卖我的花生，只要我不把我的花生先于我们的主打产品推销出去就行。

天气炎热的几个月里，我们每个星期六一大早在巴迪伯伯家后面碰面，使劲儿翻搅三个大冰柜里的冰激凌，直到香草味、巧克力味和水果味的混合物冻住。然后，我们在容器的周围放一层冰块和岩盐，这样能使冰激凌一天不化。汉堡包比较好办，天气变凉后也能卖。我们把半磅牛肉馅、一个湿润的松软面包和一个大洋葱混合夹在一起，并在一个煤油炉上炸肉饼。我们把肉饼夹在抹了番茄酱和芥末的圆面包里销售。我们唯一的真正的竞争对手是一个名字叫奇克·泰森的黑人男子，他卖的是同样价格——5分钱一个——的炸亚口鱼三明治。休在生意上是我的前辈，他让我在街上来回走动，在川流不息的人群中大声吆喝："冰激凌，让你尖叫的冰激凌，让所有人尖叫的冰激凌。5分钱一个三色冰激凌。"当最后一个冰柜卖空的时候，我就兴奋不已。

今天，所有到访普兰斯的游人都不能忍受小镇的冷冷清清，但是在我的童年时代，纽约的任何街道都没有普兰斯的大街热闹。尽管普兰斯规模很小，但它可是本地人和萨姆特县西部所有农场家庭的主要贸易中心。几百个客户拥入商店，更有很多人聚集在唯一一条人行道上会友，欣赏这激动人心的场面。下午三四点钟和傍晚之前这段时间，要想在人行道上走动几乎是不可能的，从人行道走到大街上活动反倒容易得多，车辆在街道上也是爬行。商店后面同样是人山人海，很多家庭把他们堆积的货物装进小汽车或者马车上之后回家。

　　无论巴迪伯伯什么时候需要我，我都会在他的商店里干活，星期六晚上常常干到很晚。普兰斯商行在工作日从黎明开到夜里，星期六只要还有一个顾客就不会关门，有时开到晚上10点到午夜之间。（如果顾客不多，我就还有时间约会，到阿美利克斯看个夜场电影，在那里我们依偎着坐在后排。）

　　除了巴迪伯伯的两个儿子以外，还有两个人——盖伊·多米尼克和丹尼斯·特纳，他们负责卖几大排干货、食品杂货和农场上的必需品。玛丽·卢·麦克迪尔·伯尼特太太经营楼上的女士用品，男性几乎很少到楼上去，即使是店员也不去。除了正常的工作外，在圣诞季，当我们卖掉所有尽可能卖掉的货物以后，我还帮着清点全年库存。这是一件令我感到十分荣幸的差事，这不仅是因为它需要计算能力，还因为我可以看到每件商品上标注的批发价格的注号。

　　尽管存在着销售竞争，店员们和许多为商店供货的旅行推销员之间还是有一种同志情谊的。他们中的不少人工作很认真,全力以赴。诙谐幽默是一个熟练的售货员通常的特点,在商店的工作日里,他们差不多总要讲上几个新鲜的笑话。有些笑话很干净,巴迪伯伯和他的儿子们都可以听,但有些笑话只适合在理发馆、加油站和马房讲。

丹尼斯·特纳是我认识的最滑稽的人之一,他总是在搜寻能够提高他的知名度的新颖的幽默或者笑话。有一个笑话他再三重复:当地的一个猎人来买猎枪子弹,他问丹尼斯价格,丹尼斯说:"一盒两块五。"那人回答说:"我在普雷斯顿两块两毛五就能买到。"丹尼斯说:"那你干吗不到那儿去买?"那个人回答说:"他们刚刚卖完了。"丹尼斯停了一会儿,然后说:"哦,我们卖完的时候,我们的子弹只卖两美元一盒。"

普兰斯商品公司什么都卖,甚至与加油站竞争卖汽油。实际上,我们最有吸引力的东西首先是气泵,顾客可以当面看着汽油直接流入他们的油箱。当我们来回拿着一个大手把将汽油从地下油库里抽上来,注入可以盛从一加仑到五加仑的玻璃容器里的时候,买主和人行道上的人目不转睛地看着。储油箱的阀门关上之后,汽油就在引力的作用下通过管子流到汽车油箱里了。每分钟都很宝贵,汽油两毛钱一加仑。我手上有那个时期的几张收票显示,油一毛钱一夸脱[①],面包五分钱一个,24 磅的面粉六毛五分钱,

---

① 1 夸脱,美制等于 0.946 升,英制等于 1.136 升。

鸡蛋一毛两分钱一打，一双鞋、一套工装服只卖一美元。

圣诞节是我们最重要的节日，不仅是因为它的宗教意义，还因为它是整个普兰斯社区都参与购物的日子。这对我来说又多了一个给巴迪伯伯当店员的机会。大约在这个盛大的节日来临的两周之前，我们就把商店前面清理干净，摆上几张特别的桌子，开始把放在楼上的圣诞玩具拿出来。我们用人工电梯一趟又一趟地把东西拿下来。商店为了这个漫长的过程整整关门一个下午。一放学，窗前立即就挤满了孩子们的小脸儿，他们的鼻子压在玻璃上，注视着那些圣诞节清晨出现在圣诞树下的他们希望得到的礼物。我们的食品杂货部也有许多特别的礼物，包括节日糖果、橙子、柑橘、巴西果、英国核桃和袋装无籽葡萄干。精致的礼物是由地主、铁路员工和在锯木厂或医院工作的人买的，农场工人的孩子要得到什么礼物是不可能的。一个正常的丰收年之后，圣诞老人只能拿出两三个橙子和一些葡萄干。平均一个人的年收入是 70 美元，因此佃农家的礼物都是象征性的。

我向圣诞老人请求的东西是书，而且我记得有一个凄凉的圣诞节早上，我醒来的时候手里还拿着从树下拿的我喜欢的几本书——有一本是糟糕的关于麻疹病的书。妈妈提醒我在黑暗的房间里不要用眼。后来，她发现我在床底下看书就严厉地批评了我。虽然通常家里有玩具和其他礼物，我们还是对难得的水果和坚果感兴趣。圣诞是我们曾经能够吃到葡萄柚的唯一机会。我们最喜欢的事情就是坐在爸爸椅子周围的地板上，他削完水果皮，把水果分成几份，撒点盐，依次把一块块水果递给我们三个孩子。他常常说，我们要提醒他，窝里的雏鸟一叫，就要给它们喂虫子吃了。

我们并不是那么喜欢橙子，因为在其他时间我们可以吃到，而且它与蓖麻油有一种联系，许多疾病用它来治疗是再经常不过的事情了。有时候只是用来预防可能发生的疾病，爸爸和妈妈在壁炉边把蓖麻油热一下，当我们下决心喝下一大勺的时候，就让我们吃一片橙子，帮助中和一下那苦涩的味道。这跟对待鸟巢里的小鸟还是大不一样的。

在普兰斯总是发生一些有趣的事情。所有的砖混建筑物都是平的、组合的屋顶，而且我们本地的木匠都不愿意在天热的时候上屋顶灌沥青和铺牛毛毡。由于附近的其他镇子里有许多商店也采用了这种建筑模式，这就为一帮吉卜赛人带来了工作机会，他们从一个地方走到另一个地方，做这种不受人欢迎的工作。他们每年的来访对我们镇上的人来说都是激动人心的。仓库老板和流浪修理工之间在去年做完的活计的质量和现在的活计的工钱上总是来来回回讨价还价，争论不休。由于市内有禁令，吉卜赛人只能把帐篷搭在城外，不管合法与否。所有常住居民都警惕地看护着他们的财产。

吉卜赛男人一般都有几匹马或其他牲口出售或者交换。他们对马非常熟悉，可以指出一匹马的强项并遮掩它的缺陷，就是巴迪伯伯和伍德鲁夫先生跟他们做生意也占不了上风。我的伯伯好像很喜欢吉卜赛人，全年都与他们的头儿有联系。他觉得他们非常信守诺言，但是在协议谈判中他必须特别留心他们所说的话的意思。他提醒我说，在卡特家之前，他们便从欧洲来到佐治亚州了，在州上曾拥有大量土地；但他们居无定所，因为他们喜欢流浪生活。有时候，我和其他几个男孩一起走到吉卜赛人的帐篷附近，在远处听他们唱歌，看他们跳舞。一些年轻的吉卜赛姑娘的美貌使我们产生了浓厚的兴趣，但是两边的父母亲都不让我们有任何打成一片的可能性。

在夏季的几个月里，作为街上的一名常客，我很幸运有机会目睹其他一些引起人们兴趣的事情。北美洲印第安部落的男巫医把卡车开到大街上，在一个帐篷下叫卖他们的商品。这经常会造成交通堵塞，很多人听任他们夸夸其谈地叫卖保证具有生发、壮阳、净化血液、治疗梅毒和肺结核等神奇疗效的几种油剂和擦剂。就连城里滴酒不沾的人都认为，为了健康喝点苦艾酒是可以的，但是大家都知道，刚刚变更的法令把允许用的纯酒精含量从40%降到了24%。其他的调和物能够用来麻痹神经和控制不服管教的孩子。1961年，我们在普兰斯挖地基盖我们现在住的房子的时候，从地下挖出来一个小瓶子，上面的标签上写着"鸦片酊剂"[1]。

我最喜欢的表演节目是那些为斧子公司做演示的表演。斧子公司会安排本地的一家锯木厂，在铁路线旁边的几家商店前面放两三根直径12英寸的木头。表演者差不多总是打扮成城里小伙子的样子，穿着一件油布雨衣，手拿一把最中意的利刃，愿意向当地的任何男人挑战，以显示那斧子的锋利。那时，我们社区周围有8家锯木厂，每家厂子有十几个工人，他们中的许多人都为自己的力气和技术感到十分自豪，但是，他们在这些擂台赛中从来没有胜出过。在本地的英雄好汉们砍断木头的时间被记录下来之后，那个小个子男人便脱掉上衣，剩下背心和圆顶高帽，用他正在推销的单刃和双刃斧子以摧枯拉朽之势三下五除二就将那根木头砍断了。

另一个引人注目的事是看那些拉来几百磅鲶鱼叫卖的巡回鱼贩卖鱼。冰裹着鱼，他们高声兜售。每个买主都有两个选择：要么买一条整鱼，要么让贩子把鱼杀好。由于资金匮乏，人们习惯于在家自力更生，哪怕是清理鲶鱼。杀鱼的加工费是一磅一两分钱，但能看他们像魔术师一样杀鱼也值了。贩子握着鱼尾巴，猛然挥起，将鱼头扎到一个尖利突出的铁钉子上，用一个特殊的钳子三下两下就把

---

[1] 含有鸦片的酒精溶液制剂。

鱼全身的皮剥下来了。这是我多次在乔克托哈基河抓鲶鱼练就的一门技术，小有成就。

每年镇上最大的有组织的活动是一个小马戏团的表演。在它到来之前，马戏团的主人与普兰斯镇的元老会就表演的执照费进行激烈的谈判。加油站周围的有些人说，在其他镇上，同样的马戏团有一个脱衣舞节目，姑娘们脱得一丝不挂。我大一点的时候也在其他县城看过同样的表演。然而，这种被人议论纷纷的节目是从来不会表演给普兰斯的观众的。参加主要节目的动物和演员在一个圆形舞台上，舞台周围还有其他好看的东西——活着的或者泡在甲醛水溶液里的残疾人或动物，力量和精确度的比赛，其他竞猜游戏。我们猜测在场的哪位年轻女演员是在其他社区表演过脱衣舞的。最激动人心的时刻是马戏团表演结束，收起帐篷离开之后，我们这些孩子立即检查每一寸杂草，寻找丢掉的硬币。我有一次发现了一枚两毛五分钱的硬币和两枚五分钱的硬币。

普兰斯也许是南方农村偏僻角落里的一个小镇，但是对我来说它是一个令人兴奋、充满活力的地方。在那里，我一个小男孩也能学会在纽约或者芝加哥才能学会的生活本领。然而，普兰斯的基本特点是祥和与稳定，人们各司其职，参加不同的教堂主持的所有礼拜，支持学校的发展，为我们的女子医院感到自豪。如果因为庄稼歉收或者个人悲剧使一个家庭遭到打击时，我们会同舟共济。

除非作为雇员、医生的病人、商店的客户，或者被捕和因为犯罪被审判，城里的白人和黑人公民是不相往来的。只有在农场上，两个种族的人才会融合无间，互通有无，或者想我们所想，做我们所做，虽然我们白人根本就意识不到我们的邻居遭受额外的种族歧视的痛苦有多大。

破土,成为男子汉

对我们这些孩子来说,个人的苦恼与快乐之事比起经济问题来说总是次要的。我们认识到,我们农场里的每一

我的父亲,1941 年

个人都受到价格、庄稼、毒草、湿气和我们地里土壤状况之间的相互关系的影响。我觉得我扮演了一个特殊的角色，因为在我人生的第一个13年，一直到比利出生，我都是农场主家唯一的儿子，每当我父亲和我讨论农场的管理决定时，我就感到无比自豪。

在我小的时候，爸爸还时不时地和我们一起在地里干活儿。到我长到足以套一头骡子耕地那么大的时候，他是他所拥有土地的严格管理者，基本不下地了，但还干以下几种活儿：摘成熟的西瓜，日落时给摘下来的棉花过磅，管理糖浆厂，跟在花生采摘机旁干活儿。我希望自己快快长大，学会更多的东西，成为像他那样的人物，能够管理农场生产错综复杂的流程。

下雨天和其他不下地的日子，我经常被爸爸的问话弄醒："小伙子，今天想和我一起走走吗？"即使我已经计划好了别的事情，我也总是会说："当然，老爸。"我喜欢我们单独待在一起的时光，而且觉得拒绝是对父亲的无礼。爸爸开着车从一片地或农场到另一片地或农场，认真检查每一片地或农场的情况，看还需要做什么事情。当他和我们在韦伯斯特县农场里的佃农们交换意见的时候，我会仔细倾听。我们开车前往下一个目的地时，他总要分析我们刚刚观察到的事情。

一天，我们在车里的时候，我问爸爸他是怎么开始做生意的，他好像很乐意回答我的问题。

"哦,你的教父埃德加·希普先生对屠宰厂很感兴趣,是萨姆特县第一批大宗买卖猪肉和猪油的人,一次能卖几火车皮的货。1914年春天,他低价购买了几车皮的腌咸猪肉,正当他要买这些肉的时候,欧洲的战争爆发了。猪肉价格暴涨,他大赚了一笔。他用赚来的钱买了不少地。可他不是农民,而且也厌烦跟佃农打交道,就把那些地卖了,然后开了一个食品杂货店和仓库。

"有一天,就在你出生前后,他请我到他在阿美利克斯的办公室,问我想不想在普兰斯开自己的商店。我正急着要开店,就在主干道与邦德街的交叉口租了一幢空房子。我提议用'希普和卡特'的名字,可他坚持要用'J. E. 卡特和公司',说'公司'就是代表他。他帮我买了商品备货,我让威尔·肯尼迪管理肉类柜台,让奥利弗·史密斯帮我经营其他食品杂货和干货。

"我们的生意还不错,可我把精力越来越多地投入到我们在韦伯斯特县的农场上。巴迪有点放手不管了。于是,我开始学习成行耕种的技术和关于牲畜养殖的一些知识,而且我比大多数农场主还要更多地研究木材及其价值。一个农场如果衰败了,是有可能要出卖的,我便认真考察,估算卖树可以挣多少钱,我怎么能把这些地收拾好,并提出一个建议。之后,我就做出决定,要么留着自己种,要么卖掉它们。有时候,卖了树木以后我会莫名兴奋。我很快就意识到,这比开店赚钱。在普兰斯,拥有自己忠实客户的商店有好几家。

"希普先生同意我的看法，于是我决定把那家商店关了，还清我欠他的钱，变成一个全职农民。这是1928年，当时农场价格奇高，大多数人都感到前途一片光明。普雷西科家在阿奇瑞之外有一幢房子，他们要搬到城里，于是我们把这片地协商了一个价钱，用房子做交易。我的商店开了两年多，我弄明白了一个农场杂货店都需要什么，然后就卖掉了剩下的库存。

"现在，你知道我们拥有的农场了，而且它们都运作得很好。但是在农产品价格大跌的那些年，日子过得很苦，入不敷出，但就是在土地不值钱的时候，我也没有卖地。"

这是我爸爸第一次这样跟我谈话，很显然，他为自己的经济成就感到自豪。当然，我对我们的农田很熟悉，它们都在普兰斯方圆六英里之内。因为我与其他工人在我们所有的地里干过活，休息时间我和朋友们把林区的每个地方都考察过一遍。爸爸勘察林木以探明其产量，从而决定要买的土地的价值时，我会帮他做记录。我们来回走过一个林木地带，用指北针保持走直线。他检查每一棵树，丈量树围，估算可使用树干的长度。他喊着数字，我做笔录。

只要到了年龄，我就迫不及待地学习使用农场的各种工具。每掌握一种农具都是一个成熟的象征。我的第一批工具最容易，是一把锄头和一把手斧，给庄稼除杂草，给炉子劈木头。我最大的雄心是驾一匹骡子耕地，但这个活计只有完全发育成熟的男人才能干,因为它要求有足够的身高和力量握住犁把,驾住走在控制线上。对大多数农民来说,现代科技也不过如此,除非一次用两头骡子耕地。爸爸还不愿意满足我的心愿,所以我自然去找杰克·克拉克求助。他有时候让我直接走在他前面的犁把之后,让我想象着我就是驾着骡子和犁的人。

恳求了几年之后,我终于在我们家的菜园子里第一次上了一堂独自真正犁地的课,因为这个菜园子的一半要翻地,再种新的蔬菜。每件事情我都要自己做,于是杰克·克拉克让我去马厩牵埃玛——一匹最易驾驭、最温顺的骡子,把她套到一个简易的旋转犁上,连拉带拽又吆喝地将她引到菜园子门口。我费劲地压住犁把,不让犁头挖进小路的土里。杰克把马蹄钩调整了一下,犁的进程就达到同一直线的深度了。在那块地上翻了第一垄后,我发现埃玛完全朝着正确的方向稳步地向前走着,一走到拐角就停下不走了。我难得有这样一次心满意足的耕作经历。

打这以后,我尽可能学习一切农业知识的欲望更加强烈了,但是我必须能够干男人干的活儿才行。这不亚于我人生中曾经拥有的其他任何野心。这涉及学习如何种植庄稼和耕作。我和父亲一起对各种田地进行日常考察时,父亲会教我理论上的知识,实践经验也会随之而来。一步一步地,我学会了调整和使用转犁、耙、化肥播撒机、播种机和耕种设备。

我在相当小的年龄就被允许干一些破土和耕地的活儿了。干这些活儿出现失误的代价不高。我只是需要力量和智慧驾好骡子，不损坏任何东西。当我能够驾驭骡子时，爸爸把我的日工资从付给一个小孩儿的两毛五分钱涨到了有能力的青少年挣到的五毛钱。一开始，不是爸爸就是杰克·克拉克帮助我调整马具、犁具和犁头。出现错误很容易，但纠正错误却不容易。犁地时，很多骡子不合作，或者犁不能扎得很深，总是挖个表面，或者不是拉到这边，就是拉到那边。当然，这种错误的后果不过是懊恼和浪费时间。

当爸爸终于让我耕种他的更为贵重的农作物时，我才真正出师了。先是种玉米，一年之后是种棉花和花生。日复一日地在地里干活是很累人的，但除了被人当作成年人对待的自豪感以外，技术要求使之具有挑战性，而成功的时候那个高兴更是无以言表。埃玛顺着正在生长的庄稼准确无误地迈着沉稳缓慢的步子走着，在"得、驾"和"呃"声的指令下慢慢向左拐或者向右拐。她也知道在一行的尽头转身掉头，进入下一行时不要踩在作物上。她似乎从来不会受惊，或者被雷声、突然闪出的兔子或鹌鹑吓住。埃玛要是当我们企业的老板，我肯定不会有任何不满。

种植季节会耕作三四次，每一次都要耕得比上一次更浅，更远离植物的底部，以保护它们的根须不受伤害。我要感谢我受到的精心指导和预先得到的提示，我在农场工人中听到关于庄稼被他们损坏的很多故事，我担心我所犯的任何错误都可能成为灾难。正在生长的植物相当于几百个小时的劳动成果和未来收获的希望与期盼。有些错误马上就能被发现，而且不能更正。棉花、玉米、花生被骡子踩踏或者被一个错误的刀头清除之后就无法补种了。犁得太深或者离植物太近都会造成更大的错误，这种错误当时看不出来，要等到太阳出来，作物蔫了才能发现。

一个调好的犁和听话的骡子的配合可以是天衣无缝的。我犁地时宁愿不穿鞋子，我清晰地记得松软、潮湿、新翻起的凉爽的土轻抚我的脚面的感觉。我沿着犁沟走着，犁铧排开了灼热的表层沙土和满地扎人的荨麻。虽然爸爸有一种两匹马拉的可以犁两边作物的耕耘机，但大部分耕作还是靠单犁完成的，一次一行。显然，经过来来回回、反反复复的精耕细作，最后，一大块地以令人满意的方式耕好了。在正餐时间或傍晚时分，我的个人成就能够向人展示，而且完全经得起人们的检验。我觉得这是我正在做并且是我能够做的一切事情，而且农场里没有一个人可以把它做得更好，无论他的身体有多么强壮或者耕地多么有经验。

离开那些有成就的农民，种庄稼的技巧注定是失败的。一些农民的习惯性错误是永远都改正不过来的，当问题的复杂性得到充分的认识以后都是不难理解的。光是在耕种上就有十几个互相矛盾的选项：对地形学的了解；降雨量的吸收或快速溢流；必不可少的排水道；如何处理上一年休耕地上的作物残茬；哪些作物最适合这块田地的土壤类型；最佳的作物流转期；什么时间破土才最易于连续耕种；如何使土块最小，使土壤的易碎程度达到最大化；如何在苗床预备期保持稀缺的水分；肥料和敏感种子以及急切出苗的最佳配置；怎么调整犁铧，何时再次磨快犁铧，以便犁铧能顺利克服耕种的困难；当慢慢生长的一季作物与杂草在同一垄里交织在一起的时候，耕多密、多深才能将疯长的杂草和野草铲除；什么时候停止耕地，以便从那时起到收获时节作物能够压过此起彼伏的杂草；还有，以花生为例，何时清除生长过快的果仁儿以使最大数量的果仁儿成熟起来。

另外，当然，关于作物种类、病害虫控制、种子的型号和间距、肥料的配制、数量以及使用方法，就有许多方案。所有这些决定必须每天做，常常由那些目不识丁的农民独自做出的，而且他们还要不断地在农田的需要和他们自己的时间、能力和设备之间寻找平衡。

我在农场里跟别人一起学习怎么样照料骡子、马和其他牲畜。在天气最热的几个月耕地，经常担心把拉犁的牲畜搞得太热——暴晒太久就会造成永久的伤害。骡子比马聪明得多，而且也狡猾得多。有的还学会了假装精疲力竭，需要休息，你不鞭策它们，它们就不会继续拉犁。当然，大多数走到一行尽头停下来的骡子不肯再走就是表明它们已经筋疲力尽了。假如它们休息几分钟还恢复不过来，就不得不把它们送回马厩休息。我们有几匹马总是不停歇地工作，它们不知道适可而止——有时候就累死了。

我和所有其他农工面临的一个挑战是如何在干活和累垮或中暑之间保持平衡。我们知道累垮了和中暑的症状和危险是什么。最糟糕的是中暑，我们把中暑叫作"熊"。"别让熊抓住你"是在最闷热的天气里对我们这些在田间干活的人经常性的警告。如果有人不流汗了，他体内的温度几乎马上就会升高五六度。如果发生这种情况，必须把他挪至阴凉地，把我们的饮用水浇到他身上，给他揉胳膊按腿什么的。碰到这种情况是可以去看医生的，还可以休息一个星期或更长的时间而不用下地了。当然，这也破坏了所有男性想要保持的威武形象。"熊抓住了埃德·华盛顿"既是表示同情，也是对埃德的力量、精力和判断的极低评价。

因为中暑而乏力也是一个严重的问题，人人开始头晕和恶心，到更危险的阶段只有几分钟的时间。抽筋是另一种病痛，只要持续摄入盐水就能避免抽筋。任何一种大病都会给一个家庭造成毁灭性的打击，最穷的人考虑经济损失要比考虑个人遭受的痛苦的成分要多。大多数佃农都住在与世隔绝的地方，除了一头骡子或者也许有一辆大车以外，没有任何交通工具。长期营养不良，手头拮据，勉强能够买一点基本的食物和衣物。有病的时候，他们唯一的求助是把我母亲叫到家里治疗，因为他们考虑到医院的治疗费太贵，根本就不可能去。

虽然给我们干农活的牲畜大部分是骡子，但我们因为要干农活和骑马养了七八匹马，它们和我们的公驴配种，生下小骡驹。我们通常有一匹母驴时不时地生一头小骡驹。当我们的役畜年纪大了的时候，我们就给它们套上马具，把它们拴到露天的一个笨重的木车上。第二步是让它们拉一个单马拉的翻土犁，之后就把它们和一匹年龄大点的骡子套在一起。最后把它们委托给别人，去干耕种作物的活儿。

爸爸平时有大约25匹或者30匹骡子和马，有几匹出租给了没有牲口的佃农家庭。偶然有人看到它们，可能会认为它们全都长得一模一样，但我们对每一匹骡马的名字、年龄和习性都了如指掌。哪匹牲口服从口令，肯定会和其他骡马套在一起干活，能拉一辆马车走陡峭的山坡，愿意干活，愿意让人骑到背上，我们都清楚。并不是所有的牲口都能干这些。

我父亲对畜牧业非常熟悉，我从他那里知道了诊治像腹泻、乳腺炎、牛犊难产和令人恐惧的旋丽蝇幼虫等疑难杂症。有牲口的农民手中都有那种包治百病的"蓝色药片"（硫酸铜），就像给我们这些孩子用的汞和碘酒一样。爸爸给兽医付钱只是在绝对有必要的时候。比如，我们的猪一般是我们自己阉割，但要是一次要阉割几十头，而我们又忙于地里的农活时，他会叫我的姑父斯莱皮和他的助手吉恩·梅来做这个艰难有时候又很危险的工作。我记得有一天吉恩在抓猪的时候，其中一头母猪攻击了他，在湿漉漉的猪圈里将他拱倒，用它尖利的牙齿把这个男人撕咬得大声尖叫。爸爸、杰克姑夫和杰克·克拉克最后用木板和棍子把那头母猪打跑，救了吉恩。他的工装被抓得稀烂。

我们对牲畜从出生到成熟尽可能给予最好的照顾，因为它们是食品和收入的主要来源。同时，在我们农场里宰杀可食用的野生猎物或者驯养牲畜是家常便饭。我们从来没有听到过素食主义那样奇怪的事情。对我们来说，如果在餐桌上吃到的肉是由屠宰场或者某个距离遥远的肉店提供的，那是很可笑的事情。爸爸养了一群牛，主要是卖牛肉；还养了不少猪。

猪肉生产流程是一件很重要的事情，真实地铭刻在我的记忆之中。一入冬，只要没有新月，我们就开始杀猪，一般一次杀20头。（爸爸通常并不注意月相，但他却顾及所在地其他工人的忧虑。他们在意的是什么时候耕种，什么时候收割，什么时候根除庄稼茬子，什么时间给牲畜配种，什么时间将水果和蔬菜装入密封罐，或者甚至是什么时候挖埋桩子的洞。）

杀猪是一项富有挑战性的工作，需要我们全家和农场上所有可以参加的工人上阵。每个人都有一项明确的任务，知道要干什么。要被宰杀的猪通常被赶进一个小圈里，爸爸和杰克·克拉克手里拿着22毫米口径的来福枪走到猪群中，准确地射杀每一头猪。瞄准是为了使猪能快速死亡，子弹不会跑进肉里，使最好的肉块遭到破坏。然后，他们割开每一头猪的喉咙，让血尽可能流到一个大盆里。我记得我小的时候，爸爸不让我做这道程序，我很失望。他转向杰克说："小孩见血太多了不好。"然后便对我进行安慰。我建议让我来执行杀猪仪式的第一个程序，他拒绝了我的建议后，我如释重负。

我们在几个盘状的铸铁糖浆锅和几只倾斜的铁桶底下生着火，把杀好的每头重达200磅的猪，在定好的准确时间段放到滚烫的水里，时间长得足以把毛煮松，但不足以把猪煮熟。然后，我们把每头猪放在大约和一个房门一般大小的案板上，用钝刀子把猪毛刮掉。如果需要的话，会把更加滚烫的水浇到生硬的毛上，使它们变得松软。毛除净后，把每头猪的后蹄筋挂到削尖的棍子上，或者挂在用单匹马拉车时使用的车前横木上，用一把锋利的刀子劈开，把包括心、肝、肺、腰子等内脏取出来放进大洗衣盆里，然后分部位处理。一大堆热水容器和其他用品放满了我们粮仓前面的整个区域。

我们其余的人在刮猪毛和取内脏的同时，爸爸和杰克·克拉克把每头猪分成后腿肉、前腿肉、肋骨肉、肋条肉、脊骨肉、猪腰肉、排骨、猪头肉、下颌垂肉和猪蹄子。在杂货店的旁边，几个女人用几口大黑铁锅把肥肉和猪皮煮成大油，清洗做香肠肠衣的小肠，加工内脏和其他部分。大部分瘦肉及大量其他部位的肉被切成一小块一小块，投进一部手摇绞肉机里，做成香肠。猪的全身都是宝，没有一点浪费的。我们的小冰箱里有一个很小的储藏空间，可以冻 50 磅冰块。我们农场里的其他家庭没有一点办法冷藏食品，所以，接下来的几天每个人都可以大吃特吃，吃鲜脑花（和鸡蛋一起煮），吃猪排骨，吃猪排或猪腰肉和其他不腌制的部位。为了不浪费，我们把吃东西当成义务的感觉真好。后来，大概到我中学毕业的时候，爸爸在普兰斯冷藏库租用了一个大冰柜，把妈妈在学校罐头食品制造厂保存的蔬菜和肉放了进去。

　　爸爸使用一种硼砂、盐和其他调味料的标准配方腌制香肠，他还有一个腌制高质量的咸瘦肉、猪排和肋条肉的秘方。切下来的肉块加工成形后，我们把爸爸的配料揉进肉里，这样不仅会使肉的味道好，也能使肉不被蚊虫等叮咬。我们后院烟熏房里的火一连烧几天，使用的几种木材大多数情况下是栎木和美洲山核桃木，配上几块柿树木或者北美檫木，对肉进行熏制。我们把挂在钉子上的每一条肉和一长管一长管的灌肠运到天花板桁条上，爸爸每天看几次火。一旦调料完全入味熏好，就把肉挂在从杂货店的天花板上吊下来的横七竖八的很多排小钢管上。我们家的每一个人都对爸爸做的熏肉的质量感到骄傲。未经熏制的背部肥肉几乎不带一点瘦肉，用调料按一下，然后埋在粗盐里，在商店里卖两三分钱一磅。

每年有几个月，在春天和秋天，每隔一周的星期六早上，我都要跟爸爸去参加我们牛肉俱乐部的例会。一共有八个轮流屠宰小公牛的会员。大家齐心协力，努力工作，把肉和内脏分离。有一个轮流分得不同部位肉块的制度，牛皮和牛血通常留给主人。如果杀的牛太瘦，在回家的路上就会有一些怨言，但是大多数农民彼此都认识，不去损毁他们在俱乐部里的名声。就算在杀猪季这几个星期，我们也会猛吃牛肉。

在休耕地上种出的庄稼是最好的。每年冬天我们用横锯、斧子和埋在树桩下面的炸药清理新开垦的土地。我们在几个地势平坦、排水良好的林区新开垦的土地上把所有的树和灌木丛清除以后，第一次种的东西总是西瓜。这是我最喜欢的作物，因为我在种植西瓜的过程中担任特殊的角色。收获季节更是激动人心。我的朋友伦伯特·福里斯特住在我们北边大约五英里的地方，他的父亲也种西瓜，所以有时候他带着我和 A.D. 一起给西瓜剪秧——在西瓜生长的季节，我们得定期拿着大砍刀走进西瓜棚，发现长坏的瓜，就把它们的根剪掉，这样它们就不会跟好瓜争抢养分了。瓜地 50 英亩，干这个活儿并不容易，但需要动脑筋,比拖棉、锄地或者给地里的工人送饮用水好多了。

额外的奖励是在新开垦的地里,头一年最容易发现印第安人留下的文物。由于大部分开垦的土地都位于低地,离沼泽比较近,因而也是土著人村落通常所在的地方。我给西瓜剪秧常常会使我在跟爸爸收集文物的比赛中处于领先地位。

西瓜收获时间的选择,对于准确投放市场至关重要,我们地区已经连续几年处于有利位置。爸爸从附近的社区雇了一个人跟他一起干,这个人是判断西瓜是否成熟和质量好坏的专家。他们可以断定哪些西瓜可以收获,运往市场。我们这些搬运工一眼看过去,就知道要搬走哪些。要是我们在瓜季之初正好把西瓜收完,一个好瓜拉到普兰斯铁路线也许能值一美元。两周后,西瓜在市场上泛滥成灾,瓜价低得连运到克利夫兰或芝加哥的运费都不值了。

瓜季期间,不少车皮停在普兰斯,每一个西瓜都由我爸爸或者其他农民中的一个人装进车厢。车皮里打扫得很干净,铺上一层麦草。根据西瓜的大小不同,一个车皮能装500到900个瓜。政府的检查员对西瓜的品质和个头大小的一致性负责。走过瓜地,把成熟的西瓜装到雪橇或马车上,再把西瓜移到卡车上运到普兰斯,卸到我们的车皮里,那可真是令人激动的场面。我们这些孩子像大人一样对西瓜品头论足。我们看着政府的检查员用他细长的刀切开西瓜,为会不会在我们装上车的西瓜里找出有缺陷的瓜而担心。把不熟的或者有毛病的瓜拉回家是很令人尴尬的事情,所以我们尽一切努力保证从地里拉出来的每一个瓜都是高质量的。

西瓜有时候也可以拉到附近的商店去卖。如果爸爸听说亚特兰大能卖上价钱,我们就开爸爸的皮卡车去。瓜季期间,我们总会把一大堆品质比较低的西瓜拿到杂货店门前卖,一般是一毛钱一个,在路边放一块牌子吸引过路的人。不合格的西瓜也得卖啊,不然到了季节末期,即使是待销售的高品质的瓜每个也就 5 分钱。价格再低的话就不如把它们当猪饲料;我们自己也吃很多,就连一个小孩子都能吃掉半个或者一个西瓜。当西瓜剩得特别多的时候,我们只吃瓤,把有籽的部分留给牲畜和小鸟吃。

在最新清理过的土地上种植的另一种作物是甘蔗,西瓜下来往往就种甘蔗了。糖浆是普兰斯地区零售的一个主要产品。大多数地主都有一个小甘蔗厂,用来给家里制造糖浆。这是一种比糖蜜高级得多的产品,废糖蜜作为大糖厂的一个副业整批整桶往外出售。穷人家庭把它作为糖浆和糖的一个便宜替代品和牲畜饲料混合物的蛋白质来源使用。

我们农场开的第一个蔗糖厂很简陋,由一台机械碾磨机和一个直径大约 6 英尺的铸铁煮食浅底锅组成。一头动作慢腾腾的骡子拉着一根细长的接在一套互相咬合的齿轮上的木杆,甘蔗秆塞进齿轮,转啊转啊,榨出的汁子滴落到一个大桶或者大盆里。爸爸竖了一个牌子，把一些甘蔗汁以5分钱一杯的价格卖给在马路边上停留的旅行者，其余装在桶里的汁子倒进锅里，用硬木柴在蒸煮锅下面烧。随着水分的蒸发，糖浆越来越稠。把漂上来的杂质撇出，"蔗渣"倒入蒸煮锅旁边的桶里。蔗渣经过加热很快就会发酵，两三天内就成了一种味道浓烈的啤酒，这种啤酒只在每个星期六的午后才能喝，爸爸通常会让蔗厂的工人喝。

糖浆变稠的时候，爸爸会在一杯凉水里滴上一滴，对它进行试验。把火撤去以后，糖浆一冷却就会变得很稠，在糖浆快要熬好的时候，他必须很快做出判断。糖浆太稀，就会渗到饼干或烤饼里面；太稠便会结成糖晶。按照爸爸的习惯，他做的糖浆不仅供我们家食用，还要把多余的拿到杂货店里销售，要么装在一加仑重的马口铁盒里，要么装在一夸脱的瓶子里。爸爸设计了一个标签，标志是美丽的少妇图和"普兰斯姑娘"几个字，后来这个标志被用在我们农场的包装产品上。不久，他开始把糖浆发运到一些销售他的牛奶饮品的商店里。

随着产品的供不应求，我们越来越多地在自己的农场上种植甘蔗，直到加工过程耗费掉我们太多的时间。1937年，爸爸在我们农场后面的一条小溪流旁边建了一个大糖浆厂，雇用一个邻居协助他监管运营。骡子不用了，装了一台大型的蒸汽锅炉驱动碾磨机，还装了一个能够在不同的角度下倾斜的长平底锅。源源不断的糖汁原料通过一根管子被送进平底锅,然后由铁皮挡板强力推开,在滚烫的表层来回晃动。平底锅上下倾斜,调节几个小门,限定糖汁到达锅底所需的时间,使糖汁到达锅底的时候,正好变成浓度适中的糖浆。我们用一个压力表监测糖浆的浓度,不再用把糖浆点到冷水里的方法看浓度了。这可真是一切工序科技化了!

　　有 10 到 15 英亩甘蔗,就能制造出大量糖浆,这对我们来说是一个挑战。我尽可能逃避砍甘蔗和把甘蔗拉到厂里的工作。虽然我已经长大,而且我为自己的能力感到自豪,但是这项工作还是超出了我的能力范围。响尾蛇和水蝮蛇喜欢钻到甘蔗地里,而且用如剃须刀片一样锋利的大砍刀砍甘蔗秆也是一项剧烈而危险的工作。我们用犁把地整个翻一遍,然后焚烧、清除掉低洼地上的叶子,但这仅仅是取得一部分成效。燃烧的热度几乎使人喘不过气来,细高的甘蔗挡住了地里的微风,甘蔗叶子的边儿像锯齿刀似的割人。我宁愿在工厂里干活,也不愿到甘蔗地里去。我学会了烧锅炉,把蒸气的气压保持在适当的位置,学会了焚烧榨过汁的茎秆,或者作为稳火补充燃料的蔗秆。爸爸偶尔会将一些"普兰斯姑娘"糖浆通过批发商来销售,但他不喜欢把他的绝大部分利润丢给任何中间人。

玉米不是经济作物，一蒲式耳①只能卖三毛钱，但是它对于人畜的食用至关重要，是我们南方人日常饮食的基础。我们不允许浪费任何东西。苞谷穗成熟以后和苞谷秆完全干枯以前，我们就下到地里把所有的叶子剥掉，一小捆一小捆捆起来，放到被粉碎的苞谷秆上晒干。这种粗饲料和后收的玉米全年用来喂牲畜。玉米也提供给小酒厂和地下酒厂做原料，生产摩闪威士忌和邻居们私人使用或销售的"走私酒"。（虽然爸爸每年都会酿葡萄酒，试验家酿，但我们从来不开也不同意别人开酒厂，尽管我们在家里靠近沼泽地的土地上发现了酿酒的地方。）

在玉米之后是红薯。红薯的碳水化合物和维生素含量很丰富，在我们农场长势良好。在妈妈的要求下，爸爸一直在我们的宅地附近种植一大片红薯，和本地的每个人一起分享。我们仲夏时开始享用作物，头霜以前挖完红薯，立即做，马上吃。我们把红薯的茎蔓处理掉，小心翼翼地把红薯在户外垒成锥形的小山进行储存，用层层松叶把红薯互相隔开，盖上土，使它们免受雨淋和霜冻。需要的时候就把它们一个一个挖出来，可以吃到来年春天。红薯的做法几乎没有限制，由于缺少纸袋子或者猪油罐头盒子，所以在红薯季，我们很少把烤红薯带到学校或者田里。

---

① 一种计量单位。1 蒲式耳在英国等于 8 加仑，相当于 36.268 升（公制）。在美国，1 蒲式耳相当于 35.238 升（公制）。

其他农作物是秋葵、豌豆和绿叶菜,尤其是羽衣甘蓝、芜菁和卷心菜。几户野心较大的佃农家庭种植西瓜,养几头猪、一小群鸡,甚至可能养一头奶牛。然而,随着开放式放牧法令的颁布,佃农家庭不得不小心谨慎,在庄稼收割以前,他们的牲畜不得进入任何没有围栏的田地里。打猎钓鱼和捕猎是增加肉食的重要来源,常常补充廉价的猪肉背部肥肉的不足,那是用以制造油脂、做调料和作为蛋白质的原料的。

我们在五月下旬或者六月初收割小麦、黑麦和燕麦,用手持式大镰刀割麦,然后把麦秆捆成捆儿,把麦捆竖起来堆成垛,直到晾干。之后,这些麦垛被拉到我们固定的脱粒机旁,这台脱粒机一直被爸爸放在我们粮仓后面附近。我们把袋装的粮食储藏在几个小屋里,附近堆放着一大堆草料。我们小孩子喜欢比赛跑进粮仓的厩楼里,尽可能远地从门里跳出去,深深地跌进软软的草料之中。草料虽然没有食用价值,但是打成捆儿可以用来捆扎运输西瓜,还可以喂牲畜及为佃农提供床垫之用。

我最高兴的一件事情是把我们的粮食送到吉姆·普赖斯的面粉厂去。这也是爸爸喜欢的事情,所以我们通常坐着他的皮卡车一路奔去,而不是坐农场上的一辆大车去。我对那个地方相当熟悉,因为普赖斯先生是一名浸礼会教友,允许爸爸和他教会学校的学生偶尔在面粉厂过夜。我们小孩子在池塘里钓鱼、游泳,研究闸门的组合形式,在磨房里睡觉。玩完男孩子惯常玩的游戏，包括用玉米棒子芯打仗之后，我们听爸爸朗读保罗给科林斯人的关于我们是"基督的使者"的来信。最后躺在藏红花包或粮食袋上面睡觉。刚刚磨成面粉的小麦和玉米的味道很好闻，库房里的木板和桌子的边边角角都被几代人搬运谷米磨得油光铮亮。

这个地方白天很热闹，当你意识到来自自家地里的粮食正在被转动着的巨大石磨磨成粉末时，好奇心油然而生。我们自己的粗玉米粉、粗燕麦粉和面粉被筛进槽里，然后装进袋子运回家。吃一把刚刚磨出来的玉米粉是一种特别的享受，它还热得有点烫手呢。普赖斯先生干活的时候，忙忙碌碌的农民们就能够毫无愧疚感地放松一下，这样无所事事恰好违反了像我父亲一样的人所恪守的职业道德。还好我们保存谷物的时间是有限制的，所以他们不能频繁地偷懒。回到家后，我们要把玉米粉和面粉放进铁箱子里，以防止老鼠偷吃，或者把其余的一袋袋面粉横七竖八地吊到天花板上。但是，谷物害虫却避免不了，所以厨房里始终要有一个细密的筛子，必须在和面之前把这些害虫筛掉。

我们生活中的一个最重要的经济因素是棉花价格，它在我的童年时代，从低到五分钱一磅到高到三毛钱一磅不等。然而，不像我们种植的其他庄稼，棉花总是根据当时的现金市场交易，当地社区无法抬高或降低这个价格。而且，皮棉储存几年都不会变坏，可以储存到市场价格变化到对他们有利的时候。不过，这种选择对于大多数农民并不适用，他们必须在收获季节卖掉作物偿还债务，为来年做好准备。

农场主的优势在于收割以后能够控制或监测棉花的销售。通过轧花工人和仓库管理人对棉花的共同管理，承租人或者佃农偷偷把棉花拿到市场上卖掉的可能性几乎没有。最有可能的是猪、谷物甚至花生。事实上，无论是白人佃农还是黑人佃农，甚至农场主，他们实际上都被附近更为富有的人与远在纽约和利物浦的经济力量所左右。佐治亚的普通农民根本无法了解更无法影响棉花市场的行情，他们也无法控制他们必须买的东西的价格。

这些与生俱来的劣势因为棉农对生产量的可抑制的扩大而更加显现出来，他们扩大生产量要么是因为前一年的棉花价格高，要么是因为棉价低的时候只有扩大生产才能稳定家庭的收入水平。因此，多年以来棉花的整体供应不仅超过了美国的消费水平，而且大大超出欧洲比较强劲的出口市场的需求。经济学家、记者、政治家以及当地的地方领袖都清楚，这种自杀性的超额生产必须制止，但是没有人知道在种植季节如何说服个体农民减产。

1932年，路易斯安那州的州长休伊·朗在力劝其他州的州长跟他一起通过法律禁止种植棉花。他们在理论上达成了一致意见，但行动上却失败了，路易斯安那州人不得不放弃原来的主张。大多数小农场主对这场运动一无所知，他们即使想这样做，由于独立惯了，无组织无纪律惯了，也无法联合行动。我同意我们农场里佃农的观点，如果其他农场主减少了种植面积，那些不参与行动计划的农场主就会获得更高的价值。

大家都知道，自从1793年轧花机发明以来，棉花在过去七代人中造就了一成不变而且总体上不利于发展的经济、种族和社会关系。但是，在我的童年时期，农民似乎面临着双重诅咒。在全国农业危机的顶峰时期，我们社区的棉花作物又日益受到棉铃虫和软体虫的侵害。仅仅在两三年的时间里，棉花产量便减少了三分之二。即便如此，要让一个农民抛弃他生平依赖棉花的生活经历，那绝对是行不通的。唯一的选择是与害虫做坚决的斗争。

因为劳动力廉价，我们起初试图用手工摘掉害虫。一些农民包括我父亲在内，试图让鹅走进田里去执行同样的任务，这样做也没有奏效。化学控制方式的初步努力是把简单的捕捉器放到地里，而这些捕捉器大都是放了醋和糖蜜在餐盘。后来，我们尽量使用各种形式的砒霜，最有效的是砷酸钙，它是消灭虫害的好办法。我们不断使用砒霜，其中最有效的是一种对人、对害虫都足以致命的毒药，直到后来它被滴滴涕所取代，而其他的有机化学品是在第二次世界大战期间才出现的。

我在还很小的时候就在棉花成长期进到地里，用手把药水抹到棉蕾上。我们在棉花长到差不多一英尺高的时候开始抹药，这是在棉桃刚长出来的时候。棉桃不久会开花，如果一切顺利，四个月就能长出纤棉。我得用一个猪油桶把药水在田垄里提来提去，用一个绑在棍子上的抹布把药水抹到每一棵棉株上。这个程序每五天要重复一次。如果下雨，那就得重复20多次。

拖施棉花是一项烦人的工作。糖蜜吸引了大群的苍蝇和蜜蜂。药水有毒，但对苍蝇和蜜蜂似乎毫无作用，至少我看见它们的时候是这样。它们覆盖在小桶上，跟着我们一起走过田间地头。在灭虫的几个月里，我通常只穿短裤，从来不穿内衣或者衬衫。但是干这个工作我宁愿穿上长裤把我的腿保护起来。药水很快便会渗到裤子里，粘到我的双腿上，极不舒服。实际上，我全身都是黏黏糊糊的。随着水分的蒸发，一层甜腻腻的东西就会变成坚硬的糖，以至于晚上我的短裤叠不起来，但可以竖在墙角或靠在家具上。短裤上全是毒药啊，必须与其他衣服分开洗，所以我们不能每天换洗短裤。每天早晨再穿上硬邦邦的短裤让人难以忍受。

收获棉花的时候，我们的活儿会发生巨大的变化。这是一年中最炎热的时候，活儿也十分累人，但这个时候干活不仅干干净净，还存在一种竞争。从晨露蒸发掉一直到太阳落山，我们在田垄里来回慢慢移动，低头弯腰，这样我们才够得着秆茎的根部。我们的手指在锋利的毛边之间探摸，摘掉白色籽棉垂悬的每一绺棉花，然后把棉花塞进拖在我们身后地上的长袋子里，袋子是绑在我们肩膀上的。锄杂草或者收割其他庄稼是集体活动，而摘棉花是各干各的，田里的所有人竞争得热火朝天。我们会一边干一边环顾四周，看看我们干得怎么样，进行一下对比。有的工人一次摘两行，但我们必须为此付给人家报酬。我们的袋子装满的时候，或者我们感到必须直几分钟腰的时候，我们会把摘掉的棉花倒到大约 8 平方英尺的粗布单子上，或者时不时地倒进白色栎木大圆桶里。

一天结束时，激动人心的时刻到来了，这时爸爸、杰克·克拉克或其他几个指派的人给每个人的收获过秤。一台磅秤以"运坏架"著称，挂着一个巨大的秤杆，两个男人从地上把棉花抬起来放到称上，摇摆的秤一平衡，重量就被报出来了，下一个星期六就按重量付款。一有机会，很多男人就躲避摘棉花，一部分原因是女人灵巧的手指比他们的有优势。我在农场里的那些年，从一天摘 50 磅提高到一天最多摘 150 磅——这是大多数成年人的水平。别看瑞切尔·克拉克长得矮小，她却比我们任何人都摘得多，天气好的时候，她可以摘 350 磅。

我的另一个重要的工作经历是，把 1400 磅籽棉装进两匹马拉的高帮木头车身的马车里，拉到普兰斯的格兰福特轧棉厂，在那里，500 磅一包的皮棉与籽棉是分开的。

轧花机占了一英亩的地方，四周被一道很高的皱巴巴的铁皮围墙围起来，以减少城里不断焚烧垃圾的火星刮进轧棉机里的危险。我们有时把轧好的棉花拉回农场，但经常是把它们储藏在当地两个仓库中的一个，直到爸爸在最佳时机决定出售为止。我们为第二年播种留下足够的种子，一部分用来偿付格兰福特先生轧棉花的费用，其余的卖掉，获取少量的现金，或者把它们换成棉籽粉——棉籽粉是用来喂牲口的高蛋白饲料。

除了我家所在的农场，我们在韦伯斯特县还有另外一个农场，朝北直接穿过树林和沼泽走过去是 4 英里，走弯弯曲曲的公路是 7 英里。那块土地是我们家于 1904 年买的，就是我们移居到普兰斯的那一年。短工在那个农场耕种了一大块地，黑人佃农家庭打理其他的地。对我来说，佃农中的每一个人都是令人难以忘记的。

他们是一群通过每天的劳动来证实自己的才能和可靠程度的优秀农民，抱负远大，充满自信，依靠自己的能力养家糊口，并且存了足够的钱购买自己的骡子和工具。那个地方有 8 户人家，被林区隔开，其中只有两家能互相看见。爸爸监督着所有耕种我们土地的人，他有车，行动方便，定期和他们交谈，检查他们的庄稼。当然，他也为佃农提供一些服务，比如运送日常用品，在我们家的铁匠铺磨犁铧，或者请兽医（我的姑父杰克·斯莱皮）来帮忙给他们的牲畜看病，等等。

爸爸公正地对待我们农场里的工人，妈妈对他们的关心也是众所周知的。这给我们提供了一个吸引最优秀农民的有利条件。我只记得有一两户农家自愿搬走了，都是因为个人原因，要么是在锯木厂找到了全职工作，要么是搬到了一个更大更好的农场。实际上，当我在上完大学和在海军服役结束的12年之后再回来这里，也就是我父亲去世的1953年，原来的大部分农民依然在耕种我们的土地。

因不愉快而离开我们农场的人寥寥无几。我记得有一次，有个人一直是个很棒的短工，想要单干，耕种他自己的作物。我爸爸便同意了，给他提供了一套充足的工具、两头骡子、一头奶牛、几头猪，用这些东西和一年的作物做抵押付成本。第二年春天，有人报告说那个人卖了几头做抵押的猪。那个农民承认了他所做的事情，那实际上是一种盗窃行为。他和爸爸签订了一个协议，对他已经干的活儿付给他现金，然后他从那个地方搬走了。短工们收获了地里的作物。

在农场北区耕种的三个家庭是佃农里独立性最强的，也很少跟爸爸和我联系。两个家庭是兄弟俩，理查德·约翰逊和弗吉尔·约翰逊。他们两家住在茂密树林的一片矮林里，离得很近，在不同的农场里耕种，但共用一个粮仓。他们两家最近的邻居约翰·埃德·沃克耕种了我们多卵石的土地。地很肥沃，但是很难翻耕，因为下雨后要过一天才能干透，地里的草长得很疯。他们很有能力，也比较成功，但是在 1950 年代晚期，他们宁愿放弃种地，也不愿意把骡子换成小型拖拉机。

费尔顿·谢尔顿和他的妻子住在农场最南边的房子里。他的肤色比其他大多数佃农的都浅。他有点沉默寡言，能力挺强，也很精明。他穿着得体，总是穿着一件衬衫，披在工装裤里，扣着领子。总的来说，费尔顿对人世间的困惑不急不躁，心态平和，对爸爸和其他白人不卑不亢。他做事有自己的风格，总是不大听我父亲的话，除非我父亲坚持己见；他虽然看起来行动迟缓，但总能把事情做成。

费尔顿很特立独行，一个主要原因可能是他会编织筐子，有额外收入。他继承了他父亲的手艺。我爸爸允许他砍下农场几个地方还没有成木的白色栎木树，用直径为六到八英寸的树枝编筐子。

费尔顿的技艺激起了我的好奇心，爸爸让我多花点时间协助他编筐子。我们用一头骡子把那些依然翠绿的木头拉回他家，费尔顿用一把斧头把木头劈开，用一个锛（一种劈砍东西的工具）把木头砍成手腕粗的长木条，然后用一把钝旧的刀子把木头劈成一般细的长条来编筐。他的标准产品直径大约为三英尺，高两英尺半，编得非常紧密，可以用来装小麦和燕麦。我们的粮仓周围和地里始终有七八个这种筐子在使用中。采摘季节，棉花地里也有几个。

几年来，费尔顿的标准价格是 3 美元，但是日工资从 1 美元涨到 1.25 美元时，他的筐子也涨到了 4 美元一个。虽然有点勉为其难，但是根据他的日程安排，他还是会接受特种筐子的订单，比如方角形的筐子和用于我们家洗衣房的长方形筐子，收集北美山核桃的小圆篮子——妈妈和她的几个帮手可以提着这种篮子采摘山核桃。即使现在，我在我的家庭车间里还采用费尔顿的工艺和木材编织椅子的底座。

再往上走住着韦斯·赖特一家。韦斯·赖特个子很高，身材瘦长，在这个地方年龄最大。根据爸爸巡察的频率和他建议中的大量细节，我的印象是，韦斯在佃农中是能力最小、胸无大志的人。他跟他的几个亲戚以及最近的几个邻居吵架都吵遍了。由于韦斯不受欢迎，爸爸让韦斯的小侄子雷纳德·赖特搬进了韦斯明显较好的房子里。韦斯和他的妻子搬到了最远的土地上，就在小河附近。韦斯说他更喜欢住在那里。后来，雷纳德变成了我最好的一个朋友和合伙人，在我去当州长和当总统以后，他承担了我的许多耕田种地的责任。他和他的妻子玛丽坚定地为他们的几个孩子提供良好的教育，现如今，他们都是大学毕业生，在自己的专业上成绩斐然。

亚瑟·布里奇斯和他的家人住在我父亲耕种的那片土地的紧东边。他是赖特家的堂兄弟，所以他们共同担起了耕种责任。据我所知，韦斯搬走以后，他们相处得很好。

威利斯·赖特住在一帮南边农工聚居的中心位置。他的土地与亚瑟、雷纳德、韦斯和费尔顿的土地相毗连。威利斯在韦伯斯特县的农场里德高望重。爸爸和他的关系是协商多，训话少。我们常常在他的家里停留一下，歇个脚，喝点井水，在门廊里坐上几分钟。威利斯特别喜欢问爸爸市场行情、化肥的质量和价格、农具甚至政治问题，而且不拘礼节。威利斯不按分摊盈亏的原则种地，他按双方协商，用一定数量的棉花和花生交付租地款。他在我们的杂货铺和普兰斯商品公司都可以不受限制地赊账，在其他商

威利斯·赖特，1976年

店可以用现金支付。他膝下无子，在繁重的田间劳动季，他妻子的几个亲戚都来帮忙，有时还雇一些人。他的耕种规模比其他任何佃农都要大很多。在我的记忆中，关于他的庄稼的基本决定都是他自己做的，而我父亲几乎总是默许。爸爸在别的地方有业务的时候，就把我留在韦伯斯特县的农场，所以我与威利斯朝夕相处。与跟随瑞切尔·克拉克一样，多亏他对我的教导，使我形成了我的价值观和独立的见解。

威利斯是我妈妈的挚友，这大概是因为他有严重的肾病。威利斯绝不会到我们的杂货商店或者拜访我们家，除非要跟我妈妈交谈。后来，他不得不在怀斯疗养院做手术，摘掉了一个肾。妈妈当时在手术室担任责任护士。威利斯长期在家养病的时候，爸爸只要去韦伯斯特县视察，就会带上妈妈去看望威利斯。爸爸到附近的佃农家去巡访，妈妈就和威利斯待在一起。

在"重建"时代，黑人家庭在成为自己耕地的主人方面获得了极大的成功。到 1910 年，美国农业部对南方进行人口普查的时候，大约有 25% 的南方农场主都是黑人，他们拥有 1600 万英亩土地。然而，黑人家庭的庄稼净生产量（等于白人小地主的生产量）还不超过一个奴隶在三代以前的一个大种植园的生产量。几年以后，在 1916 年，发行量很大的《进步农民》杂志的总编辑开始掀起一场声势浩大但最终失败的允许白人公民阻止黑人购买耕地的立法运动。但是，从那个时候起，白人拥有大多数土地的目的是通过其他比较温和的方式得以实现的。白人农场的规模已越来越大，在私人和联邦信贷公司里，种族偏见使得他们把购买大型工具和扩大农场的资本贷给了白人。黑人土地所有者越来越少，白人农场的规模越来越大。

我记得有一年威利斯·赖特在农闲时提出要买我们的农场，我们不仅大吃一惊，而且感到很难堪。这虽然是一个合理的要求，但却是一个令人吃惊的要求，我们是不可能同意的。爸爸虽然在整个社区周围买卖了大片农田，但这个地方很特殊。这个地方的215英亩土地位于我们最早的家产的中心，我们没有任何理由要出售它。实际上，爸爸的几个兄弟姐妹在这个农场也有股份。既然爸爸和威利斯是非常亲密的朋友，很明显，爸爸的解决办法是帮助威利斯在市场上买另一个小农场。

次年，圣诞节假日的一天，爸爸要我和妈妈跟他一起去韦伯斯特县。我们开车去了威利斯住的房子。我们到达后，在门廊里坐了一会儿，聊了一下他那年的丰收情况，问了问他的身体状况以及来年种植季的计划。在谈话中止时，我看到爸爸情绪很激动。最后，他不假思索地说："威利斯，我决定把农场卖给你了。"这对我们大家来说是一件意想不到的事情，也是令人惊愕的事情。妈妈高兴得眼泪夺眶而出，拥抱了爸爸。

喧闹停息后，爸爸让威利斯下个星期六到商店来，算一下出售价格。不到一年后，在那个农场上，一座崭新的钢筋混凝土房子拔地而起，刷成了绿色。在爸爸的帮助下，农村电气管理局把这幢房子变成了第一幢通电的房子。这是在1940年代初。

我到16岁时，已经懂得了农场里必须做的所有日常工作，对所有牲畜和机器都很熟悉，也能做木匠活儿和铁匠活儿。在学校，也从我父亲身上，我学到了农业经济的基础知识。如果有必要的话，我可以子承父业。虽然这是我最有可能的前途，但是我却制订了另一个目标。

我母亲的兄弟汤姆·沃森·戈迪帮助我形成了我童年时代的雄心壮志和未来的人生规划。按当时的情况，爸爸算是受过教育的，在河畔学校上完了十年级，并担任军官，但他坚持让我必须实现在"大萧条"年代来说十分遥远的梦想——从大学毕业。我们卡特家族的祖先中没有一个人读完高中，而当时要上大学似乎只能去两个不收费的学校——西点军校和海军学院。爸爸虽然在美国陆军服役过，但他在陆军的经历并没有让他逼我走他的老路。

汤姆舅舅很小的时候就参加了海军，并成为他终生的职业。他是我远在天涯的英雄，在我的整个童年时期，我和他鸿雁传书。我的信是提供关于家里的消息，他的信来自遥远的太平洋海域，是关于他的军舰正在访问的异域之地的信息。我收到他的信比家里任何人收到的都要多。来自汤姆舅舅的一封信或一张照片,在我幼小的生命中是一件难以忘记的事情,我急切地要与我的母亲和戈迪家的其他人分享。我们全都密切关注着他的动向。当他换了军舰或者从新兵慢慢晋升为海员,最后提升到无线电技师二等兵的时候,我们全都激动不已。美国海军有两艘硬式飞艇——梅肯号和阿克隆号,当梅肯号在旧金山附近遇难的时候,他是营救队的队员。他送给外婆一小片铝制的船体,这一小片船体被她珍爱了一生。

汤姆舅舅是太平洋舰队的轻量级拳击冠军,一张他举着一个奖杯站在被他打败的几个人前面的照片放在他父母家壁炉架的中心位置。他长着一个扁平的鼻子和一头卷曲的头发,走起路来一副神气十足的样子,好像詹姆斯·卡格尼①似的。他娶了一个名字叫多萝西的旧金山姑娘,他们在 1930 年代生了三个孩子,大儿子是以我的名字命名的。他在海军服役这件事使我产生了幻想。当我把海军定为未来职业的时候,我的父母并没反对。

所以,从五岁起,我总是说,总有一天我会去上安纳波利斯海军学院,而且会成为一名海军军官的。我站在院

---

① 20 世纪三四十年代好莱坞最卓越的电影演员之一,以硬汉和黑帮老大的形象著称。1942 年获得第十五届奥斯卡金像奖最佳男主角奖。1986 年 3 月离世,享年 87 岁。

子里艳羡地看着那些用汽笛回应我的招手的火车司机时，我梦想的不是他们令人羡慕的工作，而是在军舰上飘扬过海的场景。

　　我到现在都弄不明白爸爸为什么会坚决支持我的这样一个遥远的梦想。不过，也许理由很简单：在那个年代，耕田放牧的原始生活没有吸引力。他对我的期许是在一个受人重视的学校接受一流的教育，或者只是让我有一个要达到的长期目标而坚定下来的决心。不管怎样，在我父母的鼎力支持下，我还没从中学毕业，我们就要了不少介绍海军学院的小册子，我把这所学院当成了我人生中的唯一目标。

学到更多生活知识

无论怎么说都一点也不夸大疾病和医疗护理对于我们社区的白人和黑人的影响的重要性。护士所做的工作也影响了我的成长。疾病是人们一再重复谈论和忧虑的话题，即使与我们当地无与伦比的医院——怀斯疗养院没有直接关系的人，也都对社区每个人的身体状况了如指掌。在理发店、加油站、出租马房、食品杂货店、学校和教堂，疾病是人们谈论最多的话题。在手术室，在病房，那么多的本地护士做医疗记录，手术室里发生的事情，病房里发生的事情，医院周围发生的事情，根本没有秘密可言。我们知道谁得病了，哪个医生在给病人治疗，而且经常是连治疗的细节都知道。

任何严重的疾病都会牵扯到整个社区。在那些日子里，没有神奇的药物，为了自我保护，我们必须熟知比如我们称为"牙关紧闭"的破伤风的危险等知识，我们必须熟知最有效的办法来处理流感、流行性腮腺炎、麻疹、水痘、百日咳、伤寒和斑疹伤寒以及仍然比较可怕的小儿麻痹症等流行性疾病。当一个小孩得了小儿麻痹症，学校就得停课几天，我们所有人便开始对那些症状胡思乱想：疲乏、头痛、发烧和脖子僵硬。无论患病多么严重，病人几乎都一直待在家里，不去医院。（甚至后来我父亲患了不治的癌症，躺在床上度过了他最后的几日，我们也从来没有考虑过任何其他办法。）

对于经常发生的疾病，我们既有很多信息，也有不少迷信。比如，我们认为肺炎开始后，危险期是在单数的日子来临，早一点是在第五天来临，但最有可能是在第七天或第九天。在这个关键时刻，患者会死亡，或者会在体温升高五六度后退烧。在白人社区（我估计也在我们的黑人邻居中间），特殊祈祷仪式会在患者教堂举行。在星期日早上的礼拜和固定的周日祷告聚会期间，全体教友要为病人恢复健康或者为病人抵抗疾病的毅力祈祷（在病人康复无望的情况下）。我记得在病入膏肓的病人家周围的大街上和公路上，聚集了很多辆大车、四轮单马轻便马车和汽车。亲戚朋友会送来鲜花、柴火、水果和他们做得最好的饭菜，并在最后的几天里接管所有的家务杂事。当人们希望听到主治医生宣布病人要么生还，要么随时可能会死亡的时候，屋里屋外的人数会急剧增加。当我们听到"她已经死里逃生了"的时候，我们这些祈祷者算是得到了答复。

病人死后，噩耗传来，全城而动，积极参与吊唁，向死者的家属表示诚挚的慰问和关心。一群妇女夜以继日地待在屋里，准备食物，招呼前来哀悼的客人，打扫卫生，尽可能多地解除死者家人的负担。几乎每个人都会去参加葬礼仪式，前往墓地的行进队伍缓慢庄严。为了向有影响力的公民表示哀悼，市长会下令所有商店关门停业。行进队伍走过时，其他所有车辆，无论是本地的还是路过的，都必须开到路边停下。没有沿路加入行进队伍的人都会面朝公路站立，男人们则会把他们的帽子脱下来。葬礼仪式是由当地的牧师指挥，还是由美国退伍军人、石匠或者世界伐木工人来协调，由死者世俗的身份而定。下葬之前，每一个人都要到葬礼帐篷下与死者的家属拥抱或者握手，向其表示同情。这些仪式都完成后，人们可以在墓地参加一种"回老家"聚会活动①，以这种方式对前来向死者悼念的所有城外人表示欢迎。

　　与其他事情一样，黎巴嫩公墓也是实行种族隔离的，白人埋在西边，黑人埋在东边。所有的葬礼都是大事，花大钱向死者的家人表示最大程度的尊敬。场面最大的是约翰逊主教的葬礼仪式。他被埋在了阿奇瑞的墓地。送葬的车队有一英里多长，大部分是大而黑的汽车。

---

①指一群人在一定的时机相约回到过去常去或常待的地方。

在普兰斯周围，社会和经济地位最高的是医生，尤其是怀斯疗养院的医生。人们对医生尊敬至极，甚至把他们当成超人。在如今我们已经忘记的那个疾病肆虐并造成死亡的时候，我们的生死似乎就在他们的掌控之中。感谢他们的技艺和沉重的工作负担。他们总是有求必应，有时候是在医院里，更多的时候是在他们家里。

即使我母亲不是一名护士，那家医院依然是我们家人关注的焦点。当普兰斯第一任市长的三个儿子撒德·怀斯医生、萨姆·怀斯医生和博曼·怀斯医生决定修建一个医疗中心的时候，他们把股份卖给了社区的人。虽然一切利润都被不假思索地再次投入到楼房的维护、设备或者日常用品的采购上，但几乎每个家庭都与医院有直接的经济联系。无论是股东还是其他居民都在为医院的医疗质量奔走做广告——不仅用我们健康的身体，而且用我们反复讲述的医院救死扶伤的故事。我们坚定地相信我们的医院是最好的，甚至可以和亚特兰大著名的医院及更远的北方的著名医院相媲美。

有一个故事在七十多年后的今天仍然在传颂。故事说的是阿美利克斯的一位富人需要做一个不寻常的外科手术。他跑到马里兰州巴尔的摩市霍普金斯医院去治疗。他在那儿花了不少钱，之后美国最优秀的外科医生告诉他，他得的是一种罕见而难治的病。他们建议他到佐治亚州普兰斯怀斯疗养院去，那里有一个名叫撒德·怀斯的外科医生,他在治疗这个病方面最有权威。

我们社区的人心中有数,"我们"不但在外科手术方面是最好的,而且在麻醉方面,在癌症和其他肿瘤方面的放射治疗也是最好的。我们的医生还以最低限度地使用药物而著名,以建议患者将食疗、锻炼和许多家庭常备药品作为治疗和预防疾病的最佳方案而著称。

在那些日子里,有12名左右的医生在为普兰斯社区提供医疗服务方面展开激烈的竞争。他们是不是我们的医生,由他们与怀斯疗养院的关系而定。我们家人坚信"其他"医生所受教育存在欠缺,收费昂贵,不愿意到家庭出诊,不学习最新的医疗科技,超量开昂贵的处方药。我们知道镇上一些瘾君子去看这些医生,反复让他们开含有鸦片、吗啡和其他毒品成分的药。

怀斯兄弟还为年轻的见习医生提供了很好的实习机会。普兰斯年纪大的居民都还记得其中一些见习医生后来功成名就:一位麻醉医生因创新技术而闻名全国,一位成了哥伦比亚市有名的眼科医生,还有一位成了亚特兰大市埃默里大学医院的首席手术医生。在我们看来,实习护士在这里也有很好的实习机会。任何时候都有大约20位年轻的白人妇女在这里为通过严格的实习而奋斗。虽然她们纪律严明,几乎成了医院的囚犯,却是人们崇拜的对象和嫉妒的目标。我们知道,对一个女人来说,没有比当一名护士更崇高的职业了,尤其是如果她在怀斯疗养院接受过培训。

毫无疑问，普兰斯百姓的这些看法是受那些护校毕业后留在镇上工作的护士的影响而形成的，她们有的嫁给当地一些走运的小伙子，成了我同学的母亲，我的母亲也是其中一位。大部分护士在医院上班，或在病房值班或外出寻诊。还有一些护士因为有其他负担而不能定点上班，选择了弹性上班，一般是去病人家里提供服务。1929年我的妹妹鲁思出生后，妈妈经常选择后者。

我母亲在毕业以后的最初几年和进行私人出诊以前，都在手术室担任责任护士。我的书架上有一本《1921年利平科特护理手册》，这是妈妈过去备考州考试委员会的考试用的，也是后来几年当作手边的参考指南的一本书。令她自豪的是，书里有九个地方有她的签字"莉莲·戈迪小姐"，每一处题字下面都写着"佐治亚州普兰斯怀斯疗养院"。在这本书的前言中，"1922年实习生"后面有23个人的签字，我还记得其中的一部分："韦布小姐""阿林顿小姐""彭宁顿小姐"和"阿布拉姆斯小姐"。她们一生都互相叫对方的名字或结婚前的姓氏"韦布""阿林顿""戈迪"，这反映出她们的坚强——女性的团结和骄傲。

手册的大部分内容都是讲护士的日常职责，特别注重使用拉丁词、缩写词和医生的处方译文，还有对疾病症状的描述和对当时普通疾病的一般性治疗方法。这些疾病，眼下只在非洲人和第三世界的几个小地方出现。也有对当时一些致命的传染病的描述，比如扁桃体发炎，我巴迪伯伯的妻子就死于这个病。不知为什么,"梅毒条目"被画了一条粗线。

我特别喜欢看有关"护理道德"的那一章。手册中规定,除了一个例外,护士对主治医生敬若神明,近乎顶礼膜拜是理所应当的。对被医生非礼该作何反应没有建议,可能是因为像医生这样十全十美的人绝对不会制造出令人不安的情况吧。例外是,如果大家知道的一个做过流产手术的医生叫你去寻诊,你应该怎么办?手册给出的建议是拒绝,"因为你担不起与一个罪犯或者一个这种类型的不法分子合伙进行个人护理的后果"。

我注意到手册中有几页仍然折着角。其中有一页是关于护士怎样能够"在职业道德规范之内"为她所提供服务的家庭打个折扣,而不使穷人感到尴尬的。上面列了一个样本账单,标准的是护理一周收费28美元,如果是这样的话,20天要收80美元。但有一个折扣,叫作"优惠",因为护士住到了病人家里。手册中还说,病人家里如果有小孩,护士在不忽视病人的情况下可以充当母亲。

很多医生由于把时间用在了出诊上,他们有时会把护士当作助手,只要他们在附近,这些护士完全是干医生的活儿了。由于我们住得离镇上有几英里的距离,而我们的邻居又非常穷,他们最好的交通工具,要是有的话,也就是骡子拉的大车了。我母亲几乎就像一名医生,照顾他们中的许多人,经常是连诊断带治疗一起进行。也许这样做的还有其他护士，但我从来没有听说过这回事。妈妈是个另类的人，她对大部分种族差别不予理会，在左邻右舍的黑人身上花费了很多时间。她帮助他们，而且从来不收取任何费用，但他们常常给她送一些他们送得起的东西——一头未满一年的小猪，几只鸡，四五十个鸡蛋，或者是黑刺莓和毛栗子。有一次的"付款"是一马车一点就着的松脂木屑，我们用来点火用了好几年。她保存了告诉怀斯医生的她的病人的情况，后者在必要的时候会对她的医疗情况进行补充。

在医护人员的家庭中常常有令人惊讶的公开讨论——起码在我们家是这样。甚至在我们小孩子面前，妈妈、爸爸都会谈论医院内部的管理问题：员工是不是称职，吃药上瘾的案例，医生和护士之间的风流韵事，等等。总会有一个长相迷人的实习护士或全职护士跟一个没有成家的医生关系暧昧。一般人们不会在背后对医生指手画脚，但在我们家里，我们知道哪些医生和护士"未婚同居"。不知怎么，对我来说这个词用在医生身上好像并没有负面的含义。大多数人似乎都觉得，一心扑在工作上的医生在不值班的时候享受几个小时的人生乐趣无可厚非，社区是不会谴责他们的性过失行为的。

显而易见，社区，包括她的丈夫，全都接受了我的教母艾布拉姆斯和撒德·怀斯医生同居的事实——撒德医生是一个鳏夫。艾布拉姆斯小姐身怀六甲并生下一个儿子的时候,也间接受到这件事的连累,因为孩子的名字是詹姆斯。那婴儿生下来两三个星期后就死了,埋在了她丈夫家的墓地,她丈夫几年都没有和她一起生活了。

　　妈妈对她的病人进行护理后,尽量对他们后面的状况进行跟进。一些穷得叮当响的人不得不搬到被大家称为萨姆特县"穷人之家"的地方,我会时不时跟她一起去看望他们。我不能确切地记得那个地方在哪儿,只能回想起是一个很大的、有点破落的以前的大种植园的房子,有一个宽大的前门廊,白人住的这边有一个大菜园子,黑人住在两幢旧房子里。所有可以干活的病人,不论多大年龄、什么性别,都要到邻近的几个菜园子里劳动。那些因为身体太弱而干不动活儿的人昏昏欲睡地坐在那里,看着身边发生的一切。妈妈对这些老人感到忧心忡忡,总是觉得应该为他们做更多事情。我记得当政府的救济金给白人涨到一个月 10 美元,给黑人涨到一个月 6 美元的时候,我母亲有多么高兴,"穷人之家"里的人是多么激动。

　　在妈妈把精力集中在她的专业上时,爸爸不遗余力地探索多种经营和把农产品推入市场的方式。虽然棉花仍然是主要的经济作物,但他是率先把大力依靠的经济作物改为花生的人。在普兰斯农场,他是最早利用适合我们本地的土地和市场的几乎每一种方式来增加收入的人。农场可以经营的一切都能增加收入。他悉心饲养了成群的绵羊、鹅、猪、奶牛、鸡、马和公驴，对这些家禽家畜和它们繁衍的产品进行精心管理，以便获得最大的收入。

只要能够做到，他总会直接把自己的产品投入零售渠道。卖给一家生产毛毯的厂子，那家厂子生产的毛毯又会在我爸爸的杂货店和巴迪伯伯的商店里出售。我总觉得，养羊麻烦多，不划算。我不知道为什么我们从来不吃羊肉。一次暴雨期间，我们家的羊都躲在一棵大杨树下避雨，闪电击中了杨树，50只羊死了30只，但我们还是不吃羊肉。绵羊很蠢，没有用处，最后爸爸把它们全部卖了。我们最棒的一只猎鸟犬开始养成了攻击和咬死羔羊的习惯，很可怕，控制不住。很显然，这是绵羊不得不走的原因。

在整个南方，一百年全力以赴于种棉花，使土壤中的营养成分损耗殆尽，大量的表土层由于风刮雨淋而流失，田地不断受到日渐变深的冲沟的侵蚀，表层土壤下面的底土经常会裸露出来。大多数农场主都没有多少钱来改良土壤或购买足够的化肥，他们都在为自己的土地寻找出路。一些农场变得非常破败，真是叫人失望。要是爸爸买了这样的农场就会改变它。他使用水平仪设计出坡度很小的地形，我帮助他达到预期的目的，把所有的田地开成梯田。然后，我们用最大的转犁顺着这条线一遍又一遍地翻耕下去，筑起一道土梁，控制风雨对土壤的侵蚀。爸爸是查塔胡奇河下游水土保持区主任,严格按照程序以种植野豌豆、红花草及其他覆盖作物和套种的方式提高土地的肥沃程度。我们全都参与了房屋、粮仓和围墙的修缮。之后,爸爸会挑选一个可以信赖的佃农和几个短工经营农场一两年,这时这个农场就可以转手卖出一个好价钱。

对我来说,我的父亲是无所不能的,然而,我们知道,面对变幻莫测的天气情况,及那个远方神秘的控制生猪、木材、棉花和花生价格的经济制度感到束手无策。佐治亚地区的年平均降雨量大约是 50 英寸,大部分是在春季和初夏,秋季和冬季相对干旱。通常,这是对种植和农作物生长有利的条件——最大的湿气能促进种子发芽和幼苗生长,到了干旱季节进行收割。然而,因为完全依靠驮马和手工劳动,雨量的微小变化都会对庄稼造成极大的破坏。在那个时代,人们根本就没有灌溉的意识,与现代相比,由于不可避免的干旱期、稀疏的种植、很少的化肥和初级的工具,人们对收成的期望很低。一周或者两周无雨并不是特别令人深感遗憾的事情,甚至在星期日的教堂晨祷中都不会被人提及。干旱的土地适用于骡拉耕犁和用锄头除掉疯长的杂草。

但是,由于阴雨连绵而不能耕地时,杂草便开始疯长,有点像恐怖电影里吓人的慢慢爬行、渗透出来的东西。狗牙草、咖啡草、苍耳、阿拉伯高粱、多刺果实、紫草科植物和莎草争先恐后地从耕过的地里蜂拥而出。只要几天的时间，我们幼嫩的花生和棉花等经济作物就会被淹没在野草的海洋之中。在大多数情况下，尽管有最优秀的农民奋力抢救，部分作物也得放弃。虽然部分得到了抢救，这些幼苗又会因不停地锄草和耕作而受到损伤。每当下雨，爸爸在夜里就会来回踱步，从云雾的缝隙中观察西边的天空，并开始在全镇上下招募那些愿意为日工资而去农场锄草的人。

让我父亲承认错误是很不正常的，从小我就认为他无所不知、完美无缺。爸爸在耕种工作上有胆有识，勇于创新，但他的一些计划最后被证明考虑欠周到，这也是免不了的。

有一年，爸爸认定种西红柿可以挣大钱，以前我们也在家里的菜园子里种一行，这次一下种了 10 英亩。我们获得了大丰收，但是，在佐治亚州，别人同样获得了大丰收，我们尽了最大努力也没有卖掉一车西红柿。爸爸并没有气馁，决定做番茄酱，并从县农业技术专家那里弄到一个家用配方。他认真研究了配方，因为准备了很多贴好商标的瓶子，他只好把配方、配料增加一百多倍。我们在平常用来制作糖浆的铸铁大盆子下面生上火，加工第一批西红柿，在汁子里面加上调味品，开始熬制混合物。一两个小时之后，爸爸意识到制造的饮料全部烧干了。他的错误在于将汁子留下来了，而把西红柿瓤喂猪了。

我们重新开始，这一次用瓤做一种稀稠适中的产品，把它像软饮料一样装进瓶子，盖上盖子。味道很好，我都为这个结果感到无比自豪。我们在杂货店的地板上放了一大堆瓶装西红柿酱。爸爸开始把瓶装的西红柿酱送到已经在销售我们的牛奶和甘蔗糖浆的几个零售店里去销售。

几天后，我到杂货店去给一个中午光临的顾客卖鼻烟和烟草的时候，发现了几个打碎的瓶子，西红柿酱洒了一地。从那时起，我们都害怕走进商店了——西红柿酱正在发酵分解。爸爸急忙走访了所有商店，招回还没有卖掉的货物。我们的猪享受了200多加仑腐坏的西红柿酱。从此，在家里我们不再讨论西红柿的事了。

高质量的蜂蜜是一个重要的收入来源。我们既把蜂巢里的蜂蜜卖出去，也用离心机分离提取花蜜。那时，能够使用的杀虫剂没有几种，野蜜蜂到处飞舞，我们所有人都在农场里的树上寻找蜂群。有时候蜂窝有篮球那么大，我们冲向蜂窝，摇动树枝，或者用一根长棍子把一大群蜜蜂赶进我们的一个个空蜂房。爸爸有20多个蜂房，我们把蜂蜜进行加工，除了留下供我们全家食用的，其余的卖掉。

除了在蜂箱里"驯养"蜜蜂以外，我们总是在空心的树上寻找筑巢的野蜜蜂。有时候砍倒一棵大树，把大树劈开，挖出藏在里面的蜂蜜。这要花费几个小时的时间，还要戴上头罩，用一把装有慢慢燃烧着的粗麻布袋碎片的小壶向蜜蜂身上喷烟，彻底制服它们。

我爸爸这些年在农场上只有一次差点死去。当时他跟平时一样在蜂窝里取蜜，竟然被一群蜜蜂攻击。他过去被蜜蜂蜇过很多次，但是这一次他身上多处被蜇，反应剧烈。他冲进屋里躺到床上后，身上红肿得令人吃惊，一些刺从他的皮肤里露了出来（蜜蜂是唯一能在蜇人后把刺留在被攻击对象身上的昆虫）。幸运的是，当时我母亲在家，我记得她撕掉了他的衣服，用一个刀片刮掉他皮肤上的刺，给他身上涂了一层苏打膏，然后把他送到了普兰斯医院。事后，爸爸将所有的蜂箱都卖掉了。从那以后，我们只到商店里买蜂蜜了。

我为爸爸感到尴尬的事只有一件，倒不是什么大事。为了与玛丽·卢·伯奈特小姐女装展开竞争，我的伯伯巴迪掌管的普兰斯商品公司和一家男装生产商定了一个协议，每隔几个月给商店派一个代理人，为顾客提供量身定做的大衣和西装。爸爸从来没穿过任何定做的衣服，当他量完"特制的"三件套西装后，我们大家都激动不已。

我们焦急地一直等的包裹终于到了，我们围过来，这时爸爸打开了盒子。没有一个人动那套西装，我们只是看着它，可以用手指摸一摸漂亮的布料。我们期待着下一个星期天的来临，到时候爸爸会穿着他崭新的衣服去做礼拜。这对我们家来说是一个重要的日子，但它却变成了一个灾难。重要时刻到来时，爸爸穿上了裤子，那裤子至少长了四英寸，腰围大得连城里最胖的人都能穿上。当我们看到父亲的表情时，我们刚刚开始的哈哈大笑便戛然而止。他把衣服还给了巴迪伯伯,拒绝考虑更换那身衣服或者再量体裁衣——至少一直到 15 年以后他到亚特兰大州议会就职为止。

爸爸戴着厚厚的眼镜,我从来没见过他出门不戴帽子——寒冷的几个月里,戴一顶灰色的毛毡折边浅顶软呢帽,天气暖和的时候戴一顶样式相同的巴拿马草帽。不幸的是,他永远不变的形象特征是嘴不离烟或者烟不离

厄尔·卡特,1950 年,议会立法院候选人

手。在政府的批准下，烟草公司在第一次世界大战期间免费给当兵的人提供卷烟，他抽上瘾的那种牌子烟劲儿最大，他通常每天至少抽两包"本垒打"。在最糟糕的"大萧条"时期，为了省钱，他买了包装很严的一加仑一盒的烟丝、一大箱卷烟纸和一个小型卷烟机，我和我的妹妹葛洛莉亚曾经一直给他提供家制香烟。在那些日子里，没有"吸烟危害健康"的警告，所以我们对导致他过早死亡的不可避免的癌症一无所知。

我父亲以他巨大的毅力戒掉了控制他的烟瘾，而这引起了我和他的一次最难忘的谈话。我那时大概是十多岁，有一天，爸爸让我进入洗澡间，把门关上，这使我十分震惊。我使劲回忆自己近期有没有做什么让他不高兴的事情，最后断定他要对我进行性教育。

他却用一种少见的演讲形式说："吉米，我必须给你讲一个重要的事情。"

"是的，老爸。"

"有件事情我要你向我保证。"

"是的，老爸。"

我一下如释重负了，这时他说："我要让你到了21岁才能抽烟。"

"不，老爸，我不会抽烟的。"

然后，他向我做出一个不必要的承诺："当这个时间到来时，我会送给你一块金表。"

我信守了诺言,他也兑现了承诺。我达到法定的成年年龄,在海军学院上四年级,我到班克罗夫特楼的商店里买了一盒烟。我抽了一口烟,很不喜欢它的味道,再也不抽第二口了。令人遗憾的是,我的母亲和我的三个弟弟妹妹养成了爸爸抽烟的习惯,他们全都死于癌症。

我们在农场里饲养火鸡,在像复活节、感恩节和圣诞节这样的特殊日子补充我们的日常饮食。在我幼小的生命中,有一件让我大惑不解的事情:爸爸为什么还要决定去买一只火鸡?在感恩节之前的一周,我们准备去韦伯斯特县农场检查工作,爸爸突然说:"我听说弗里太太有几只乳白色的火鸡,也许我们应该到她家弄一只。"我见过弗里太太一两次,记得她是一个妩媚动人的年轻寡妇,长着一头黑色的长发,仍然在他们的家庭农场里继续着她前夫耕田放牧的工作而受人尊敬。爸爸说他读到一篇文章说,这种乳白色的新品种火鸡的胸脯肉要比我们饲养的火鸡多很多。我迫不及待地想看到这种新品种的火鸡。我们开车走了五六英里路,到了弗里太太的农场,最后在她家的前院停了下来。

爸爸说:"我们从后面进去。"在爸爸敲了几分钟的门之后,那寡妇把门打开了。

他们互致问候。爸爸介绍了我,然后说:"我们来看看你养的那些白色的火鸡。"

她笑了一下，回答说："嗨，厄尔啊，真的是有不少火鸡要在现在和圣诞节之间卖掉。"

爸爸转向我，说："小伙子，去粮仓后面挑一只好的。"

我没费劲儿就找到了一大群火鸡，我对它们的颜色产生了好奇心，它们要比我们家养的火鸡大得多也肥得多。我有点束手无策了，因为它们看起来全都长得一模一样。一个黑人工人很快从粮仓里走了出来，我告诉他我们来干什么的和我的任务。我和他最后选定了一只最大的火鸡，我们很快就把火鸡装进了一只旧麻袋里，绑得紧紧的，只留它的头在外面。

我在鸡舍旁边等了爸爸很长时间，他都没有来，于是我费劲地把火鸡拉到房前。我拖着脚步在后院走来走去，走了好长时间之后，心里不免紧张，于是按了按皮卡车的喇叭。之后不久，我父亲和那寡妇出来了。他们好像对我特别热情。

"我已经付过火鸡的钱了，我们可以拿想要的任何一只火鸡。"爸爸说。

"约瑟夫会帮你们拿火鸡的。"弗里太太说。

"我已经拿了，在皮卡车里。"我有点粗鲁地说。

我再也没有跟爸爸说一句话，但从那时起，我再也没有路过弗里太太的家，我搞不懂爸爸怎么会知道走后门，怎么会知道火鸡在哪儿……他结个账怎么会花那么长时间。

了解罪恶

我在还是一个农场小孩的时候,就会说两种语言。一种是受我的非裔玩伴的严重影响的独特发音和语调。我们所有的白人小孩一贯说"ain't(不是)",但是农场里和我一起玩的一些朋友却把"ain't"说成"haint","eaten(吃)"说成"et","going(走)"说成"gwine","rode(骑马)"说成"rid","himself(他自己)"说成"hisself","saw(看见)"说成"seen(看见了)","am(是)"说成"be","yesterday(昨天)"说成"yestiddy",带有中音节的口音。把"rinse(洗刷)"说成"rench","help(帮助)"说成"holp",而且我们在"r""g"或"d"等其他普通单词的尾字母上不纠缠于准确的发音。在"We et a bait of plums(我们吃饱了李子)"这句话里,"bait(一点)"这个词表示充足。"完全正确"是"mighty right",反义词是"you better say Joe('cause you sho'don't know)〔你最好说乔(因为你不懂)〕"。

有时候就连妈妈也听不懂我们的黑人邻居在说什么,我可以骄傲地当翻译。在两种方言之间进行转换的时候,我也常犯错误。我们刚搬到农场的时候,我向我的父母报告说:"I rid in the wagon and driv the mules!(我坐马车赶骡子!)"那几年妈妈常常冲进屋里取笑我。由于我的生活局限于农场周围的一个小地方,我的理解力也有局限性。有一次爸爸把全家人带到东边 30 英里的地方,去看河水泛滥的弗林特河。我从来没见过这么大的水流,便问道:"Wheh de ribber,Daddy? Is it down in dat creek?(这条河在哪里,爸爸?它在那条小溪里吗?)"

在我们家里,在学校里,在教堂里,我们被训练正确使用白人的语言。但是尽管下了很大的功夫,却始终不够准确。我记得有一次"吃饭"时间我用了阿奇瑞的词"t'eat",我猜想它是"to eat(吃)"的缩略形式,没想到被我的英语老师狠狠批评了一顿。我在教室的字典里发现有这个词,有点闷闷不乐,便举手报告老师她错了。她笑了,要我看看这个词的释义。我看了一眼这个词,想退出冲突,可是她非让我朗读不可:"女性身体上突起的乳房,乳汁通过乳房流给婴儿或者幼小的牲畜。"我一直认为那个词是"tit(乳头)"。

我在语言上出现的失误表明,上学给我的人生增加了一个完全不同的维度。从六岁起到进入高中,我变成了大相径庭的两个人:一个是在农场里和我的家人及亲密朋友在一起时充满自信的小伙子,一个是在学校和我的同学在一起时胆小怕事又戒备的小男生。在学校,我在一个竞争的环境里与白人男孩相处。我在浸礼会教堂的主日学校见过他们,但每次时间都不长,而且各自的父母都在眼前。按我的年纪来说,我的个子太矮了,还没有我的妹妹葛洛莉亚高。我很快注意到,到学校放假的时候,得把精力放在不靠身高和力量取胜的运动上。

在我不能避免的个人争斗中,我经常屈居第二,但是我习惯与 A. D. 和埃德蒙打架和摔跤。在学校的操场上,大孩子都知道,如果有必要的话我会大打出手,并接受处罚。我上一年级时就会读书写字,在课程上从来没有遇到任何困难,比最聪明的女生一点都不差。我在整个学年里唯一真正突出的成绩是在读书方面,我比我们同学中的任何一个人读的书都要多。不干活的时候,我常常拿着一本书;凡是下雨天,每个星期六下午,晚上躺在床上,在吃饭的餐桌旁,在我的树上小屋里,在厕所里,在学校期间,甚至在上课时,我都在看书。

普兰斯高中的教学楼是气势恢宏的砖混结构,大门口设计了四根白色的柱子,栽种了几棵巨大的白色金钟柏树。主层是一个礼堂,我们把它叫作"礼拜堂",还有校长办公室、一个图书馆和容纳 11 个年级(二年级和三年级用同一个教室)的 10 个教室。小一点的第二层被用作打字、速写、家政学的教室。而且,在我的最后一学年,它成了餐厅。教室里没有布电线,但是每一个教室都有一整面墙的大窗户,能够为看书提供足够的光亮,天黑和多云天气除外。

义务教育到16岁为止,如果父母向校长证明他们确实需要自己家的学龄儿童帮助种庄稼,法律不会被严格执行,即使对白人也是这样。父母对我的要求是,一学年上完全部的180天的学。我真羡慕在地里和教室之间来回自由活动的穷人家的孩子。我绝对想象不到他们会认为我全天念书是一种幸福。由于爸爸经常忙于经营农场的生意,妈妈忙于护理工作,我和妹妹葛洛莉亚上小学时,白天的大量时间都是我们自己的。那时阿奇瑞没有校车,我们经常搭年龄大些的沃森家孩子的车到普兰斯,他们的父亲是海岸航空铁道部的老板。他们有一辆汽车,爸爸提供汽油和机油。

直到我上高中,校车才开始从我们家路过。那是一辆临时校车,很小的黄颜色车身,用角铁固定在破破烂烂而且不完全平正的底盘上。它被人称为"饼干盒",它出现的时候总是在路边挪动,像一只螃蟹似的。我上高年级时有幸被任命为学生交通巡视员,肩上和腰上佩戴着白色的织带,这是我权力的象征。我在校车上帮助司机维持秩序,在校车过铁路之前要打开门下车看看两边有没有火车过来。

当然,这些美好的东西只有白人孩子才能享用,因为校车是不能提供给黑人学生用的。据我所知,在那个时代,无论是在学校还是在家里，绝对不能讨论有关改变种族隔离制度的话题。事实上，我很羡慕 A. D. 和其他黑人男孩，因为他们只走半英里就能到圣马克浸礼会教室去上课，还不必每天上学。15 年后，经过努力，由最高法院颁布的"隔离但平等"法令的"平等"部分得到了迟来的尊重，几辆校车便跑到几所最大的黑人孩子的学校来了。汽车的保险杠涂成了黑色，这个标记对于那些走进教室的学生来说，非常清晰地表明了他们各自的种族地位。

尽管人数不多，11 个年级不到 300 个学生，但我们普兰斯中学是一流的。这主要是因为校长朱莉娅·科尔曼小姐是最好的老师。她走路一瘸一拐，视力很差，从来不提高嗓门骂人或者动怒，她把我们的学校当成了自己的家，将全部的精力都投入到她的事业上，显然，她在我们这帮农村孩子身上看到了过人之处。我那时认为，我是她的一个宠儿，因为她知道我有一个要上美国海军学院的强烈愿望。但是我后来发现我们班上很多人都有相同的想法。朱莉娅小姐对那些将来要做像家庭主妇、铁路工人、锯木厂工人和佃农的毕业生同样照顾得无微不至。

甚至在初中阶段，朱莉娅小姐就开始鼓励老师们推动阅读，这使得我在学校获得了第一个奖励，并因此吃到了"外国食品"。托特·哈德森小姐是二年级和三年级的老师，我由于读书最多，赢得了竞赛。奖品是和托特小姐一起在

朱莉娅·科尔曼

我们的丧事承办人罗斯·迪安家共进晚餐。妈妈那天劝我穿上周末服装,我也为能到一个城里人家吃晚饭感到有一点手足无措。不知怎么,他们端上了将白菜切碎腌制的德国泡菜,一个我发现既陌生又糟糕的菜。我父亲从小就教我吃饭不能剩,我强咽那些泡菜,坚信迪安夫人一定是在厨房里犯了什么严重的错误。当托特小姐奖励给我一幅带镜框的托马斯·庚斯博罗的《蓝色男孩》油画时,我的痛苦才有所减轻。那幅画一直挂在我房间最明显的地方，直到我上大学为止。

朱莉娅小姐要我们熟悉文学世界。她有长长的很有挑战性的巨著书目，并保证所有这些书我们学校的图书馆都有。她在县图书馆额外给我弄了几本书，我上五年级的时候，她在小教堂提醒我读《战争与和平》。她在一个小留声机上给我们播放伟大的音乐作品，通过反复训练使我们认识古典音乐的杰作和杰出的作曲家。她用同样的方法帮我们认识油画，举起一幅幅油画作品鼓励我们把作品的名字和艺术家写在我们的笔记本。我们必须在课前练习朗诵，背诵诗歌和《圣经》中的段落。我们站成一行进行拼写竞赛，我们不断地举行"速记"竞赛。我们的老师把三个题目写在黑板上，我们必须挑选其中一个题目，在15或30分钟内写出文章。在指定的题目上进行过大量调查研究之后，我们每个月还要在课堂上举行一次辩论赛。一切都有竞争性，但是朱莉娅小姐有一套方法来限制反应快的学生盲目自大和避免反应慢的学生感到自卑。普兰斯中学在地区比赛及全州的独幕话剧、辩论、拼写和速记比赛中总是名列前茅。

Y.T.舍菲尔德先生是我们的校长、数学老师和体育教练，直属于朱莉娅小姐。他也是最高的管教者，与我们的父母紧密配合，确保我们在学校操场上的表演能达到他和朱莉娅小姐要求的最高水平。作为学生，我们最怕的就是去见舍菲尔德先生，因为他判断敏锐，准确无误，惩罚严厉。我们的老师通常会对我们的不当行为提出警告，警告后的下一步是："拿上这个条子去向舍菲尔德先生报到。"放学后，女生可能会不得不留下或者用尺子在自己伸开的手掌上猛打几下，我们男生必须把屁股后面口袋里的所有东西掏出来，弯下腰，把裤子扒到屁股下面，被一个很重的窄木板子痛打三到七下。这种处罚不多，一旦发生，学校和家里都会知道。我父亲通常的做法是额外增加我们在学校受到的惩罚，通常是几天或几个星期不能听广播、不能去旅行和不能进行其他喜好的娱乐活动。

如果两个学生打架，舍菲尔德先生就会认为罪责等同，除非很明显打人的人是个淘气鬼，被打的人伤害了没有自卫能力的对手。我最厉害的一次打架是和我最好的朋友博比·洛根，他住在普兰斯。我们在男厕所时为博曼·怀斯医生的女儿发生了争吵，我们两个人都在和她约会。厕所的空间拥挤得转不开身，没有人能在那儿把我们拉开，所以我们两个人都受到了严重的惩罚。当我们最后精疲力竭停止对打的时候，我们首先达成一致的是，各自把自己清理一下，尽可能做好一切事情，让舍菲尔德先生不知道我们打过架。

在早晨开始上课之前，课间休息和吃饭的时间，放学后至少有几分钟时间，我们所有男生都要进行体育运动，直到校车来拉人为止。我们很幸运，因为那个"饼干盒"校车要跑两次,最后一站是阿奇瑞。我们所有人都喜欢打棒球,包括和我一样因为春季农活的干扰而不能参加训练进入校队的孩子们。一个领头的给另一个人扔一个球棒,我们交替用拳头握住球棒,最后一个可以很好地握住球棒并把它扔过肩膀的孩子先挑人,两个队按此规则组成。非正规球队是二流棒球水平,当孩子们

朱莉娅·科尔曼和 Y. T. 舍菲尔德

大声喊"我当击球手，我当接球手，我当投球手，我当一垒，我当二垒"时，直到最多的15个队员组成一个队。一番争辩结束后，我们还剩下一个击球手、一个接球手和一个投球手，然后是其余的队员。有时还剩下几个内场手和外场手。一旦有一个击球手出局，他就排到了末尾，其他队员则往前进一个位置。一场球赛可以持续整整一个星期。学校的铃声和要离开的校车会终止一场正在进行的比赛。年龄最大的几个男生是双方发生争执时的仲裁人，舍菲尔德先生是最终裁判。

有一些男生和女生更喜欢篮球，整个学年的球赛都是在学校举行。在学校的最后两年时间里，我被选进校队。就校际比赛来说，篮球是最重要的了，由于是在晚上打比赛，白天工作的父母们可以观看。赛季期间，我们的一半比赛是在其他学校举行，我们球队到其他学校打比赛坐的是校车。在我们之前，一直有女子篮球比赛，夜间的长途旅行给我们提供了在后排成双成对抚摸调情的机会。

我在球队中是个子最小的一个，外号是"坡虫"，他是漫画里的一个人物。不过，我的速度是最快的，只要我们队一从球场对手的那头得到球，我们就会打快攻。（我上大学的第一年，个子长了三英寸，长到五英尺九英寸，因此进了校内全明星队。）在冬季，篮球训练结束后的傍晚时分，我一般从学校走回家。我更喜欢打棒球，但是在春耕期间，爸爸要让我干农活，不能打球。

我们在学校操场上的其他运动是掷马蹄铁套柱、手球、木陀螺游戏、躲球和弹球。舍菲尔德先生还利用我们的课外时间给我们进行跑步、跳高、撑竿跳、掷铁饼和推铅球的田径训练。我们几个人迷上了网球,只要一有机会,就在我们家的网球场或者在城里三个网球场中的其中一个球场上打网球。

在很多方面,学校是一个非常残酷的地方,学生中有自己的等级制度。这种等级制度是以体力为标准的。在这方面,年龄大的男孩常常占有优势。可以肯定地说,那些都是留过几次级的穷学生,所以年龄都比他们的同学大。在格斗方面,我的竞争力不够大,没有在许多潜在的冲突中吃大苦头。另一个等级制度是建立在学习成绩的基础上,根据学生的总成绩排座次。成绩差的学生慢慢就退学了,成绩好的学生可以进入家政学或农学,不用在数学和文学课上"浪费时间"。当时还没有学生因为大一岁就可以跳一级的规定,偶尔会有学生真的学不动被留级一年而家长却坚持让他们升级的情况。这种学生不是很多,25个人的班里大概只有一两个。毕业时这些学生拿不到毕业证,拿到的是一个同样华丽的证书,上面说这个学生在校至少11年。

一想起我们在学校的地位有时是根据家庭的富裕程度确立的,我就深感不安。在学校这个大环境里,所有学生都因情况基本相同而被大家所接受，但是总有一些学生与大家格格不入。他们的裙子和衬衫是由洗过的装鱼饲料的袋子做成的，他们的气味、头发、牙齿和脸色说明他们的家人不习惯用洗脸毛巾、香皂和牙刷。我想不起自己骂过他们没有，但我也不记得其他人拒绝坐在他们旁边或者说他们身上有恶臭、虱子或者疥疮的坏话时，我为他们说过话。这些孤立无援的学生要么暗自流泪，忍受痛苦，要么悄悄退学。

我对去海军学院上学并没有十足的把握，所以我也为另一种前途做足了准备，这个前途就是回家务农。因此，我和学校里其他男孩中的一大半一起参加了"美国未来农民"（FFA）课程。我们上了役马、肉牛、奶牛、猪、庄稼、牧场、林业、家禽、家具和其他相关科目的饲养和管理课程，比如害虫控制和食品加工等。在车间里，我们学做木工活、铁匠活、焊接活和家具制作。我们的农业课老师与我们每一个学生的父亲紧密合作，以保证我们在学校所学的课程与在农场里所做的工作息息相关。

"美国未来农民"是一个在学校、州上和联邦层面都有机构的严密的组织，它在演讲、记账、饲养、评判和展示家畜及其他与成为农业生产骨干有关的手艺方面都会举办各种竞赛。（我在技能方面唯一超过他人的项目是根据屋顶设计做出房梁。）我们从理论与实践相结合的教学中得到了令人意想不到的收获。我是学校的"美国未来农民"

组织的官员，参加过全国代表大会，是终身名誉会员。我学过的农业课程使我获益匪浅，尤其是在我从政期间。我还学会了打字和速记，这使我在整个大学期间和我的写作生涯中工作起来得心应手。

1941年我高中毕业的班上有26个学生。人口100万的佐治亚州西南部没有一所四年制大学，要上大学必须去阿拉巴马州上奥本大学，或者去上差不多在200英里之外的雅典市佐治亚大学，不但要付学费，而且要付寄宿费。有几个女生在当地的职业学校或中专接受继续教育，但除了我之外，没有一个人上大学。她们在那里学习当文秘或簿记员，大部分男生则回到他们父母那样的生活中——通常做艰苦的手工劳动，大量吸烟和无规律的医疗保健。（他们过着美好而富有成效的生活，但是，我在我们班第50次聚会的时候发现，在我的美国海军学院的同学当中死亡率只有我中学那些同学的一半。）

我只有一次直接违反了纪律，那是在我们高三学年的4月1日。我们班的男生决定开个愚人节玩笑，在阿美利克斯待一天。舍菲尔德先生听到了风声，不准我们离开，但我们并没有放弃。我们看了一场电影，参观了报社。我们给报社投了一篇关于我们"快乐出游"的稿件。我们回到普兰斯时，校长、我爸爸和其他几个父亲正在等我们。舍菲尔德先生通知我们，我们所有人本周的每门课都是零分，而且在得到允许重新上课之前，必须接受至少七鞭子

葛洛莉亚，1943 年

1941 年中学全班同学，前排右边第一个是我

的狠狠抽打。

我和父亲坐着我们的皮卡车回家的时候,我吓傻了。他一句话也不说,只是紧紧地握住方向盘,牙关紧闭。

末了,他说:"你保证从此再也不逃学了?"

"是的,老爸。"

"你已经放弃去上安纳波利斯海军学院了?"

"没有,先生。"

"那你为什么不听舍菲尔德先生的话?"

"我不知道,老爸。"

"你准备好接受学校的惩罚了吗?"

"是的,老爸。"

"这次家里不给你同样的惩罚了,但是,除了上学以外,你一个月都不能离开我们的院子和田地。"

"是的,老爸。"

我在学校挨了鞭子,这是我挨过的最后一次鞭子。因为那学期成绩下降,我在毕业典礼上不用做告别演讲了。

教会也参与了学校对我们的精神生活、教育生活和社会生活的塑造。我在普兰斯中学的每一天,上课之前都要先去教堂,在校长与教务长的例行通知之外,也许有一个学生的表演,然后我们宣誓忠于祖国。通常唱《他带领我》或者《奋勇前进的基督士兵》,然后唱《美丽的阿美利加》或者《迪克西》,背诵《圣经》中的几个段落。这时会有一个外来的演讲者，经常来的是镇上三个（白人）牧师中的一个。在小礼堂待差不多半个小时后我们才去各自的教室上课。

卫理公会和浸礼会是普兰斯最重要的两个白人教会，但是，我们镇与其他小镇不同，还有一个路德教会。我们全家人都是浸礼会教友。没有一个教堂有全日制的牧师，两个教会每两个星期会互相走动一次，第五个星期不做礼拜。对我来说规模最大也是最重要的仪式，是每周一次的主日课。爸爸给九到十二岁的低年级男孩上课，也与几个"皇家使者"一起工作——"皇家使者"类似于其他社区的"童子军"。我还不到上他的课的年龄时，他会带着我进行夜间户外野营、下午的游泳和其他户外活动。还有一个年轻人训练协会，它注重培训青年人到世界各地去传教的能力。但是，吸引人的主要是经常由教会主办的聚会和每星期五晚上在各个会员家里搞的社交聚会。这些都是我们年轻人生活中最重要的社交活动，父母在聚会上希望他们的孩子成双成对，未来结成夫妻。

在我们的礼拜仪式上，可以感觉到卫理公会教友和浸礼会教友之间没有太大的差别，除了浸礼会教友自己选择牧师，而卫理公会的主教和执事是由负责人决定的。普兰斯人似乎更喜欢和风细雨的布道，因此，我们不会受到在其他教堂所听到的那些火烧火燎的布道的煎熬。不过这也意味着除了在重振信仰的集会上，我们的礼拜仪式让人昏昏欲睡，而不是兴奋无比。我和我的妹妹葛洛莉亚经常在教堂里用评论教友的长相来解闷，尤其喜欢从一对夫妇的面部特征来估计他们结婚多久了。

罗莎琳的爷爷，一个浸礼会教徒，不允许他们家人打牌、钓鱼或者星期天去看电影，而且在两个教的聚会上严厉指责含酒精的饮料。（很多虔诚的基督徒，包括我的父母，认为圣保罗给蒂莫西的建议——他"屡次犯病，肠胃不清，可以适当用点酒"，是凌驾于当地教堂的禁令之上的。）但是，这些年卫理公会教徒肯定更加严厉，因为在我们的教堂里，两个最有影响力的家族的长者在他们年轻的时候因为跳舞而被卫理公会开除了。

直到美国内战结束以后，我们的黑人和白人浸礼会教友都是在黎巴嫩浸礼会教堂一起做礼拜，但是黑奴解放却把礼拜仪式分开了。后来，普兰斯镇建立的时候，全体白人教徒就把听起来更顺耳的"普兰斯浸礼会"作为自己教堂的名字，黑人教徒则沿用了他们原有的名字。

黎巴嫩浸礼会教堂仍然是镇上最大的教堂。镇子里有很多其他的全国浸礼会和非洲卫理公会，而且几乎每个农村的社区都有。那时，除了马车以外，没有别的交通工具，黑人礼拜者必须在自己家附近做礼拜。虽然在过去的50年间有一些教堂合并了，但是这些教堂中的大部分依旧非常活跃，有时候我们会到这些教堂去做礼拜。但在比较远的教堂，做礼拜的人比较少，而且都是老年教友。在普兰斯镇及其周围，现在有11所全体教友聚会的教堂，阿奇瑞的圣马克AME教堂在其会员的生活中依然是一个生力军。

我们的教堂一年之中的最高峰是连续几周的重振信仰活动，也叫"开不完的会"。这个活动一般在耕种之后和收获之前举办，并总是安排在卫理公会教徒和浸理会教徒可以一起做礼拜的时段。在准备重振信仰之前，本堂牧师和执事要到社区巡访每一个不承认耶稣基督是上帝和救世主的家庭，执事和其他人每天晚上还要举办一次祷告会，为即将到来的礼拜仪式寻求神的旨意。我们的几个教堂也邀请外来的福音传道者讲道，他们之中有几个人在他们自己的家乡教堂里非常有名，或者是因为他们的高级行政职务而有名，因此，他们经常走进我们的社区，做一个星期充满激情而又紧张的礼拜活动。我们款待来访的牧师，几乎就像对待王室成员一样，每个东道主家庭在午餐和晚餐时奉上的美味佳肴都要超过别人家准备的。

我们每天有两次例行的礼拜仪式。一次是在早上，大量参加礼拜的人都是家庭主妇。另一次在晚上，是为普通的广大教友举行的。通常，这是年龄至少为八岁的儿童接受基督是救世主，随后由全体教友给儿童施洗礼的时间。（爸爸要比一些父母保守，所以我和我的两个妹妹一直等到大约11岁才接受洗礼。）此前我们在主日学校和训练俱乐部里已经认真听过课了，早已经知道这个决定的意义——毫无疑问，这是我们人生中非常重要的决定。

大家认为，刚来社区的人如果希望在事业上成功，或者想扮演一个完整的普兰斯公民这一角色的话，加入一个教堂是必须的。一些"丢了灵魂"的人知道他们每年都会受到巡访，其中一些人已经对《圣经》中的某些段落非常熟悉，他们不是与造访的人在神学问题上展开争论，就是指出一些教会成员的虚伪。偶尔，所有教堂的教友都会为一个众所周知的罪人的灵魂获得拯救而额手称庆。"杰克逊老人昨天晚上得救了！"这个喜讯会在整个社区不胫而走。

直到我去上大学的时候，普兰斯都没有人离过婚。据我们所知，离婚是一种冒犯上帝的罪恶，只会在好莱坞和一些比较没有责任感的纽约人身上发生。人们认为婚礼仪式上所发的誓言是基于上帝的话，是不可违背的。一旦谈到婚姻问题，人们就会援引亚当和夏娃捆绑的故事："因为婚姻，人要离开父母，与妻子连合，二人成为一体。因此，他们不再是两个人，而是一个人。上帝把他们捏到一起的原因是不让男人离开。"

不知怎么，《圣经》中的这条训令被认为比反对通奸那条训令更重要。当我还是一个孩子的时候，我就知道有几对不能和谐相处的夫妻确实分道扬镳、各自生活了，但他们仍然维持着表面的婚姻。在有些情况下，丈夫或妻子与另一个人同居，但是，双方都不要求从法律上解除婚姻关系。当两个通奸者都悄悄停止去教堂做礼拜时，人们早期的怀疑就被证实了。

有一个最引人瞩目的案例，牵扯到离阿奇瑞挺远的两个白人家庭。平时看上去很和谐的两家突然交换了妻子和 9 个孩子。也许是为了把错误的传闻减少到最低限度，其中一个丈夫来到我家，向我父亲述说了他们的决定。两对新夫妇又生了其他孩子，新结成的婚姻还是很美满的，只是两家的父母不再去教堂做礼拜了。

当时我不知道我们社区有不少活跃的组织和几个半秘密的兄弟会。杂货店的楼上是世界伐木工人和秘密共济会会员的一个聚会点。在离我们小镇西边 9 英里的普雷斯顿有一个"共济会地方分会"，这个分会以前是设在普兰斯的。有一两个富裕的普兰斯人是我们县政府所在地阿美利克斯基瓦尼斯俱乐部或者扶轮社的会员。还有"妇女联合会"、花园俱乐部和其他为女人提供聚会和为社区利益提供帮助的组织。我母亲总能找到一个充分的理由不参加这些组织，或者最多参加过很少的几次聚会。她是"边缝边聊俱乐部"的会员，不过她大部分时间都在工作，从来没有做过任何缝纫活计，对闲言碎语也不感兴趣。再后来，她退出护理专业以后，每个星期四下午和一些女人打打扑克，每次都是赢个几毛钱。连她的孙儿都知道，如果她回家时手中的钱包比离开前小了一些，那最好不要到她跟前去。

"家长教师联谊会"是一个在公立学校生活中作用强大和充满活力的团体。在学期中,"家长教师联谊会日"每月一次,学生们争先恐后地把父母和祖父母都请到学校。学校的礼堂里人山人海,他们对学校的课程、楼房的维修、课堂教具、社会活动计划、教师的身份和资格进行讨论和辩论。本地学校董事会的全体成员都会参加,回答所有问题,对达成一致的集体要求必须给出答复。比如,有一个政策是给予寡妇或单身女性当代课教师的最大优先权的规定,一旦她们结婚就立即解雇,给急需工作的其他寡妇或单身女性腾出位子。

我 13 岁的时候,爸爸在离我们家两三英里的地方建了一个小屋和小池塘,这里是钓鱼、游泳和招待朋友的最佳场所。这里有一个台球桌、一个旧的自动点唱机和一个很大的露天舞场。我和一个工人经常要在我父母举办的聚会结束后的早上把两头骡子牵到小屋,把一个客人的汽车拉出池塘。用来解释的理由每次都很简单:"刹车失灵了"。这些客人都来自普兰斯和萨姆特县的名门望族,他们聚在一起吃牛排和炸鸡,跳轮舞或查尔斯顿舞,用老式手摇留声机放乐曲。男人和女人一起喝啤酒、葡萄酒和一种威士忌(威士忌是从本地的非法贩卖者手里买的,因为我们县是一个禁酒县),而我们这些孩子是不能参加这种聚会的。

妈妈和爸爸与其他农场家庭交往的时候,情况就完全不同了。他们总是带着我们这些孩子一起参加,主菜是炸鸡，或者是烤猪排和蔬菜炖肉。几个音乐家拉小提琴，他们其中的一个会召唤大家跳大圆圈广场舞。大家喝甜冰茶或者柠檬水。之后，在一组广场舞乐曲的间隙，几个男人给大家递上装在果汁罐里的私酿威士忌酒，通常兑上可口可乐。男人们遵守很早就形成的戒规，总是在院外喝酒，虽然有点放肆，但毕竟还是避开了女人；而一些女人则在厨房里偷偷喝酒。他们总是会评论私酿酒的清澈程度和味道，就像在一家昂贵的餐馆里对一名主厨做的主菜或风味甜点做出评价似的。很显然，我们这些孩子盼望着农场舞会。大人对年龄比较小的男孩和女孩视而不见，但青少年往往会被邀请与成年人一起跳舞。当年龄最大的男孩子与大人一起喝香甜的热酒时，他们便进入成年阶段了。

　　大家都知道我爸爸喜欢痛痛快快地玩，他和妈妈几乎总是在星期六的晚上去某个地方。我记得最初的聚会是晚上和怀斯疗养院的医生护士们，有五六对夫妇，领着他们的是萨姆·怀斯医生，他是怀斯三兄弟中的老二。其他两个兄弟已经结婚了，而萨姆医生是个单身汉，总是在和未婚护士中最漂亮的谈恋爱。我猜想，他们是轮着到各家去聚会，老是害怕我的父母做东。他们总是把餐桌和椅子撤掉，将我们小小的早餐室当酒吧，早早地让我们上床睡觉，好让他们无拘无束。他们一定认为脉动的留声机音乐、喧闹的笑声和大声的谈话声穿不透我们薄薄的四壁和门窗。萨姆医生在他儿童期的一场疾病中失去了一条腿，我们能听到他特别的声音，因为他的木假肢踩踏地板时总是声音很大。有时，聚会会一直持续到妈妈差不多要做早餐和全家要去教堂的时间。爸爸在教堂还要给主日学校上课。

生活中更加令我难忘的一件事情发生在一个星期六晚上。我已经挺大了，大概是12岁，觉得大人不能对想睡觉的孩子视若无睹。大约凌晨三点钟，聚会进入了高潮，我实在受不了了，爬起来，穿上短裤，走出房间，把门甩上。在他们制造的声震屋宇的噪音下，那些社交聚会的常客根本没有听到关门的声音。我走出去，爬到我们后院的一棵大约有十英尺高的大棣树上，到我的树屋里去睡觉，它有双面围着番红花袋子的小框架外围。几个小时后，我听见汽车开走了，随后我父亲走到后院，喊道："吉米！吉米！"我听出来他很恼火，可我还没有生完气呢，于是决定不理他。我听见他回到了屋里，一切都寂静无声。

我等了一会儿，然后从树上爬下来，悄悄溜回我的床上，开始担心接下来会发生什么。不久，爸爸进来，把我叫起来。我从床上坐起来，揉揉眼睛，佯装刚刚醒来。

他说："昨天夜里你在哪儿？"

"在外面我的树屋里，爸爸。"

"难道你没有听见我喊你吗？"

我有点不知所措，我绝不能跟我爸爸发生正面冲突，忤逆不孝。但是我知道撒谎在我们家是最大的罪行。

我犹豫了一下，然后说："听见了，老爸。"

"到车库去等着我。"

我一生中受过很多次鞭打，但这一次是最疼的。后来，妈妈对我讲了他们两个人是如何地担心我，爸爸是如何地不能入眠。不像过去，这一次她对我受到的惩罚没有表示遗憾，这是我最后一次受到爸爸的鞭笞。

孩子们也有自己的聚会，一般是由教堂主办。由于我们理所当然要上主日学校和听布道，所以，这些聚会活动都并非旨在招募新成员或加强忠诚度，到时候我们自然会来参加的。这些活动只是一个人希望与他人聚在一起度过美好时光的正常体现。儿时，我们玩夹驴尾巴、丢手绢、随乐声抢椅子、捉迷藏等游戏，吃自制冰激凌、曲奇饼干和蛋糕。从上中学开始，我们经常参加还是由教会主办但是在私人家里进行的"一磅聚会"。参加这种聚会，我们每一个人都要带一磅吃的东西。过了一段时间，我们知道了该带什么，这样大家都不带相同的"酷爱"饮料、花生酱夹果冻的三明治、饼干夹火腿、薯片和磅饼。我发现这些聚会是由我们的家长精心组织的，目的是让男孩子和女孩子学习社交风度，继而走向谈情说爱的第一步。我们一起散步或者跳舞，每次为 10 分钟或 15 分钟。大多数东道主妈妈都会强加一个严格的规矩——每次跳舞不能是同一对舞伴，并要求我们在舞曲之间都到"集结地"，监督的家长一直盯着舞伴卡,以保证那些没有舞伴的女孩也能找到男孩跳舞。

在 1940 年之前,在佐治亚州开车不需要执照,我们很多农场男孩都是合格的卡车司机,因为我们的爸爸们需要我们把种子和化肥运送到地里,以及办理其他差事。我仍然骑自行车去参加大部分聚会,但在我 12 岁时,爸爸开始让我用他的皮卡车了,条件是我开车直接去参加舞会,舞会结束后直接回家。由于社区的每个人都能凭印象而且经常凭声音就能认出所有的机动车辆,我未经他同意悄悄把车开走是根本不可能的。后来,在我到了 15 岁左右的成熟年龄时,他开始只对我说"开车小心点"。

那时,我们也有很多私人约会的机会,但是我们仍旧依靠班级舞会聚会,从聚会的地方可以溜达到城里的街道上或者乡下的公路上,舒舒服服地躺到皮卡车的后座上或者在玉兰泉跳舞。我们全都学会了基本的一步舞和二步舞,在缓慢、浪漫的歌曲中时不时地还甩出个华尔兹。然而,在我读中学和大学期间,我们大部分时间是跳吉特巴舞。我们拉着舞伴前后左右地旋转。而我们试图模仿的大孩子可以一边起舞,做出各种高难度的动作,一边装作对这种跳舞毫无兴趣的样子。

还没到青春期的时候,我们男孩中的大部分人就都有了自己固定的甜心(一次至少几个月)。在舞会上要跟她们多待一会儿也不难,特别是在舞会主办人和家长监督员比较通情达理的时候。我们也会等到她们不在眼前的时候交换舞伴卡或舞伴。在任何时候都会有一个特别的女孩成为我关注的焦点。当刚到镇上来的一个年龄大些而且有车的男孩把我的心上人埃洛伊丝接走之后，我又跟叫作安、贝蒂、洛西尔·乔和玛格丽特的女孩们约会过，我有时候还会在电影院的后排跟几个阿美利克斯的女孩看电影。这些女孩全都是"好女孩"，用现代的标准来看，我们的恋爱相对清白，会摸摸碰碰，但不会越雷池一步。我私下发誓决不对任何女孩说"我爱你"，除非是我打算与之结婚的女孩。直到和罗莎琳恋爱之后，我才打破了这个诺言。我们知道有几个女孩与所有的男孩交往，什么都做，只要请她们看电影或给她们买一个汉堡包，或者让别人知道他们发生了关系。

当我成为一名青少年的时候，我的农场工作变得更重要更繁重了，但在一年之中作物耕种的淡季和每逢雨天的时候，我还是有时间参与更大的冒险活动。我和我的朋友伦伯特·福里斯特买了一辆破皮卡车，除了座位以外，我们把底盘上的所有东西都拆了，在乡间小道上开着它聊天，到森林和沼泽区去钓鱼打猎。福里斯特先生从事锯木厂生意，在他的农场里有一个地下汽油罐。我们有时从他那里买上几加仑汽油，但我记得有一个星期六下午，他离开家时把油罐锁了，而我们却需要一些汽油。我们想出了一个聪明的办法。我们找到油罐的地下加油管，打开它，反复把一匝通到管子上的乱糟糟的白布鸟粪袋制成的狭长输油带放到地下，让输油带浸油，然后把汽油挤到一个桶里，一直挤到够我们一下午开车使用的为止。我不记得我们付过这笔油费。

我和伦伯特还做过一件最让人窘迫的事。我和他去我奶奶家的时候，我奶奶给了我们一些她刚做好的奶油蛋白软糖——我俩每个人两块，我们家的其他人每人两块。精致的白糖、鸡蛋白，美洲山核桃仁多得让我们忍不住想吃。我们经不住诱惑，相信我们的罪行不会被发现，除了给我的父母和两个妹妹每人留了一块以外，剩下的全被我们吃了。命该倒霉，奶奶在两三个星期后的一个周日下午有空来看我们。我觉得不会出事，直到她问道："莉莉，你们喜欢那糖吗？"妈妈回答说："哦，糖真好吃，味道的确不错，不过，一块太少了。"我还来不及悄悄溜出房间，避开这躲不过去的事，"可我给你们每个人至少送了两块啊。"

直到高中的最后两年，阿奇瑞的黑人孩子都是我最亲密的朋友，我和他们的关系比我和镇上任何一个白人同学都要亲密。在种族隔离时代，这让我难以对我的态度和行为做出辩解或说明。当我们到了大概14岁的时候，我和A. D. 的关系以及我和其他朋友的关系发生了转折。直到那时，我们之间从来没有任何区别，尽管我们之间的经济情况有很大不同。我住在"大房子"里，他们住在出租屋里；我有自行车，我的父母有汽车，我们每次做礼拜、每天上学都是隔离的。我注定要上大学，他们中很少有几个人能够完成中学的学业。我们一起在田地里、河岸上，或者我们家院子里或他们的院子里玩耍，没有等级和地位之分，而且我们从来没有考虑过肤色的差异。

大约在我 14 岁时，我开始发展与白人社区的密切关系。我努力争取进入篮球校队，与我的很多同学发展更坚实的关系，包括与女孩谈恋爱的兴趣也增加了。有一天，我和 A. D.、埃德蒙德从我们的粮仓快走到牧场的大门了。使我感到惊讶的是，他们打开大门，退到后面，让我先进去。我马上怀疑他们是在玩捉弄我的把戏，但是我通过大门时并没有被绊网绊倒，他们也没有关上大门。

这是一个很小的举止，但却极具象征意义。在这之后，他们经常对我敬而远之。我猜想他们的父母可能做了什么或说了什么才会导致我的黑人朋友对我的态度有所变化。在我们这一小帮人之中，经常为领导地位问题进行的明争暗斗算是尘埃落定了，但是我们彼此之间那种宝贵的关系、平等的感觉也烟消云散了，我和他们之间再也不像从前那样了。

现在看来很奇怪，我从来都没有与我的父母或者我的黑人朋友讨论过我们人生中的这个转变。我们在棒球场上，在钓鱼的时候，或者在田间劳动中仍然进行平等的竞争，偶尔我会利用新获得的地位像父亲一样发号施令。而且，如果发生了争执，我们更倾向于分道扬镳，因为我越来越受到我在普兰斯的白人朋友的影响。我想，我们所有人都会认为这是走向成熟的又一步，我们正在一个毫无疑问的种族隔离的社会适应我们的成人角色。

佐治亚州的卡特家族

当我从海军回到家,我和巴迪伯伯都想更多地了解我们的家史。与南方的其他大部分州相比,佐治亚州的历史档案保存得很完整。1864年,当威廉·特库姆塞·谢尔曼将军率领他的联军打进亚特兰大,要毁掉它的时候,我们的州务卿急忙把州的官方档案,装进一辆两匹马拉的封闭车厢里,雇了一个赶车人,让他拉着车一直往北走,直到找到一个远离军事行动的地方。十多年后,佐治亚州的州长收到马里兰州一个人的来信,说他最近买了一个农场,在粮仓的牲口棚底下发现了一马车文件,显然是和佐治亚州有关。就这样,档案回到了佐治亚州,完好无损。

我和巴迪伯伯从殖民地委员会1764年2月的会议记录中得知:"詹姆斯·卡特提交的一份申请书表明,他已经在本省居住了四年,他承认他没有土地,希望得到耕种的土地。他有妻子和几个孩子,因此,请求获得布里亚尔河附近350英亩的一个叫作麦金托什沼泽地带的地方。"三年后,詹姆斯又来了,"需要一个牛棚,请求购买位于印第安人的贸易之路下面大约 6 英里处洛基康福德河北边的 150 英亩土地"。詹姆斯肯定有 5 个孩子,因为获得新的土地要符合"公地继承权"①制度,每一个家庭的一家之主允许得到 100 英亩土地,每一个家庭的其他成员每人另外增加 50 英亩。新地主必须支付测量费和契约记录费。

这个特别的边疆地区在佐治亚州奥古斯塔市正西边。两三年后,一帮来自北卡罗来纳州奥兰治县的"贵格"②在此定居下来,并建立了一个名叫赖茨波罗的社区。一个名字叫托马斯·安斯利的苏格兰—爱尔兰后裔不是一个贵格,也和他们一起来此定居,获准得到詹姆斯·卡特宅基地附近的一块土地。来这里安家落户的人都比较年轻,家庭人口多,手头拮据,不熟悉奴隶制,习惯自力更生。

听说《独立宣言》③时,詹姆斯 36 岁,托马斯 39 岁。

---

①旧时佐治亚州、得克萨斯州等州因移民家庭开拓有功而授予其拥有土地的权利。
②美国费城人的别称,亦指基督教贵格会教徒。
③由托马斯·杰斐逊(1800 年担任美国第三任总统)起草,1776 年 7 月 4 日"大陆会议"通过的政治文献。它宣称人生而平等;天赋人权——生存、自由、谋求幸福等的权利不可侵犯;统治者的权力来自被统治者的同意;推翻旧政府,建立新政府是合法的行为,必要时需使用武力。《独立宣言》标志着独立战争进入一个新的阶段,代表北美洲 13 个英属殖民地宣告对英国的独立。从此,7 月 4 日这一天被定为美国的国庆日。

两个男人在佐治亚地区的生活既令人兴奋,又困难至极。他们俩跟他们的贵格邻居一样,不是和平主义者,因此加入了为独立而斗争的佐治亚民兵组织。英国军队占领他们的地区时,他们把自己的女人和孩子转移到现在的田纳西州东部隐藏起来,与佐治亚和卡罗来纳的英国兵战斗,直到战争结束。

托马斯的孙女安·安斯利与詹姆斯的侄孙威利·卡特于1821年结婚,生了11个孩子,全部成活了。威利固执己见,认为必须捍卫他作为公民的权利。法院的档案显示,1843年,他45岁,已是10个孩子的父亲时,与一个名叫厄斯里的人发生了激烈的争吵,威利控告厄斯里偷了他的东西。威利宣誓保证所控属实后拿到了逮捕证,并加入了警长奥古斯都·比尔的武装执法队。天黑以后,他们来到厄斯里的家,发现被告在屋子里拿着一支装满子弹的枪,大声威胁要杀死威利。冲突持续了8个小时,有一个目击者这样描述之后发生的事:"警长想要破门而入,但卡特不同意,他希望厄斯里能冷静下来,缴械投降。"大约6个月后,进行了一天的审讯,警长的证词描述了事情的经过:"厄斯里明显准备枪杀卡特。卡特坚持用友好的办法让厄斯里甘愿接受逮捕。厄斯里抬起他的枪,对卡特破口大骂。两个人互相咒骂,同时举枪射击。厄斯里被打死了。"

陪审团最后宣告威利·卡特无罪,但我始终觉得两家都没有忘记这件痛苦的事,也许两个家庭之间依然相互仇视。不管怎样,安生下她最后一个孩子两年之后死了,威利和他的第二任妻子寡妇莎拉·切斯纳特·威尔逊最后决定带着几个年幼的孩子搬到更远的西部。他们后来在著名的"杜拉的普兰斯"以北几英里处安了家。

威利是我的高祖父,他的新土地是抽奖得来的。这是一个很有意思的过程。当印第安人被持续赶向西部的时候,他们空出的土地一般在五年之后被测量,然后以 200 英亩为一个单位进行划分,每一块地的地籍都被写在小卡片上,这种小卡片大概就跟现在用于"垄断游戏"①中的那么大,和很多空白的卡片混在一起放进一个金属笼子里。众目睽睽之下,卡片被一个一个抽出来。每一个白人成年男子有权抽一次奖,已婚男子和带孩子的寡妇可以抽两次奖,剩余的抽奖机会给予参加过革命战争的老兵、有幸在某个公职部门任职的那些人和其他一些有功之臣。

从 1805 年开始,我的家庭成员在 10 个不同的县赢得了 23 块土地的所有权,他们为了把自己的土地连在一起,调换了其中一些,还退回给州上 5 块。我不明白为什么我的亲戚要放弃这些地,因为当时的价格是每一百英亩支付测量费和记录契约费 4 美元。大概是因为他们中的一些人不准备往西迁移,只选择守住过去的土地,而不是修建新的宅基地和平整田地。

---

① 一种棋盘游戏,有 2—6 人参加,按骰子所掷的点数走棋,以筹码币进行房地产交易,以赢得多数房地产为胜。

威利和他的第二任妻子莎拉有一个儿子，名字叫斯特林·加德纳，生于1851年，在他父亲于1864年死去的两三年后，他搬到了得克萨斯州的罗伯茨县。我们只是在最近几年才知道他的情况。他当过牛仔，做过警长和县法官，通过写信求婚，娶了一个叫玛丽·霍华德·切夫斯的佐治亚姑娘。她生了三个孩子后，于1898年死亡。后来，斯特林回到了佐治亚州，追求他妻子的妹妹卢瓦·尤金妮亚，并和她结了婚。卢瓦比斯特林早去世一年。他在1921年的遗嘱里说，把他埋到他两个妻子之间，但"朝卢瓦更近一点"。

南北战争开始的时候，威利的三个儿子利特百瑞·沃克（21岁）、威利·杰里（20岁）、杰西·塔里亚菲罗（15岁）自愿加入了萨姆特飞行炮兵部队，他们在杰布·斯图尔特将军手下服役。他们横扫了弗吉尼亚州、马里兰州和宾夕法尼亚州。三个人都活了下来，但是威利在汉诺威交叉口负了伤。根据团部档案和前线来信，他们在葛底斯堡用火炮掩护皮克特将军的冲锋。其中一个年轻的士兵来信说："我们只能吃个半饱。只有生牛肉和面粉，但盐很少。我们撤离萨凡纳的时候有125个人，现在能参加战斗的有36个人。你们可以猜一下我们怎么继续打仗。"他又说："我很好，但很不满意。"轻描淡写却震撼人心。

1865年4月9日，尤里西斯·S.格兰特接受了罗伯特·E.李的投降，亚伯拉罕·林肯于4月14日遇刺身亡。六个多星期后，卡特三兄弟投降了。八天后，他们与其他很多南军俘虏一起获得假释，步行回到他们佐治亚州的家。

他们的父亲在前一年死了，他的孩子们继承了几小块农田。幸运的是，他们知道怎样劳动，把他们大部分种过的地耕了一遍。在佐治亚州拥有农田并不总能带来富裕。地产的价值浮动很大，我的家族两百年来的公地继承权、抽奖、遗嘱和购地记录充分证明了这一点。1700年代购买一片200英亩的家庭土地只需要5个先令，一块500英亩土地的农场只要50英镑。在人口多的地区，革命以后通了路的地方，耕地的一般价格好像是每英亩大概2美元。两代人以后，在1854年，我的祖先的地契显示，653英亩同样的土地卖了1000美元，而买附近一块200英亩的土地却花了500美元。就在"大萧条"以前，我父亲以一英亩3美元的价格买了一些我们现在依然拥有的土地。

巴迪伯伯给我讲了一些关于我曾祖父的事情：

"战争结束以后，利特百瑞·沃克在现在的阿美利克斯东边的萨勒机场上生活、种地。林百[①]就是在这个机场单飞并购买了第一架飞机。我的祖父死于1883年。有些人后来说他是死于白喉[②]，但《萨姆特共和党人周刊》上

[①] 美国第一个单机飞越大西洋的飞行员。
[②] 由白喉杆菌引起的一种急性呼吸道传染病，以发热、气憋、声音嘶哑、犬吠样咳嗽，咽部、扁桃体及其周围的组织出现白色假膜为特征。严重者可并发心肌炎和神经麻痹，全身中毒症状明显。

的一则新闻报道说，他是因为收入问题与其生意合伙人D. P. 麦凯恩发生打斗时在一台'飞椅'（旋转木马）上被麦凯恩用刀捅死的。同一份报纸在接下来的一周报道说，他的妻子玛丽·安'由于他的死亡造成的巨大悲伤而死去'。麦凯恩跑到南美洲逃脱了逮捕，而且一直没有被抓住。

"那时，大部分家庭都有自己的墓地，这对夫妻埋在了卡特家的老地方。后来，来自蒙特祖玛的一个人买了一个农场，在墓地周围盖了一个两英亩大的猪圈，我的曾姑奶安妮和南妮听说这件事后，就把遗骨迁到了阿美利克斯墓地。遗骨装在昂贵的铜制棺材里，可以判断他们肯定非常富有。她们不想让别人知道斗殴的事，于是对每个人说：'千万不要打开那些棺材，因为白喉细菌也许还在那里。'"

我们知道利特百瑞·沃克的情况，但是好像没有人知道他的父亲威利生活过和埋葬的确切地方，只知道他在一个叫魁北克的移居地生活过。在巴迪伯伯的催促下，我花了几个周末的时间去了每个埋有卡特家族成员的墓地，在各个林区漫步，调查核实一些关于弃坟的传闻。

一个星期天下午，我在一个茂密的树林里发现了许多巨大的金钟柏木，这种树不在这个地区生长。走近这些大树的时候，我看到这个地方的地上和灌木丛几乎完全被齐膝深的茂密藤蔓所覆盖。我艰难地走过树林下的灌木丛，看见一个矗立的墓碑，但是发现墓碑上的名字是"哈特"

而不是"卡特",我感到很失望。然而,当我把很多叶子扒拉到一边,又将一些藤蔓分开时,我发现了两三块石板,离地面有两三英寸高。我跪下来把几个字上面的土刮掉,终于看到了"威利·卡特"的名字,另外还有一些字母和数字。

我既激动又兴奋,开始寻找更多的碑文。但是之后我身上的每一根神经都发麻,有一个声音让我毛骨悚然,这是我熟悉也一生恐惧的声音。是一条响尾蛇,明显离我身后很近。我转过头,看到它盘蜷着身体,离我跪着的石板大约两英尺远,它头上那细长的眼睛盯住我,尾巴正在抖动。我身体僵硬,慢慢站起来,小心翼翼地观察周围还有没有其他蛇。那条响尾蛇在原地没动。然后,它伸展开盘蜷的身体朝我爬来,消失在我旁边石板底下的一个洞里。

我几大步跳过藤蔓和灌木丛,钻进我的皮卡车回家去了。接下来的那个星期,在得到地主也是我的一个远房亲戚的允许后,我和我的弟弟比利开了一辆小拖拉机回到那个地方,认真把整个墓园的灌木和藤蔓清理掉。后来,我和巴迪伯伯又把碑文清理干净,用一个钢丝网围栏把墓地围起来,并竖起一个简单的标志,上面有在农场出生和生活过的威利家所有人的名字。我第一次知道哈特家是我们很近的亲戚。

我还从巴迪伯伯那儿了解到我的爷爷威廉·阿奇博尔德·卡特的事情——他被人称为比利。他生于1858年,是利特百瑞·沃克·卡特的二儿子。比利没有多少文化，但他在从事锯木厂的生意之前还是教过几天书的。他为一个叫汉德的富裕人家打工，那家人住在与佛罗里达交界的佐治亚州的佩勒姆。他娶了妮娜·普拉特为妻，然后搬到了佐治亚州南部叫作罗伊纳的十字路口居住区，那时他30岁。

比利年富力强、有抱负而且十分勤劳，在最富有挑战性的佐治亚边疆地区获得了成功。他有400英亩土地、一台轧棉机、三家锯木厂和一家路边商店。他的主要收入来源是砍伐原始松木，把它们锯成枕木，然后拉到5英里远的阿灵顿火车站。他还种植了一个10英亩的葡萄园，每年大约酿造300加仑葡萄酒。关于这个酒，巴迪伯伯说"三毛钱一夸脱，卖得非常好"。比利在他的土地上建了一所小学，劝他的一个堂妹当老师。但那些小流氓把她吓到了，她便回家不干了。除了他的大儿子奥尔顿——我的大伯巴迪——留在那儿帮助他，其他人都搬到了26英里之外的库斯伯特，这样孩子们才有学上。

巴迪伯伯告诉我："我的爸爸是个工作狂，而且坚韧不拔。我有一天看到他在锯木厂用一把木工用的刮刀做牛轭。他的手一滑，刮刀砍到了他的膝盖，血流得到处都是。他用自己的衬衣包住大腿，这样就不会因流血过多而死。他让锯木厂的一个工人套上一辆骡车，把他送到了两英里外的我们家，从妈妈那儿拿了针和毛线，然后坐在那儿自己把伤口缝上了，之后就又回去工作了。他就是那种人。

"还有一次,他叫了一个挖井工过来打一口户外井——那个年代还没有打井机。挖井工打到大约 30 英尺深,然后来告诉爸爸他确实打到水了。爸爸同意打一英尺付两毛五分钱。于是他走到那里,把井测量了一下,看看应该付给那个挖井工多少钱。你知道,有时候挖掘是要四面转动的,很难把桶吊上吊下。爸爸看了一下说:'吉姆,这井看上去打歪了,难道你不这样认为吗?'吉姆走到井前看了看,说:'是的,比利先生,这个井现在看来是歪了,可我离开这儿的时候它就是直的。'爸爸说:'呃,那现在怎么歪了呢?'吉姆说:'嗨,那我就不知道了,先生,也许是太阳把它照变形了。'"

我知道大伯亲眼看到了我爷爷的死亡,我让他告诉我事情究竟是怎么样的。

"一个叫威尔·塔里亚菲罗(他把"塔里亚菲罗"的音发成'托利弗')的人从我爸爸那儿租了一间房子,可是房子被烧掉了,于是他又租了一间房子开货栈。在他的房子里有一台秤、一个 J&P 牌子的针线台、一个罐头开瓶器和我爸爸让他使用的其他几件东西。塔里亚菲罗有一伙如同生铁一样粗糙的人,我知道去他那里的人情况都一样。他们每个星期日都要聚在一起喝酒,打扑克,一来就待很长时间不走。这帮人在我爸爸的房子里吵闹不休,真叫人受不了,于是他走过去告诉他们不能再闹了。他说得很清楚,但是他们对他不屑一顾。他又回来警告他们,如果他们再不停止吵闹，他就要向大陪审团告他们。最后，他果真举报了这件事，所有人都对他火冒三丈。然而，他们依然我行我素，有时候那里一次多达二三十个人。

"最后，爸爸让塔里亚菲罗搬走，他搬了。他把那台秤和其他东西留在了房子里，但那个针线台他拿走了。后来，塔里亚菲罗在他妹妹的地上盖了一间小商店，离我们家不远。当我们准备在九月份轧棉花的时候，我们需要那个用于工作台的针线台，爸爸让我去塔里亚菲罗的商店拿针线台，所以我就去了那儿，说：'威尔，我爸爸让我来拿他的针线台。'他说：'针线台不再是他的了。我从他那儿买了他的针线台，给他付过钱了。'不过他说可以把针线台借给我。那是在早上。那天我把它安在轧花机上，就开始用它工作了。但那天晚上我把威尔说的话告诉了爸爸，他说：'威尔没付给我针线台的钱，我到那儿去，看他怎么说。'

"他的商店离我们的商店不远，大概100码的距离。爸爸说完就朝通往威尔家的那条路走去。我走下前门廊，一路跟着他。我离得很近，能听见他们说的每一句话。我爸爸把一只手放到门框上，说：'威尔，奥尔顿说你说你买了那个针线台，我怎么不记得有这回事。'威尔说：'你真他妈是个说谎大王。我买了它，我给你付过针线台的钱了。'他说那句话的时候，他俩撞到了一块儿。那儿放了一桶瓶子，我爸爸跌倒在桶上，瓶子在他们周围碎了一地。

一会儿，他们就在那儿打了起来。他们开始打的时候，我往前走了几步，他们便分开不打了，我爸爸开始往回走。这时，那个家伙从口袋里掏出一把手枪，连开了三枪。

"一颗子弹击中了爸爸的后脑勺。我们和医生取得了联系，把爸爸抬到火车上（那时我们没有汽车），把他送到库斯伯特，妈妈住在那儿。昏迷了一天左右之后，他死在了那里。这就是我们把他埋在库斯伯特的原因。"

我问巴迪伯伯他们是怎么处理塔里亚菲罗的，他回答说："哦，他们逮捕了他，但是最后他逃脱了惩罚。唉，千不该万不该，我爸爸不该去他的商店，爸爸身上带了一把两毛五分钱的巴洛牌折叠刀，这把刀他连打都没有打开过。人人都知道他曾在爸爸的房子里聚众闹事，爸爸不过是想安安静静地过日子。塔里亚菲罗在县城有很多亲戚，而且他的几个酒友一直都是陪审团成员。他们进行了三次审判，两次因陪审团无法做出裁决而失效，第三次他们放弃了，大概是因为那时卡特家全都搬走了，而塔里亚菲罗家还在那儿住着。"

我知道我们有几个名叫塔里亚菲罗的亲戚，但巴迪伯伯认为谋杀我爷爷的人与他们没有关系。

巴迪伯伯和他的叔叔用了大约一年时间把土地、轧花机和几家锯木厂卖掉后，全家搬到了普兰斯，向他们的亲戚靠拢。他们在卫理公会教堂隔壁买了一幢房子，用余下的钱在韦伯斯特县附近购买了800英亩农田。

我们家这次搬迁到普兰斯的时候，奥尔顿16岁，我父亲10岁。镇子8岁，大约有300口人。五年后，奥尔顿与罗斯·迪安——那个丧事承办人，联合成立了普兰斯商品公司。到了1934年，两个商业中心成为竞争对手，当奥立佛-麦克唐纳公司失去它举足轻重的地位时，普兰斯商品公司接收了两栋临街的砖混房子，在西边一幢房子里搞丧葬业务。奥尔顿大概一个月去亚特兰大一次，一年去纽约两次，购买干货和家具。他自豪地告诉我，有一次他和当地的其他商人合作，在北卡罗来纳州的海因波特市购买了15车家具。

1920年，普兰斯银行破产了，我的大伯巴迪在镇上开办了银行务业，直到1965年，佐治亚州的州议会取缔了私人银行。他不借贷，只为镇上开办存款和支票业务，在收获季节，每天经常办理40000到50000美元的业务。他说他从来没有在银行业务上赚一毛钱，但却给他的商店带来了大量顾客，给他提供了销售机会。我认为这也给他提供了一个与社区保持联系的机会，因为储户到柜台后都喜欢高谈阔论。1918年，巴迪伯伯被选入镇委员会，1920年到1954年当选为市长，除去他当县议员的六年时间。他把公家的钱看得和他自己的钱一样紧。当市长那么多年，他的月工资只从1.5美元涨到2美元。

我从来没有很多机会与我的父亲探讨我们的家族历

史——我刚对我的亲戚们真正产生兴趣时,他已经去世了。我对我远祖的了解比对我现在的亲戚了解得还要多。我爸爸的亲属从来没有搞过家庭团聚会,甚至平常也不来往。虽然他有一大堆住在离我们不到10英里的嫡亲堂兄妹和远房堂兄妹,我不记得去看望过他们,也不记得他们来看望过我们。据我所知,倒也从未有过什么仇恨,只是互相不感兴趣而已。

令人遗憾的是(我认为),我们的情况与我母亲的戈迪家族有点不同。他们是从苏格兰移民到马里兰州和特拉华州,然后又迁移到南北卡来罗纳州的,其结果是,印第安人在1840年之前离开的时候,我的高外祖父威尔逊·戈迪就已经开始在哥伦布附近生活了。他把所有东西都装在一辆中间有一个大木桶的马车里,由一匹驮马拉着,走在印第安人的羊肠小道上。公认的事实是,妈妈的直系亲属长期不能和睦相处,没有一次可以相安无事地吃一次晚饭。并且她的父母和兄弟姐妹对有争议的话题兴趣很浓,有的话题会引起激烈的争吵。在里奇兰做完礼拜后去吃星期日晚餐的路上,爸爸和妈妈就在试图猜测今天激烈争论的主题是什么。每一次冲突之后,都要花很长时间来使受伤的感情愈和。

我想了解关于我妈妈家庭的事情,她也很愿意回答我的问题。

"嗯,首先,让我来告诉你关于我妈妈的事情。她似乎是个真正沉默寡言的人，但她从不接受我爸爸的摆布。例如，爸爸年轻的时候出类拔萃，他在遇见我母亲之前，在库西塔和另一个女人订了婚，婚礼也计划好了。我从来不知道这是不是一个强迫的婚礼，但是那个时刻来临时他坐火车离开了，而不是去了教堂。他逃婚大约三个月后又回来了，开始追求妈妈。他们订婚时，他 25 岁，她只有 17 岁，但妈妈脾气真的很火爆。她告诉爸爸，直到她知道他站在她旁边并且都准备好了，她才会去参加仪式。她坐在牧师住所的椅子上，床上放着婚礼礼服，直到爸爸赶到教堂，牧师走过来证实他已到场。直到这个时候，她才站起来穿上她的结婚礼服，和他一起参加典礼。

"爸爸的第一份工作是在布鲁克林（佐治亚州），那不过是一个岔路口，仅有十几户人家。婚后他们立即搬到那里。妈妈总是给我们讲她做第一顿饭的故事。爸爸带回家一些牡蛎，她说，她越煮牡蛎就越硬。

"妈妈把家里和我们所有孩子都照顾得很好，爸爸没帮多少忙。她生了苏西、安妮·李和艾伯特，一个接着一个。然后，克罗克特舅舅不是被枪杀就是自杀了，妈妈收养了他的儿子撒德和雷克斯，他们是我的嫡亲表哥。他们都是天主教教徒，他们跪着祈祷或者背诵《教理问答》的时候，我们常常取笑他们。因此妈妈一下就有了五个孩子，没有一个年龄大到不用哄就可以自己上床睡觉的程度。她三年没有要孩子，之后有了我，接下来是莱姆、杰克、汤姆、伊丽莎白和茜茜——我们所有孩子都相差两三岁。"

当我还是个小孩的时候，我就拜访了我的外婆玛丽·艾达·尼科尔森·戈迪，她沉着冷静，惯于久坐而不活动，而且似乎对她的生活方式非常满意。她能在家里和菜园里待一整天。她把全部精力都用在为一大家子人准备早餐上。早餐结束后，她送孩子们上学，清理厨房，整理床铺。然后，她戴上系带式遮阳帽在大菜园里干活，把满满一柳条筐时令蔬菜带回家。

玛丽·艾达·尼科尔森·戈迪，1915 年

她总是做一大堆午饭，配上几种派、蛋糕和水果泡芙作为甜点。洗完餐具后，她还要打扫家里的其他地方，洗熨全家人的衣服，照顾放学回家的孩子们，保证他们做好自己的事，完成家庭作业。然后她就得准备晚饭了，晚饭经常是剩饭加新做的饭菜。天黑以前，我们所有人上床睡觉。第二天早晨，她四点半起床，把炉子生上火，同时，冬天的时候如果外公在家，他会把壁炉里的火生上。

每个星期天大家都要到主日学校上课和做礼拜，所以，外婆得把很多人的晚饭提前准备好，这样礼拜结束后只需做饼干和炸鸡就行了。一周的一天下午，她要参加社区其他妇女聚在一起缝被子的"大家缝聚会"，她们所有人一边缝被子一边讨论家务和社区里的事情。我现在能够理解，她的生活是完美的，和那个时代的大多数南方妇女没有多大区别。她为能为她的家人服务深感自豪，也不胜感激，而她的家人也多多少少认为她所做的一切是理所应当的。

我的外公吉姆·杰克·戈迪喜欢游历四方和浮夸奢华，就像我外婆恋家、喜欢安静一样。他于1863年生于佐治亚州的哥伦布市附近，和他的新娘一起把家搬到了布鲁克林，在那里修建了一座一间教室的校舍，教了几年书，后来搬到10英里外更大的里奇兰镇。他以佐治亚革命战争中的一个英雄詹姆斯·杰克逊的名字命名，杰克逊接受了萨凡纳最后一个英国人的投降，后来当了几届州长和美国

佐治亚州的卡特家族 273

我的外公吉姆·杰克·戈迪，1915年

参议员。

在很多方面，吉姆·杰克都是个很受其他男人欢迎的人。他很高，苗条，英俊，总是打扮入时、衣冠楚楚。即使在每个工作日，他也宁可戴上蝶形领结，从来不用预先打好的领结。吉姆·杰克对政治有着强烈的兴趣，他在离他家最近的两个县以学识渊博、满腹经纶闻名。我们家人总是为外公能准确预测当地选举结果的能力感到骄傲。他总是在选举前夜写出预测的选举结果，装进一个封口的信封，送给县上的文书保存。待选举结果公布后，一打开，预测的总是准确无误。

外公对全国的选情也是了如指掌。在美国政府的公务员制度确立之前那些年，他总是能凭着自己敏锐的政治嗅觉准确判断总统选举的结果和党派胜负的变化，并保证自己能被任命为里奇兰镇邮电局的局长。在哈丁当总统后，他准备去亚特兰大之外唯一的共和党人大本营雷恩镇安排自己的工作，那里的政府工作不是按党派分发就是以现金出售了。虽然他们卖掉了邮政局局长的职位，但吉姆·杰克能够成为我们地区的税务代表。我听爸爸说，这是最适合外公和他的儿子的职务，因为他们跟本地区大部分非法酿酒的商人打过交道。外公在很多场合喝"交际"酒，但我从来不知道他有酒后失态、洋相百出的情况。但是他的两个儿子都有酗酒滋事的严重问题。

吉姆·杰克当过老师，因此在当税收代表的时候，他对自己的费用支出做了完整的记录。我有他1922年10月和11月的工作备忘录，这些记录十分有趣，可以从中看到他是怎么出行，如何收集信息，怎么发现和捣毁制酒的蒸馏器，如何倒掉麦芽浆和威士忌，怎么逮捕非法酿酒商，后来又是怎么在法庭上协助起诉他们的。在这两个月，他捣毁了36家非法酿酒厂。

只要有可能他就会坐火车旅行，到了一个地方他最大的开销是雇车夫去他要去调查的地方，一英里的成本大约为一毛五分钱，包括司机的费用——他通常把司机任命为他的副手。他的饭大部分是在乡下商店里吃的,平均每顿饭的价钱大约为八毛五分钱,在其他地区各个镇上的旅馆住宿一晚绝不超过一美元。他跑得最远的地方是近 200 英里之外的萨凡纳,他到那里去是和他的上司迪斯缪克先生一起在联邦法院起诉几个案子。来回的火车票钱是 6.78 美元。

在政见立场上,唯一一个让吉姆·杰克忠心耿耿的人是汤姆·沃森。他在那个时代是一个闻名全国的民粹主义者,作为民主党人,他代表北佐治亚州做国会议员。但他在提出黑人工人和白人工人及小农场主享受同等经济待遇的时候,遭到了民主党的唾弃。由于民主党作弊,他选举受挫,加入了民粹党,于 1896 年获得威廉·詹宁斯·布赖恩的民粹党副总统候选人提名。后来,他两次成为民粹党的总统候选人,并为令他怒不可遏的寡头政治集团成员的肆意活动导致他一再失败感到痛苦。在他完全放弃自己的政治信仰并以种族歧视制度的捍卫者的身份参选后,他成了联邦参议员。

我外公认为他本人最大的成就是向汤姆·沃森推荐了农村邮递的建议。汤姆·沃森使这一建议逐渐变成了法律。我仅有的从外公那里继承的纪念物是外公和汤姆·沃森关于农村邮递的来往信件和一本名为《托马斯·杰斐逊的生活时代》的历史书。

沃森在他送给报业大亨威廉·鲁道夫·赫斯特的书上写了一段热情洋溢的话，他写道：赫斯特"对弱小无助和受到压迫的人民在事业的关注，诚挚、无畏和一如既往，就像杰斐逊先生一百年前的所作所为一样"。

戈迪外公是一个精力充沛的人，当他和自己的家人或者那些无聊的朋友在一起的时候，他总是显得心不在焉；但当他遇到热情的听众或者对正在讨论的题目特别感兴趣的时候，他便谈笑风生。他有九个孩子，还收养了他兄弟的两个孤儿，但是他对孩子似乎从来都漠不关心。唯一例外的是我母亲，他请她在邮局当他的助手，一直干到她为了参加护士培训搬到普兰斯为止。

每年有两三次我母亲会得到"爸爸又走了"的口信。外公常常把面粉、玉米粉、白糖、咖啡、肋肉、一些饮料和大量书籍装进一个小手提箱，然后告诉他的妻子："艾达，我要到农场去住一阵子。"她已经知道反对是无效的，所以她总是和他话别，希望在两三周内能再见到他。他们在韦伯斯特县金查佛尼河附近有一小块偏远的地，那儿有一个供佃农住的棚屋。那里树木茂密，无法耕种，外公认为这是一个比家庭生活的喧嚣要好的避难所。等到厌倦了寂寞，或者感到公务不能再耽误，他就会回家，既不解释自己的外出，也不道歉，好像他刚刚去了一趟商店。

我母亲对她和外公的关系感到自豪。"毫无疑问，我是爸爸的心肝宝贝。家里的每个人都知道这一点。我猜想的一个原因是,我总是不把他说的话当成绝对真理,对他的一些观点总爱抬杠。现在回过头来看,我总是注意不要把事情搞得太过分,如果他看起来好像要发火了,我就做出让步。但是,在许多情况下,特别是我和他单独在邮局的时候,他喜欢我充分发表意见,所以我们争论得很多。

"在家里我读书比其他任何人都多——当然,除了他,而且我尽量了解一些他感兴趣的事情。有时候,他给我一本他刚看过的书,而我们两个人都盼望对该书的主题进行激烈的辩论。我喜欢在邮局工作,因为我们俩都可以在工作中看书。此外,我们知道的里奇兰周围正在发生的事情可能比别人多。爸爸有自己搜集消息的渠道,但总是提醒我不要把我们听到的小道消息传播出去,以免伤害别人。我爱爸爸和妈妈,但我不得不承认,我渴望离家出走。到普兰斯参加护士培训后我很少回家。"

我记得我 1946 年从美国海军学院毕业以后,借了爸爸的汽车,从普兰斯开了 18 英里到里奇兰。我在外祖父母家稍作停留,一边享受甜牛奶和蓝莓派,一边给外婆讲我的新职业。然后,她告诉我吉姆·杰克在里奇兰镇上,"大概在杂货店里"。我走到那儿去,果真发现外公和几个游手好闲的人聚在一张玻璃面的桌子周围喝着软饮料,正在热烈地讨论着镇上的什么事。我在他身后站了几分钟,直到有一个人注意到我的军服,向外公指了指我的出现。他转过身——我敢说他认不出我了——我脱口而出:"外公，我是吉米，莉莲的儿子。"他握了一下我的手，说："小子，再次见到你我真的很高兴。"说完，他又转过身，继续他先前的谈话。我站了一会儿，回了家，动身回到我的第一艘军舰。那是我最后一次见到他。

吉姆·杰克过了退休年龄很长时间后，在年近80岁的时候在州府找了一个看门的差事，这离佐治亚州的政治生活更近了。他死于1948年，我成为一名潜水艇海员那一年，我没能回家奔丧。

戈迪家晚辈的性格与他们父母的迥异性格相似。姑娘们都嫁得很好，家庭稳定，安居乐业，从某个方面来看，都像她们的母亲。男孩子们则更像外公。

我的舅舅沃尔特·莱缪尔·戈迪从一个工作转到另一个工作，他爸爸是财政部缉私酒官员的时候他跟着一起，但更多的时候是在推销商品。莱姆长得英俊潇洒，口才不错，穿戴整齐，与他固定的推销路线的客户关系很好。他好像总是喜欢卖一些对于农村家庭而言有短暂吸引力的新鲜玩意。我记得有一个是精巧的铝制小玩意，形状像一个甜甜圈，有一根电线，插进插座就可以烧热一盆水。农村电气刚开始给农家送电的时候，谁家都没有热水器，不用生炉子或者壁炉就能烧热一壶水，这也不失为是一个好办法。然而，不知是因为绝缘还是基本设计问题，莱姆很快在路上碰到一些怒不可遏的顾客，他们说当他们光着身子站在湿湿的洗手间等着水加热的时候被电流击倒在地。幸

戈迪全家福，1930年，中间是我母亲，她身后是汤姆，最后是莱姆

运的是没有人被电死，但是他必须给人家更换产品。他的另一个商品是比普通的商品贵三四倍的灯泡，但保证能用十年。迫不及待的买主争相购买，但是莱姆可能不知道那些精美的包装里不过都是普通灯泡。不过，即使他两次更换烧坏的灯泡，公司仍然赚取了可观的利润，但是因为诚信问题，他的客户都离他而去了。他的收入波动很大，生意不好的时候他总是喝得酩酊大醉。不过，他的妻子洛兰

倒是在哥伦布的一个大百货公司有一份稳定的工作，夫妻俩日子过得还不错。

詹姆斯·杰克逊·杰里比莱姆小三岁，变成了一个不可救药的酒鬼。杰克舅舅适量饮酒不醉的时候是一个优秀的房屋油漆工人，可是他一旦领到工资，房主和戈迪全家都知道钱都会用来买啤酒和威士忌。他倒是个喝酒不伤害人的主儿，需要吃饭和睡觉的时候他就回家了。后来在他的父母去世以后，我从海军回到家里，我们地区的警长在杰克因为酗酒被抓进监狱过夜后知道给我电话。我们最后经他同意，将他送进安克雷奇，那是奥尔巴尼的一家戒酒治疗中心。他在那个地方进进出出，度过了他生命中的最后几年。我从监狱里把他接出来，又把他送到那里；他头脑清醒了，接受了心理治疗和生活指导，没费劲就找到一个油漆工作。不可避免地，他还会酗酒，我们就会重复一遍这个过程。

戈迪家的亮点是我的姨妈埃米莉，大家都叫她茜茜。她比我大12岁，是我们家欢迎的常客。我和我的父母都十分关注她的学业和当老师的事。我们家遇到最大的社交活动是茜茜的婚礼聚会。我们在前院的树荫下摆了几张桌子，从本地的殡仪馆借了很多折叠椅子。和爸爸商量后，妈妈决定以鸡肉沙拉为主菜，这个菜可以用我们家院子里大群的母鸡和适合油炸的崽鸡提前准备。客人也可以选择三明治或者更丰盛的晚餐。我母亲叫来几个当地女人帮助

埃米莉·戈迪·多尔文

她准备 100 多人的食物,客人中的许多人是风尘仆仆从亚特兰大新郎官的家乡赶来的。

聚会开头很好。大家都很高兴,我帮着往前院的餐桌上补充食物。有一趟我跑进厨房,注意到有一只鸡直挺挺地躺在后台阶附近的地上,抽搐地蹬着腿。当我看它的时候,它死了。我去找爸爸,我们发现后院周围的其他鸡也都奄奄一息。我们意识到,吃了鸡肉沙拉的人看到他们在吃的食物的"亲戚"死在他们脚下,一定会比我们更紧张。

爸爸说："儿子，你和 A. D. 去把前院的鸡赶出来，我用一些玉米把它们留在后院。"在我们家所有人的帮助下，我们对茜茜的朋友隐瞒了死鸡的事，直到妈妈把他们一一提前送走。

之后，我们开始担心客人们几个小时后会不会生病。由于缺乏冷冻设备，所有的农村家庭都对食物中毒习以为常了，我们开始做最坏的打算。在我们把所有的死鸡都扔掉后，我们发现一个开口的苏打硝酸盐口袋——苏打硝酸盐是给附近的棉花上肥用的，在它旁边有一些觅食的鸡。爸爸把兽医杰克·斯莱皮姑父叫来，他确认了鸡都是中毒而死。还好我们的鸡肉沙拉没有危害到婚礼的客人。

日本人轰炸珍珠港的时候，我的舅舅汤姆·戈迪和其他大约 30 名水手正驻扎在关岛，那里有为太平洋舰队服务的无线电通讯系统。由于我们的军事力量已无还手之力，这个岛必然会被占领，士兵们被命令不要抵抗。他们没有受过战斗训练，特别是在热带雨林作战的训练，如果日本人要打，许多关岛人肯定要受苦。战争开始后大约一个月，汤姆和其他人被俘了，并作为战俘被带到日本。汤姆的妻子多萝西和他们的三个孩子离开旧金山来到佐治亚，与我的外祖父母住在一起——他们那时在阿奇瑞，住得离我们很近。多萝西是一个文静漂亮的女人，但是这种在南佐治亚农场的生活与她和孩子们在旧金山过惯了的生活大相径庭，她的都市生活习惯被汤姆的亲戚们认为很怪异。

1943年夏天，国际红十字会正式通知多萝西，汤姆死了，于是她开始领取遗孀抚恤金。所有人都很难过。她和孩子们只好搬回旧金山，和她的父母一起生活。大约一年后，她嫁给了有固定工作、承诺照顾她和孩子们的一个朋友。

两年后，战争结束，美国军队进入日本，他们发现汤姆·戈迪还活着！他在从矿山把煤运到主要交通线上的一个小而偏僻的铁路上做了四年消防员。四年来，挨打，大多数情况下是挨饿，使他的体重还不到100磅，并且患了严重的静脉炎。于是，他被转回佐治亚的军事医院接受治疗，并立即被提升为海军上尉高级军官，补发了所有欠薪。

当时我还处于在海军服役阶段。汤姆写信告诉我他的情况，说他仍然爱他的妻子和孩子们，想和他们在一起。多萝西很快决定宣布她的第二次婚姻无效，但是汤姆非常脆弱，无法抗拒他母亲和几个姐妹的劝言，她们使他相信多萝西背叛了他，而且在他是战俘期间与人通奸。他离了婚，被调到佛罗里达州，在那里负责杰克逊维尔附近一个很大的海军基地的安保工作。

汤姆很快幸福地娶了另一个女人，他晋升到海军少校，退役后购买并经营了一个生意红火的酒吧。他经常到普兰斯来看望我们，而且为我当选州长感到骄傲。他经常提醒我，他的海军军衔比我的高两级。他死于1975年，没能活着看到我成为总司令。

这就是我的亲戚们,我认为我继承了他们所有人的某些特点。我在阿奇瑞的特殊生活背景使我拥有一个相对受到保护和锻炼的童年,为我的未来做了准备。

海军与普兰斯

我快中学毕业的时候，海军学院几乎成了我们全家唯一个关注的焦点。如果我的学习有一点懈怠，我父母中有一个人准会说："你这样是绝对上不了安纳波利斯海军学院的！"实际上，获准进入海军学院只有一个途径：要么获得我们当地其中一名美国参议员的推荐，要么获得我们当地一名国会议员的推荐。由于参议员们必须与全州分享五个海军学校学员的名额，我们必须集中精力在国会议员史蒂文·佩斯身上下功夫了。

爸爸处心积虑地在我们整个地区扩大自己的朋友圈子，决心动用他的政治影响力，从我们国会议员那里得到我去安纳波利斯海军学院的推荐。每一次选举，他都鼎力支持史蒂夫·佩斯先生，而且力所能及地向他提供竞选资金。至少在我上高中期间，一年一次，爸爸带着我和我的成绩单在国会休会期间到佩斯的家里，把我略为吹嘘一番，反复讲让他推荐我去海军学院的事。这个国会议员已经干了好几届，知道如何应对这样的要求，从不轻易答应什么。直到我高中毕业，他也没有推荐。我们全家人大失所望，但国会议员佩斯建议我先在阿美利克斯注册初级学院，再等一年，到时也许有可能推荐。

1941年9月，我离开家去了在阿美利克斯的佐治亚西南大学。在那里我全力以赴学习我想被推荐去的安纳波利斯海军学院入学指南里推荐给想考海军学院的学生们应该学的课程。但是一年后，我们又一次失望了，而这一次我们去拜访佩斯先生时就有点火药味了。爸爸铁了心要得到一个明确的回答，我记得我们和议员的会面明显已经结束后，我们依然站在前门廊不走。最后，我听到国会议员说："明年我会推荐吉米，如果他能在大学取得好成绩，他就不必参加入学考试了。"我有所怀疑，但爸爸相信史蒂夫先生坚定的承诺，我们在回家的路上商定，我在佐治亚理工学院上学要比在本地的初级学院上学更加有益。

作为海军预备役军官训练军团的成员，我在亚特兰大学了一年工程技术后，拿到了安纳波利斯的委任状，在美国海军服役了七年时间。因此，我离开家12年后才回到了普兰斯，我几乎有12年没有在普兰斯生活，而且除了偶尔的信件和电话以外，我与家里的其他成员和我童年时期的朋友都失去了联系。

我不在的时候，A. D. 戴维斯结婚了，他最终有12个孩子，因伪造罪在监狱服刑四年，然后在普兰斯平静地

大学新生，1941 年

过完了他的后半生。他的大儿子 A. D. 杰里现在是一家之主，和他父亲长得一模一样。

伦伯特·福里斯特在纽约成为一名成功的殡仪馆馆长，退休后去了佛罗里达。

我还在海军学院的时候，杰克·克拉克就死了，他的妻子瑞切尔搬进了普兰斯，住在政府安居工程的新房子里。在我曾经认识的人之中，她对我早期生活影响很大。

奥尔顿·卡特，我的巴迪伯伯在第一个妻子去世后娶了退休教师贝蒂·詹宁斯,夫妻二人继续秉持过去的传统,和我的父母一起旅行,去看联棒比赛。我父亲死了以后,巴迪大伯成了我的代理父亲,并在我刚开始经商和从政的时候提供了帮助,他一直活到了1978年,得以到白宫看望我。

我离开家以后,经常想念我的父亲。我早期和我爸爸在一起的岁月究竟对我的影响有多大,我很难用语言来表达,甚至对我的妻子罗莎琳也是如此。我对他的感情非常复杂:有爱,有钦佩,有自豪,也有对他为何对我冷漠的困惑。在我竭尽全力完成他的轻描淡写但却不容拒绝的建议之后,我从不记得他说过"干得好,儿子",或者感谢一下我。他每一次体罚我,我都记忆犹新,永世难忘。我常常渴望看到他一个万分难得的情感流露。而且,尽管我在海军里干得风生水起,他也很自豪,但我的心中始终有一个永远消除不掉的疑团:他为什么从来不鼓励我和他一直生活在普兰斯,甚至是在他有了另外一个儿子之前的13年里也是这样。有时候,我想起当他只有我这一个孩子的时候带着我跟大人一起打猎或钓鱼,但我还记得,真正教我钓鱼和用狗狩猎的是瑞切尔和杰克·克拉克。

岁月如梭,当我开始了海军生涯而且有了自己的家之后,我对普兰斯和我父母亲的记忆自然就变得比较模糊了。尽管如此,我认为我对我父亲还是了如指掌的,但是直到我父亲弥留之际，海军给了我一周假期探望他时，我才真正懂得一个男人可以多么不同、多么有趣、多么有价值。我们都知道爸爸癌症晚期而不久于人世，我把我宝贵的几天探亲假大部分都用来陪伴在他的病床旁边。

他的成就和广泛的兴趣爱好使我感到惊讶。几乎在社区生活的各个方面，他都是受人尊敬、当之无愧的领袖，包括教育、卫生、农业、社会事务等。而且他刚刚被选为州议会的议员。

我们的长谈老是被络绎不绝的探望者打断，无论是黑人还是白人，他们或带着一个小礼物，或者是一个特殊的美味食品，询问他的情况。很多人说到我父亲对他们的影响，他对社区的服务和他暗中的慷慨怎样改变了他们的生活。

我当时在一个年轻军官的巅峰时期，从来没有认真想过除了海军生涯以外的任何事情，完全相信我能够得到海军的最高军衔。但是，虽然我不愿意，我还是把我人生的最大价值与他的人生的最大价值进行比较。在开车返回纽约的斯克内克塔迪途中（我在那里参与建造头两艘核潜艇的工作），我逃避不了一个令人惊讶和心烦意乱的问题：我是否要放弃紧张生活，在这个只有弹丸之大的农村社区步父亲的后尘。几天以后，当我告诉罗莎琳我决定就那样干的时候，她感到震惊，火冒三丈。

1953 年我从海军退役回到家里，威利斯·赖特仍然在他自己农场上过着舒适的生活，但他意识到他的身体已经不行了。他告诉我，一旦他有任何不测，他年轻的第二任妻子会卖掉农场，他要我用第一优先取舍权将农场赎回。这个托付几乎整整 40 年后才得以实现。现在，在韦伯斯特县，威利斯·赖特家的房子是我们整个农场里是唯一一个仍然存在的房子，由于良田都由大型机器设备来耕种，我把不太肥沃的土地都种上了松树。

在社区里，威利斯的黑人邻居们都依靠他的领导，他们都知道我们地区的白人也都尊重他。在人权运动的最初阶段，有几个人在威利斯的教堂开了一个会，那个教堂就在我们农场北边，会议决定他应该成为韦伯斯特县第一个尝试登记投票的人。他从卡特仓库购买他所需要的种子、化肥和农药，我们在收获季节期间购买他的花生和其他经济作物，所以他来把这件事告诉我是最自然不过的。

威利斯跟我说话时还是像对待一个成年白人那样遵守过去的礼节："吉米先生，有一个对我和韦伯斯特县里的其他人都很重要的事情，我需要听听你的建议。我们在自己的教堂开了个会，有一个来自司法部的人也在场。他告诉我们，现在法律有保证，黑人可以投票，佐治亚的其他几个县有一些人已经登记过了。"

我向他保证做了选民，这事是准确无误的。

"哦，人家选我先去登记，所以今天一早我去了法院办事处，发现还没开门。我一直等到将近午饭时间，工作人员终于把办公室的门打开了，我跟了进去。他问我有何贵干，我说我要登记投票。他要我等一会儿，便去了大厅，他回来时拿了一些文件，说我必须回答几个关于公民的问题。"

我打断他说："我对那些问题很熟悉，但我本人也回答不了那些问题。那些问题有 30 个，它们只是用来阻止黑人投票的。它们要求给重罪下法律定义，要求引述美国宪法的部分章节，要求解释什么时候适用人身保护令，并要求说出最高法院所有法官的名字。"

"是的，先生，"威利斯附和说道，"我们在教堂讨论过这些事，华盛顿来的人说，投票不再需要回答这些问题了。我把这个事儿告诉了那个工作人员，然后他就从抽屉里拿出一把手枪放在了柜台上。他很紧张，说：'黑鬼，你最好把这件事好好考虑几天，然后再把你的决定告诉我。'"

我问道："威利斯，那你怎么办呢？"

他笑了一下，说："这就是我来找你的原因。我们知道你的生意受到了抵制，你做不成生意了，你也许对这个问题习惯了。"（这几年有过两次，由于我"自由主义者"的种族观点，萨姆特县的种族主义集团组织起来拒不购买卡特仓库的东西。）

于是，我自告奋勇和他一起去了办事处，可他却说：

"不，先生。你和我一起到那儿去毫无意义。"

我建议威利斯对工作人员说，他和我商量过这件事情，是我让他回来登记的。他照我说的话做了，第二次见到他，他说他没有遇到一点问题。

佐治亚州的事正在发生变化，尽管这些变化很慢。

我一直想搞清楚我的遗传特征和成长过程是如何对我的性格和生活态度造成影响的。虽然看起来有些联系，但我的兄弟姐妹之间的差异说明这些亲属关系的联系是多么的牵强。

虽然葛洛莉亚只比我小两岁，鲁思在有她三年之后就出生了，但是她们在年龄上和性格上的差异是造成她们与我有很大不同的一个重要原因。我的父母经常提及我在三岁的时候差一点死于结肠炎，他们推测这个灾难会妨碍我的成长。总之，我上初中和高中的时候，个子都非常小，而葛洛莉亚在她幼年时期个子就长得很快。很短的时期，她的体力便和我不相上下了，生存手段也远在我之上，在我们童年时期的明争暗斗中不断胜出。她总是不屈不挠，敢作敢为，所以她和我之间充满了激烈的竞争，直到我们俩人年龄足够大的时候，便开始互不理睬，葛洛莉亚和我父亲还经常发生冲突，由于她在家规上坚持她宁折不弯的标准，爸爸惩罚她的时候，她毫不退缩，要么周末将她关进她的房间不准她出来，要么用细软的树木枝条在她的腿上狠狠抽几下。作为一个青少年,她甚至强行按她自己的时间表出去约会后回到家里,妈妈花了大量时间包庇葛洛莉亚,在爸爸跟前充当她的被告辩护人。

我在海军的时候,她开始和一个在阿美利克斯一家小卖部卖冷饮的售货员谈恋爱,后者刚刚完成在飞行团的训练。我父母强烈反对他们结婚,也许正是由于这个原因,他们结婚了,之后就搬到一个军事基地去住了。孩子出生不久后,她带着被她丈夫打得脸上还有身上的严重伤痕回到家里。在爸爸的帮助下,葛洛莉亚解除了婚姻。

后来,她嫁给了一个好男人沃尔特·盖伊·斯班,他是韦伯斯特县的一个农场主,与她的第一任丈夫截然不同,沃尔特工作勤奋,料理着他的土地和设备,不过问他人的事,过着殷实的生活。他对摩托车倍感兴趣,几年下来,他和葛洛莉亚积累了七辆哈雷戴维森①,他们骑上摩托车进行长途旅行,包括去阿拉斯加和墨西哥。他们交了很多摩托车友,葛洛莉亚渐渐有点成为他们的"女训导员"了。她每年都在一个大菜园子里种菜,把蔬菜加工成罐头,经常送给他们的摩托车车友们,并布置了他们的农场住宅,这样就可以腾出地方放很多的行军床和睡袋。沃尔特还在

---

① 1903年,21岁的威廉·哈雷和20岁的阿瑟·戴维森在一间小木屋里把自行车改造成摩托车,并以两个人的姓氏命名为"哈雷戴维森"。如今,哈雷摩托已经行销到200多个国家。

后院修建了一个有四个坑的户外厕所，这样他们便能给几十个参加代托纳车赛或穿越南方路途中骑摩托车的人提供住宿了。葛洛莉亚和沃尔特一有客人，大家都会知道，因为普兰斯周围的公路和乡村公路上会出现大队摩托车。一旦有骑摩托车的人生病了，她就对他们进行护理。如果他们的摩托车需要修理，沃尔特就在他的摩托车店帮助他们修理，假如他们的皮夹克或者缝上的衔章破了，葛洛莉亚就在她的重型缝纫机上给他们缝补。

我妹妹最自豪的一个东西是她放在客厅壁炉架上的一个大奖杯。佐治亚州的本田经销商在梅肯举行了一个最美摩托车装饰大赛，葛洛莉亚和沃尔特也去了。一大帮参加活动的哈雷迷把票投给了葛洛莉亚那辆沾满泥巴的摩托车，所以她把那个奖杯拿回了家。

我从海军回到家以后，葛洛莉亚和我相处得很好，但她从来没有改变她特立独行的精神和性格。她在弥留之际的时候（患胰腺癌，和我父亲一样），她的很多摩托车友来到了到普兰斯。差不多有两个星期的时间，车友中总有两个一直守在医院病房的门外。在她的要求下，送葬队伍由两个长龙般的哈雷戴维森摩托车队为灵车开道。她的大理石墓碑上刻着："她骑着哈雷去了天国。"

形成鲜明对照的是，鲁思是我的亲密朋友和爸爸的小天使。这里有一个原因，当她还在襁褓中的时候，病入膏

卡特全家福（比利、鲁思、葛洛莉亚、我、妈妈），1976年

肓快死掉了，家里站满了医生。虽然那时我只有五岁，但我记得清清楚楚，当爸爸从儿童床上一把提起鲁思一动不动的小身体。妈妈很不高兴，大声喊道："厄尔，你在干什么？"

他回答说："我要让她再见一次阳光。"说着就把她抱到了窗前。于是她伸出头看到了院子里的阳光。他将她放回枕头上，我们全都跪下来为她祈祷。鲁思活过来了，而且一直很健康。从那时起，虽然鲁思与她的几个男朋友时好时坏，在学业上时优时劣，但她有她的特别之处。

她嫁给了一个成功的兽医——罗伯特·斯特普尔顿，搬到了北卡罗来纳州，生了四个孩子，然后，她回到大学学习神学。我开始竞选总统的时候，她已经以鲁思·卡特·斯特普尔顿——一个成功的国际福音传道者和五本畅销书的作者闻名于世。虽然鲁思经常在大庭广众下演讲，但她在小范围的讲话和作为个人心理顾问更加卓有成效。

在我的人生跌入最低点的时候，她知道怎样帮助我。1966年我竞选州长时，没有一个候选人的得票超过半数，州议会最后选择了种族主义者莱斯特·马多克斯为州长。他的标志是一个铁镐，他过去常常用它把黑人顾客赶出他在亚特兰大的餐厅。我深感失望。我不能相信上帝或者佐治亚的选民竟然会让这样的人打败我，成为我们州的州长。鲁思开车过来看望我，引用了《圣经》里的《雅各书》，劝我要用欢乐应对失败和失望，然后用忍耐和智慧，最后超越世俗，获得宗教的体验。当时我没有接受她的建议，但我后来接受了它，并为自己开创了崭新的政治生活。

她也是罹患了胰腺癌英年早逝。我还是会遇到很多人对我说："是你的妹妹鲁思改变了我的人生。"

对很多人来说，我们最有意思的家庭成员是我的弟弟比利。他比我小13岁，我离开家的时候他还是个小孩。我只有在海军休短暂的探亲假时才能见到他。在普兰斯的时候，我更多的时间是跟我的父母、我们的其他亲戚还有我的那些老朋友待在一起，而不是跟小比利。尽管如此，他依然我行我素。有一年夏天，我在厨房和父母说话，比利走过房间,说他要冲个澡,然后出去一会儿。爸爸说:"比利,你今天这是第三次冲澡了,不能再洗了。"要是我,听到这句话肯定会改变计划,但我们很快就听到了楼上哗哗的流水声。过了一会儿,比利又走过来,往桌子上放了一枚五分钱的硬币,然后说:"这是水钱。"除了这个轻微的蛮横无理之外,我发现比利和爸爸的关系要比我和爸爸过去的关系亲密得多。他俩长得很像,有很多举止也一模一样。

没有一个人料到我会回到普兰斯生活,很久以后我才真正意识到,我做这样的决定极大地影响了比利继承爸爸事业的计划。当时,我的弟弟15岁了,却一直偎在妈妈和他的女朋友西比尔跟前,他女朋友只有13岁。而我一直在努力学习肥料、耕种、经营管理知识,以及试图发展为我的客户的农民的个性和利益。有几次,我和妈妈建议比利就像我跟着爸爸干一样跟我一起工作,但他常常制造各种理由拒绝我们的建议。他中学毕业那天参加了美国海军陆战队,之后不久便和西比尔结婚了。他们离开了普兰斯,他服役期满后也没有回来。

1963年年底,我到州参议院任职。我们的生意不断扩大,所以我再次要求比利回到家里,帮我料理仓库,他同意了。我知道他爱喝酒,但他似乎是有节制的,作为我的合作伙伴,也没有因为酗酒误过事。他和农民们的关系搞得很融洽——比我和他们中大多数人的关系要好得多,他和我的关系也非常好。我在家的时候是老板,我出去参加竞选或者任职州长的时候,生意由他全权负责。有几次我们吵架的时候,他跺着脚走出去,"咣"的一声把门关上,开上皮卡车就走了。虽然有时候到第二天早上才回来,但他从来没有过不想回来的想法。

妈妈总是说比利是她的孩子之中最聪明的,我们没有人和她争辩。他无时无刻不在阅读——书、杂志、报纸。每天早上大约不到六点半,我到达仓库的时候,他已经把到达普兰斯的四份报纸都看完了。比利在他认为感兴趣的方面是一部活的百科全书,包括国际事务、美国政治,特别是棒球。他与那些料想不到的人打赌,赢了好多钱。那些人显然是愚蠢地对他的一些评论表示怀疑,结果证明,那些评论都是真实的。

1976年总统大选期间,国际新闻媒体进入我们镇,比利成为媒体关注的焦点。他喝得更多了,话也多,随处可见他故弄玄虚的评论被当作正儿八经的评论引用。(他的记者"朋友们"在对他不满之后,常用那些语录嘲笑他。)他总能说出一些非常俏皮的话。当一个记者评论比利有点古里古怪时,他回答说:"瞧,我妈妈到印度做'和平队'志愿者,我的一个姐姐是在全球布道的福音牧师,我的大姐把她的一半时间花在了哈雷戴维森摩托车上,我的哥哥认为他会成为美国总统。你认为我们家哪一个人是正常的?"

在我的总统就职典礼之后,我们全家离开检阅台,走在宾夕法尼亚大街上,前往白宫,进行我们的首次参观。不出所料,我们被新闻记者包围了。我的新闻秘书乔迪·鲍威尔说:"现在你们任何人都不要回答问题。"妈妈回答说:"乔迪,你见鬼去吧。你也许可以告诉吉米该做什么,但不能告诉我们其余的人该做什么。"这时,电视摄像镜头马上对准了妈妈,第一个问题是:"莉莲小姐,难道您不为您的儿子感到骄傲吗?"我等待着她的贺词,但是妈妈犀利地回答说:"哪个儿子?"

不久之后,比利意识到他被酒精击垮了,自愿接受了治疗。接下来的十年里他理智清醒,成为嗜酒者互诫协会的一名主要发言人。在他仅仅 51 岁的时候,胰腺癌又一次夺去了我所爱的一个人的生命。

直到 1993 年我妈妈去世,她都是我们家的家长和真正的领导人。虽然我们这些孩子在家的时候,她过着墨守成规和自我封闭的生活,但是我爸爸去世以后她突然活跃起来。在她最后的 40 年间,她似乎不断地在寻找她感兴趣、喜欢做的富有挑战性的事情。

她的第一份工作是奥本大学一个兄弟会的"老妈",她在那里像慈母似的照顾着大约 100 个桀骜不驯的男生。回到普兰斯的家里,她对种族隔离的规定置若罔闻。1964 年,当林登·约翰逊决定不在南方腹地参加竞选后,在我们县赢得了很少一部分选票，妈妈自告奋勇地去管理他的竞选办公室。几乎每一天，她走到自己的小汽车跟前时都会发现车上满是乱涂乱画的东西，车窗上涂满了肥皂污迹，收音机天线也被拧成了麻花。她唯一的补偿是作为代表应邀参加了民主党全国代表大会。

她为普兰斯的一些朋友开设了一个护理之家，并在操持了一年之后自愿参加了"和平队"①，她只要求将她派到"有黑皮肤并需要护理服务"的地方。在她70岁的时候，她的"和平队"之行靠近印度的孟买。回国后她做了将近500场演讲，告诉她的听众不要让年龄或舆论限定他们的活动范围。

妈妈在森林中一个偏僻的小木屋里建了她的新家，买了当地第一个卫星天线，收看奥本橄榄球队、职业棒球队和她挚爱的道奇队职棒比赛的成绩。她是最受约翰尼·卡森和其他脱口秀主持人欢迎的嘉宾，因为她的谈话和评论就像她的公开演讲一样活泼有趣。

现在，我是唯一一个在阿奇瑞生活过的人了，我永远感谢我和罗莎琳生活过的那个村庄，那里是我们出生的地方，离我们最快乐和最持久的记忆源头只有几分钟之隔。

---

① 1961年3月1日由美国总统约翰·肯尼迪成立的一个志愿者服务组织。

直到我从海军回来，住在普兰斯，并开始了解罗莎琳的亲戚们，我才知道我的家人是多么与众不同。在她妈妈家的星期天午餐中，总是会有一个在我看来好像是对一些琐碎无聊的事情进行的愉快无比、啰啰唆唆的讨论。什么孙子和他的玩伴的谈话内容啦，什么对一个远房亲戚的疾病进行全面分析啦，这些讨论始终是在和谐的氛围中进行。总的来说，他们几乎对发生在我们镇上每个教堂和学校里的一切事情都了如指掌。甚至在提起一个有可能引起争论的话题时，比如关于本地选举的话题，好像这个讨论也丝毫不会出现争吵。围桌而坐的每个人的观点都是客客气气、无伤大雅的。最后吃完饭，收拾完桌子后，不用洗盘子的那些人会坐在前门廊里继续对天气、庄稼的状况，或者对门前马路上碰巧路过的人家里的逸闻趣事、花边新闻进行细致的讨论。

　　史密斯家和默里家现在还是每年要进行一次家庭团聚，总是在夏天或者秋天的一个星期天礼拜完以后。我们所有人都戴着一个特别颜色的胸牌，以区别我们是哪一家的后代。通常一美元的奖金都发给年龄最大和年龄最小的人，以及路程最远的人——他们经常要走几百英里，或者横穿大陆。感恩祈祷并吃完满桌难以形容的美味盛宴之后，人们开始赞美所有的婴儿，对自从去年以来孩子们长得那么快感到惊讶，互相寒暄一会儿，然后回家。想不到这一切是那么欢快，而让我难以置信的是，不论是我家还是罗莎琳家的人都不会年复一年地做这样的事情。

在大多数情况下，我今天生活的普兰斯几乎和我儿时的普兰斯没有什么区别。唯一的变化是，地区的种族态度发生了惊人和完全的变化。

在我从政的年代，这是一个使我妈妈十分烦恼的问题，那时新闻媒体开始调查我们的家史。有一天，她说："吉米，有一件事让我很伤心。很多记者批评你爸爸不支持种族主义，可他们有所不知，他1953年就死了，那时还没有种族融合这档子事儿，也没有人知道马丁·路德·金和人权运动方面的任何事情。你爸爸一贯反对一切侮辱和迫害黑人的种族主义组织，两个种族的人都知道他秉持公平、乐于助人。我在社区时不时受人非议，但他支持我所做的一切，帮助黑人，照顾他们。"当然，她的话全对。

我这本书只关注遥远的过去，那些发生在70年前的事，为的是更好地了解历史，解释历史，回忆有趣的人生经历。这也许可以帮助我们在进入新的千禧年之时更好地理解那些巨大的变化。这些时不时的漫无边际的回忆，是我最清楚的记忆。这些记忆中有些是很痛苦的，特别是那些关于已经离我们而去的我深爱的人的回忆。有的记忆很尴尬，包括我们如何对待近邻，他们全都是黑人，在当时的社会习俗下，正如我妈妈所说的那样，我们如何对待他们是不容置疑的。谁都不想再回到无人挑战的种族隔离的旧时代，那时的黑人是"知道他们的地位"的。

然而，在我们所目睹的变化中，却失去了已经得到的东西。我的人生是由目前无人知晓也会被全部忘记的白人和黑人之间慢慢发展的亲密关系所塑造的。除了我的父母以外，对我的早期生活产生最深刻影响的人是约翰逊主教、瑞切尔·克拉克、我的大伯巴迪、朱莉娅·科尔曼和威利斯·赖特。其中有两个人是白人。

最近在阿奇瑞，包括我们的农场宿舍、杂货店、粮仓、铁匠铺及瑞切尔和杰克·克拉克的家在内的共12英亩遗址被美国国会指定为历史文物，要还原并保护其在1937年的状况。它归国家公园管理局经营管理，是美国唯一一处能够展示"大萧条"时期农村家庭是如何生活的历史遗址。

我们绝大部分农田和林区仍然种植棉花、小麦、花生和树木。我和罗莎琳尽力照料土地，但我们不知道在我们作古后这些土地会怎么样。我们的三个儿子和四个女儿都生活在亚特兰大或者更远的地方，我们的十个孙子更是散落各地。他们想象不到我和我的父亲种植的小树、平整的梯田、修建的猪舍和一起经营的铁匠铺是怎么回事。他们很难想象出我的母亲是怎样在现在已经不复存在的几间棚屋里照料很多家庭，或者她是怎样从已有60年树龄的美洲山核桃树上收获坚果，然后把它们卖给一个黎巴嫩商人的。当我和罗莎琳漫步在寂静的普兰斯大街上的时候，我们很难清楚地记得昔日这里是怎样挤满了兴高采烈的购物者和游客的。

虽然我们的孩子和孙子会继承我们所拥有的东西，但他们中没有一个人有心种地，或者对将来属于他们的土地有任何特殊的感情。我不知道他们之中是否会有人回到我们众多的农场中，这些农场中有些已经在我们家经过六代人了。时代在变迁，各种各样的土地契约将来会被一个又一个家庭持有。他们也许是也许不是我的后代，但我相信土地基本上是永远不变的。千百年来，无论好坏，它都会继续塑造其主人的人生。毕竟，土地在成为我们的以前，是属于印第安人的。

致　谢

　　在唤醒童年记忆时，我难以描述我的情感。我很高兴从我出生以来，佐治亚州普兰斯镇几乎没有什么变化。我可以再一次从威利斯·赖特的田地里走过；再一次从头到尾把瑞切尔·克拉克家磨损的地板低头看一遍，那里是我过去经常放小床的地方；再一次升起我大伯巴迪商店里的手动电梯；再一次在威廉·约翰逊主教的乡村教堂里做礼拜；再一次坐进以前学校的小礼堂，朱莉娅·科尔曼小姐在那里给予我的谆谆教诲帮助我塑造了我的人生。我在我少年时代的家里，从一个房间走到另一个房间，品味着我们杂货店古老而好闻的气味，并把我们每天早上在黎明前的一小时牵骡子的粮仓看了一遍。

　　七年来，我把这些头绪写在纸上，然后与我的妻子罗莎琳一起分享——她从生下来那一刻起就是我的邻居。她纠正并唤起了我的一些记忆，然后由内莎·拉帕波特、卡尔·韦伯、史蒂夫·霍克曼和艾丽丝·梅休以他们尖锐的编辑意见帮助我改进我的原稿。就像平常一样，我的助理费伊·珀杜协调了整个过程。

对我来说，这是我喜爱的一种劳动，我对所有使之成为可能的人表示衷心的感谢。

著作权合同登记号：陕版出图字 25-2015-280

图书在版编目（CIP）数据

黎明前一小时：我的童年回忆 /（美）吉米·卡特著；孔保尔译；刘亚伟译校. —西安：西北大学出版社，2017.4
ISBN 978-7-5604-3727-9

Ⅰ.①黎… Ⅱ.①吉…②孔…③刘… Ⅲ.①回忆录—美国—现代 Ⅳ.①I712.55

中国版本图书馆 CIP 数据核字（2017）第 079973 号

An Hour Before Daylight
——Memories of a Rural Boyhood
by Jimmy Carter

Copyright © 2001 by Jimmy Carter
All rights reserved,
including the right of reproduction
in whole or in part in any form.

黎明前一小时：我的童年回忆

[美]吉米·卡特 著
孔保尔 译 刘亚伟 译校
西北大学出版社出版发行
（西北大学校内 邮编：710069 电话：029-88302621 88302590）
http://nwupress.nwu.edu.cn E-mail: xdpress@nwu.edu.cn

新华书店经销 陕西博文印务有限责任公司印刷
开本：889毫米×1194毫米 1/32 印张：9.875
2017年4月第1版 2018年5月第4次印刷
字数：200千字

ISBN 978-7-5604-3727-9 定价：49.00元
如有印装质量问题，请与本社联系调换 电话：029-88302966